编纂单位：湖南省汨罗市屈子文化园事务中心

编纂委员会成员：

    顾   问：刘石林

    原主编：朱健东

    主   编：杨桂华

    编   委：李 峰 刘石林 毛浦先 杨桂华

序言

刘石林

屈原是我国第一位伟大的爱国诗人，他开创的骚体诗，是我国文学的源头之一。屈原对后世的影响是全方位的，他的爱国精神，民本思想，人格范式……无一不是我们的楷模。汉司马迁赞誉屈原的精神"虽与日月争光可也"！唐代文学家蒋防在赴袁州（今江西宜春）刺史任途中，绕道汨罗寻访屈原遗迹，凭吊屈原，在《汨罗庙碑》（唐时屈子祠称汨罗庙）中精确地评价了屈原对后世的影响："屈碑立兮，谗人泣兮；屈碑摧兮，谗人培兮。碑兮碑兮，汨水之限兮，天高地阔兮，孤魂魄兮！"一个伟岸的身躯消逝在汨罗江中，一座精神的丰碑在汨罗江畔巍然耸立。

屈原是炎黄子孙心中的明灯，是人们精神领域的"珠穆朗玛峰"，两千多年来，纪念屈原的诗词，如长江之水，源远流长，滔滔不息。

改革开放以来，为纪念屈原的古典诗词作注释的书出了不少，笔者的书架上就有十多本，细细品读，各有千秋。

本书原主编朱健东先生是笔者的老友，上世纪八九十年代我们经常在一起探讨屈原的思想，欣赏屈原的诗歌……有一次他对我说，他正在搜集历代纪念屈原的古典诗词，已经收集了几百首。正在我企盼朱老出成果时，噩耗传来，天不假年，朱老在新华书店选购书籍时，突发脑溢血驾鹤西去。

几年前朱老的爱婿杨桂华老师将朱老的心血整理打印交我，我很欣慰，朱老打造的满载纪念屈原古典诗词注释的这艘巨舟没有因朱老驾鹤西去而沉没，幸甚！幸甚！

捧读朱老这份心血所成，收获良多。

首先，这是我目前收集到的纪念屈原内容最丰富的一本古典诗词注释集。带注释公开出版的纪念屈原古典诗词集，我书架上收集诗词最多的只有279首（有一本虽收集了1318首，但既无注释，也无作者简介），少的只有129首。朱老收集的这一本竟有400多首，且很多不见于其他诗集，是朱老倾注数十年心血耕耘的成果。

本书有相当数量的诗词是专写汨罗或作于汨罗的，而且大多不见于同类其他书籍中。朱老不是汨罗人，由此足见他对汨罗的感情之深和用心之良苦。

书中很多诗佐证或纠正了文献的相关记载。比如唐代唐彦谦的《罗江驿》，就印证了《左传·昭公五年》"楚子以驲（chuàn）至于罗汭"的记载，汨罗早在春秋中期就设有驿站——罗江驿，而且功能一直延续到唐末，遗址至今犹存。地方文献记载明嘉靖年间屈子祠有一次"徙"建，但语焉不详。明嘉靖汨罗籍进士李廷龙《谒三闾祠》首句就说："新祠再拜古宗臣。"正好印证了这次徙建。又如汨罗山屈原墓十二疑冢，地方文献记载，疑冢之说源起于清雍正乾隆年间，但明初苌燧的《三闾祠》就有"可怜疑冢非初意，却信丹丘是故乡"之句，证明了明初在民间就有了屈原墓十二疑冢的传说。书中此类诗词还有不少，在此就不一一列举了。对地方文献和史实真实性论证的贡献，朱老功莫大焉！

以前出版的此类书籍，有一个共同的特点，就是专收名家之作，这当然没错，但是，中国是一个诗的国度，穷溯诗歌之源，其实就在民间，《诗经》中的很多名篇，就是无名的普通百姓的创作。朱老生前曾对我说过，他要搜集整理一部类似《诗经》的历代纪念屈原的诗词集，既要有名家之作，更不能遗漏平民百姓之佳作。为此，朱老呕心沥血，穷索地方文献和家乘，甚至深入家庭，搜集了大量的此类诗词佳作。有的根本无法查找到作者的生平籍贯，在编辑本书时只得归入"拾遗篇"。比如"兴亡事迹悲三户，哀怨文章系《九歌》""谁读《招魂》能作赋？长沙太傅是知音""江上美人悲缥缈，灯前山鬼泣纵横"等，无论意境和格律，都应属上乘之作，却是出自名不见经传的民间诗人之手。朱老数十年辛勤劳作，终成此集名家之作和百姓吟诵于一册的煌煌巨集。

……

中国是一个诗的国度，各类诗词歌赋，如同百花争妍，竞相绽放。中华民族又是一个礼敬先贤的民族，在诗歌园地中，凭吊先贤的诗词歌赋，更是独树一帜。自汉代贾谊始，凭吊屈原的诗辞歌赋，更是这片园圃中四季常开、艳香飘溢的九畹幽兰。本书只是其中的一株，旨在留存古人对屈原怀念之情的同时，供今天读者读之、赏之，希望能借以辨忠奸、明荣耻、知是非，扬正气，亦告慰朱老在天之灵。是为序。

壬寅年孟夏之吉日 时年八十

（作者刘石林，系中国屈原学会理事、湖南省屈原学会常务理事，汨罗市屈原纪念馆副研究馆员、原馆长）

目 录

第七篇　近现代诗词（30）

第一篇 汉至隋代诗歌

吊屈原赋

汉·贾谊

恭承嘉惠兮俟①罪长沙。侧闻屈原兮自沉汨罗。造讬②湘流兮敬吊先生。遭世罔极兮乃殒厥身。

呜乎哀哉兮逢时不祥。鸾凤伏窜兮鸱枭③翱翔;阘④茸尊显兮谗谀得志;贤圣逆曳兮方正倒植。谓随夷溷⑤兮谓跖蹻廉;莫邪为钝兮铅刀为铦⑥。

于嗟默默生之亡故兮,斡弃周鼎宝康瓠⑦兮。腾驾罢牛骖蹇驴兮。骥垂两耳服盐车兮。章甫荐屦⑧渐不可久兮。嗟苦先生独离此咎兮。

讯⑨曰:已矣,国其莫吾知兮,子独壹郁其谁语!凤缥缥其高逝兮,夫固自引而远去。袭九渊之神龙兮,沕⑩深潜以自珍;偭⑪蟂獭⑫以隐处兮,夫岂从虾与蛭蟥⑬?所贵圣之神德兮,远浊世而自藏;使麒麟可系而羁兮,岂云异夫犬羊?

般纷纷其离此尤兮,亦夫子之故也。历九州而相其君兮,何必怀此都也?凤凰翔于千仞兮,览德辉而下之;见细德之险征兮,摇增翮⑭而去之。彼寻常之汙渎兮,岂能容吞舟之鱼?横江湖之鳣⑮鲸兮,固将制乎蚁蝼。

译文:
恭敬地承受这美好的恩惠,到长沙去做官。途中听说屈原自己沉到汨罗江自杀了。到了这湘江的汨罗口写一篇文章投到江水中恭敬地凭吊屈原先生。你遭受了世间无尽的谗言,乃至毁灭了自己的生命。

唉！遭逢的时代不好啊！鸾鸟凤凰躲避流窜，猫头鹰却在高空翱翔。宦官内臣尊贵显耀，用谗言奉承阿谀的人却能得志；贤才能臣无法立足，端方正派的人却仕途不顺。世人都认为卞随、伯夷恶浊，认为盗跖、庄蹻廉洁，认为宝剑莫邪粗钝，而铅质的刀刃锋利。

　　慨叹抱负无法施展，此生无故遇祸殃！这就好比是抛弃了周鼎，而把瓜瓢当成了宝物；乘坐、驾驶疲牛，使跛驴作骖，反让骏马吃力地去拖盐车；帽冠低居在下，麻鞋反高高在上；这种倒行逆施的行为是不会长久的。慨叹先生你真不幸啊，竟遭遇到这样的祸殃！

　　总之：算了吧！整个国家没有一个人了解我啊，一个人独自忧愁抑郁能够和谁说呢？凤凰飘飘然向高处飞去，自己本来就打算远走高飞。效法深渊中的神龙，深深地潜藏在渊底来保护自己；弃离了虾獭去隐居，又怎么能够跟从蛤蟆与水蛭、蚯蚓？我所认为珍贵的东西是圣人的神明德行，要远离污浊的世界而自己隐居起来；假使骐骥也能够被束缚而受羁绊，怎么能够说与狗和羊有分别呢？

　　盘桓在这样混乱的世上遭受祸难啊，也是您自沉的重要原因。无论到哪里都能辅佐君主啊，又何必留恋国都呢？凤凰在千仞的高空翱翔，看到人君道德闪耀出的光辉才降落下来；看到德行卑鄙的人显出的危险征兆，就会远远的高飞而去。那窄窄的小水沟，怎么能够容下吞舟的大鱼？横行江湖的鳣鱼、鲸鱼，出水后也将受制于蝼蚁。

作者简介：

　　贾谊（前200—前168），西汉初年著名政论家、文学家。河南洛阳人。文帝时任博士，迁太中大夫，受大臣周勃、灌婴排挤，谪为长沙王太傅。在赴长渡湘时，作赋以吊屈原。三年后被召回长安，为梁怀王太傅。梁怀王坠马而死，贾谊深自歉疚，抑郁而亡，时仅33岁。贾谊著作主要有散文和辞赋两类，鲁迅称之为"西汉鸿文"，代表作有《过秦论》《论积贮疏》《陈政事疏》等。其辞赋皆为骚体，是汉赋发展的先声，以《吊屈原赋》《鵩鸟赋》最为著名。

注释：

　　①俟（sì），等待。
　　②讬（tuō），同"托"，寄托，委托。
　　③鸱枭（chī xiāo），鸟名，古人对猫头鹰的文言叫法。亦作鸱鸮。
　　④阘茸（tà róng），庸碌低劣。
　　⑤溷（hùn），肮脏，混浊 。《离骚》："世溷浊而嫉贤兮。"

世道混浊，嫉妒贤能。

⑥铦（xiān），锋利 。

⑦瓠（hù），瓠瓜 ，葫芦的一个变种，瓜皮干燥后，可作瓜瓢。

⑧屦（jù ），古人用麻、葛制成的鞋。

⑨诔（suì），尾声。《史记》作"讯"。

⑩汩（wù），潜藏貌。

⑪偭（miǎn），背离，违反。《离骚》："固时俗之工巧兮，偭规矩而改错。"

⑫蟂獭（xiāo tǎ），传说中危害鱼类的水中动物。

⑬蛭蟥（zhì yǐn），蚂蟥与蚯蚓。

⑭翮（hé），鸟的羽管，亦指翅膀。

⑮鳣（shàn），"鲟鳇鱼"的古称。古同"鳝（shàn）"。

读史述九章（录一）

晋·陶潜

屈贾①

进德修业②，将以及时③。

如彼稷契④，孰不顺之⑤。

嗟乎二贤⑥，逢世多疑⑦。

候詹写志⑧，感鵩献辞⑨。

作者简介：

陶潜（？—427），字渊明，晋代诗人。做过彭泽县令，因不为五斗米折腰，弃官隐居庐山脚下，著有《陶渊明集》。

注释：

①屈，屈原。战国时期楚人，为楚国三闾大夫，后因被谗放逐，投汨罗江死。贾，贾谊。河南洛阳人，西汉政论家，文学家。文帝时任博士、太中大夫，后贬为长沙王太傅，

②进德，增进，提高道德品质。修业、学习业务。

③及时，即及时而学，少壮不努力，老大徒伤悲。

④稷（jì），古代周族的始祖，曾在尧舜时代当过农官，教民耕种。后人称他为种植粮食作物的始祖。契（xiè），商朝的始祖，曾助禹治水有功，被舜任为司徒，掌管教化。

⑤孰，谁，哪一个。顺，归顺，服从。之，他，指稷契。

⑥二贤，指屈原和贾谊。

⑦多疑，猜疑，妒忌。《三国志·魏志·刘表传》："表虽外貌儒雅，而心多疑忌。"

⑧候詹写志，又作"怀沙写志"。候詹，即拜会太卜郑詹尹；写志，作《卜居》以明志。这里指的是屈原。

⑨鵩（fú）：一种不祥的鸟。贾谊谪居长沙，一天，鵩鸟飞到了他的居室。他感觉到不吉祥，于是写了一篇《鵩鸟赋》抒发感慨。鵩：即鸮（xiāo），楚人谓鸮为鵩，即猫头鹰。这一句指的是贾谊。

《辨骚》赞词

梁·刘勰

不有屈原， 岂见离骚？

惊才风逸①，壮志烟高②。

山川无极③，情理实劳④。

金相玉式⑤，艳溢锱毫⑥。

作者简介：

刘勰（约465—约532），勰（xié），字彦和，南朝梁武帝时人。任太末令、东宫通事舍人、步兵校尉等职。文学理论批评家，著有《文心雕龙》五十篇。原籍东莞莒县（今山东莒县），晚年出家为僧，改名慧地。

注释：

①惊才，惊天动地的才能。风逸，指气韵卓绝。

②烟高，喻壮志凌云。

③无极，指"屈骚"描写山川无穷无尽，细致而又丰富。

④实劳，指探究屈骚情理，实在是很劳苦费力的事。

⑤金相玉式，又作"金相玉质"，比喻文章的形式和内容都很完美。王逸《离骚序》："所谓金相玉质，百世无匹。"

⑥锱（zī）毫，最小的度量单位。溢，即超过；艳，指文章的华丽。此句言文章华丽，描绘细致，超过锱毫。

赠京邑知友

隋·孙万寿

贾谊长沙国①，屈原湘水滨②。

江南瘴疠地③，从来多逐臣④。

作者简介：

孙万寿(?—608)，字仙期，一字遐年，信都武强(今河北武强)人。先为滕穆王文学，后又为豫章王文学，年五十卒于官。有文集十卷行于世。此诗为作者谪贬江南时作。作者因贬配江南从军，有感于屈原放逐，作此诗以悼屈原，亦自感伤。

注释：

①国，指城区。全句指贾谊被谪贬到长沙。
②滨，水边。全句指屈原被放逐到湘江的水边。
③瘴，毒气。疠（lì），瘟疫。
④从来多逐臣，意即自古以来就有很多放逐的臣来到这里。

第二篇 唐代诗歌

屈原赞

司马贞

屈平行正①，以事怀王②。

瑾瑜比洁③，日月争光④。

忠而见放⑤，谗者益章⑥。

赋骚见志⑦，怀沙自伤⑧。

百年之后， 空悲吊湘⑨。

作者简介：
　　司马贞，唐代人，生卒年代不可考。曾为司马迁的《史记》作索隐，极为翔实，为世所称。

注释：
　　①屈平，即屈原。
　　②怀王，楚怀王。屈原曾为怀王左徒。
　　③瑾瑜，一种晶莹洁白的玉石。
　　④日月句，《史记·屈原列传》："推此志也，虽与日月争光可也。"
　　⑤放，放逐。
　　⑥章，昭彰，显露肆无忌惮。
　　⑦赋骚，又作"离骚"；见志，表明心志。
　　⑧怀沙，指投江。
　　⑨吊湘，即凭吊屈原。

端午

李隆基

端午临中夏①，时清日复长。

盐梅已佐鼎②，曲糵且传觞③。

事古人留迹④，年深缕积长⑤。

当轩知槿茂，　向水觉芦香。

亿兆同归寿⑥，群公共保昌。

忠贞如不替⑦，贻厥后昆芳⑧。

作者简介：
　　李隆基（685—762），即唐明皇。景云元年，与太平公主合谋，发动政变，杀韦后，拥其父睿宗即位。后被立为太子，于延和元年（712）即位，是为玄宗。

注释：
　　①中夏，即五月，也称仲夏。四月为孟夏，六月为季夏。
　　②盐梅，用盐煮的梅子。五月正是梅子熟的时候。鼎，煮饭菜的锅。
　　③曲糵（niè），一种麦酒。《玉篇》："糵，麴也"。
　　④事古句，指屈原投江。留，即留有纪念日端午节。
　　⑤年深，年代久远，指屈原的事迹，虽年代久远，但像积丝一样，绵延万代，长留人世，人们永远纪念他。
　　⑥亿兆，指广大黎民百姓。
　　⑦忠贞句，指这种忠贞要像屈原一样，永不改变。
　　⑧贻，遗留。即要传给后来的兄弟，使他们永吐芳香。

江上吟

李　白

木兰之枻沙棠舟，　玉箫金管坐两头。

美酒樽中置千斛，　载妓随波任去留。

仙人有待乘黄鹤，　海客无心随白鸥。

屈平辞赋悬日月①，　楚王台榭空山丘②。

兴酣落笔摇五岳，　诗成笑傲凌沧洲。

功名富贵若常在，　汉水亦应西北流。

作者简介：

　　李白（701—762），字太白，号青莲居士。祖籍陇西成纪（今甘肃秦安），生于碎叶（唐安西都护府）。神龙初迁绵州彰明县青莲乡。天宝初入长安，任翰林院供奉。宝应元年在安徽当涂病故。唐代伟大诗人。有《李太白文集》，流传诗歌近千首，新旧唐书有传。

注释：

　　①悬日月，屈原的辞赋像天上的日月，永远普照人间。

　　②楚王句，楚国帝王的台榭，已空无一物，像荒山一样，无人过问了。这两句诗把屈原和楚王作了对比，高度地赞美了屈原，愤怒地斥责和嘲笑了楚王。

古风五十九首（录一）

李白

殷后乱天纪①，楚怀亦已昏②。

夷羊满中野③，菉葹盈高门④。

比干谏而死⑤，屈平窜湘源。

虎口何婉娈⑥，女嬃空婵娟⑦。

彭咸久沦没⑧，此意与谁论！

注释：

　　①殷后句，言商王扰乱了天道纲纪。

　　②楚怀，指楚怀王。

　　③夷羊，传说中的神兽。

　　④菉葹（lù shī），《楚辞·离骚》："薋菉葹以盈室兮。"言恶草堆满门前。

　　⑤比干句，言比干因进谏遭纣王杀害。

　　⑥婉娈（luán），眷恋。言为何在虎口中温顺？

　　⑦女嬃（xū）句，言女伴徒然劝阻。汨罗民间认为女嬃为屈

原的女儿。《楚辞·离骚》："女嬃之婵媛兮。"

⑧彭咸句，言商代的贤大夫彭咸早已投水沉没。

夜泊湘江

朱庆余

北风吹楚树，此地独先秋①。

何事屈原恨，不随湘水流②。

凉天生片月，竟夕伴孤舟。

一作南行客，无成空白头。

作者简介：

朱庆余，生卒不详。唐代诗人，今浙江绍兴人。宝历（825—826）进士，官秘书省校书郎。其诗词意境清新，描写细致。他的《闺意献张水部》："洞房昨夜停红烛，待晓堂前拜舅姑。"此诗最为人赏识。有《朱庆余诗集》。

注释：

①独先秋，秋风秋雨，最能引发人们的愁思。

②不随句，意即屈原的遗恨，没有随着湘水流去，以致留在人们的心中，人们永远纪念着他。

戏为六绝句（录一）

杜 甫

不薄今人爱古人①，清词丽句必为邻②。

窃攀屈宋宜方驾③，恐与齐梁作后尘④。

作者简介：

杜甫（712—770），字子美，唐代伟大诗人。原籍襄阳（今属湖北），曾祖任巩县令，在此落籍，故为今河南巩县人。一度为剑南节度使严武幕僚，被表为检校工部员外郎，世称"杜工部"。晚年携家出蜀，病故于湘北。流传诗歌一千四百余首，有《杜工部集》，新旧唐书有传。

注释：

①不薄，不轻视。

②必为邻，一定要和清词丽句临近。

③攀，高攀。屈，屈原。宋，宋玉。方驾，并驾齐驱。齐梁，指南朝齐、梁时代的诗风。即讲究音律对偶，绮丽浮艳。作后尘，即不要步他的后尘，要与屈宋并驾齐驱。

观竞渡

储光羲

大夫沉楚水①，千祀国人哀②。

习棹江流水③，迎神雨雾开。

标随绿云动④，船逆清波来。

下怖鱼龙起，上惊凫雁回⑤。

能令秋大有⑥，鼓吹远相催⑦。

作者简介：

储光羲（707—约760），唐代诗人。今山东兖（yǎn）州人。开元进士，官监察御史，曾被迫在安禄山陷长安时署职，后被贬，死于岭南。原有诗集已佚，仅存《储光羲诗》一种。

注释：

①大夫，指屈原。楚水，指汨罗江。

②千祀句，千多年来国人都在祭祀他，表示哀痛。

③习棹（zhào），练习划龙舟。棹为代替舵的长柄桨，代指龙船。

④标，竞渡时所设的用竹竿挑着的标志。

⑤凫（fú），野鸭。回，即徘徊。

⑥秋大有，指秋天大有收获。

⑦鼓吹，即打着鼓、吹奏管乐，为竞赛加油。

楚夕旅泊古兴

岑 参

独鹤唳江月①，孤帆凌楚云。

秋风冷萧瑟，芦荻花纷纷。

忽思湘川老②，欲访云中君③。

骐𬴊息悲鸣④，愁见豺虎群⑤。

作者简介：

岑参（约714—770），岑（cén），祖籍河南南阳，后迁江陵（今湖北江陵）。天宝三年（744）进士，官终嘉州（今四川乐山一带）刺史，故后称"岑嘉州"。边塞诗多有佳作，有《岑嘉州集》。

注释：

①独鹤，孤鹤。唳（lì）江月，即一只孤鹤月夜在江边叫着。

②湘川老，指屈原。

③云中君，云神，屈原的作品有《九歌·云中君》。

④骐𬴊（lín），有斑纹的马，指屈原。息悲鸣，叹息悲痛。

⑤豺虎群，指奸佞之徒。暗喻上官大夫等人。

谒三闾庙

窦 常

君非三谏寤①，礼许一身逃②。

自树终天戚③，何裨事主劳④。

众鱼应饵骨⑤，多士尽舗糟⑥。

有客椒浆奠⑦，文衰不继骚⑧。

作者简介：

窦常（749—825），字中行，京兆（今陕西西安东华县一带）人。大历十四年（799）进士。曾为朗州（今湖南常德）刺史及固陵、浔阳、临州郡守。工诗善文，后编著有《南熏集》。

注释：

①君非句，《史记·屈原列传》："屈平既嫉之，虽放流，眷顾楚国，系心怀王，不忘欲反。冀幸君之一悟，俗之一改也。其存君兴国，而欲反复之，一篇之中，三致意焉。然终无可奈何，故不可以反。卒以此见怀王之终不悟也。"指屈原反复进谏楚王，君王始终不醒悟。

②一身逃，谓君王不悟，应该逃走，免遭祸患。

③自树，自己树立。终天，终身。戚，忧戚。

④主，君主，指怀王。

⑤饵，作动词，食、咬、啃。

⑥多士句，很多的人都在吃糟，即随波逐流，同流合污。

⑦客，作者。椒浆，椒酒。《九歌·东皇太一》："奠桂酒兮椒浆。"

⑧文衰，自谦之语。不继骚，即没有传承好《离骚》那样的绝妙文章。

过三闾庙

戴叔伦

沅湘流不尽①，屈子怨何深②。

日暮秋烟起③，萧萧枫树林④。

作者简介：

戴叔伦（732—789），字幼公，润州金坛(今属江苏镇江)人。德宗贞元十六年（800）进士。官至抚州刺史、容官经略使等职，晚年上表自请为道士。《全唐诗》存诗二卷，后人辑有《戴叔伦集》。

注释：

①沅湘，即沅水、湘水，二水代指汨罗江。

②屈子，屈原。

③秋烟，又作"秋风"。

③枫树林，《楚辞·招魂》："湛湛江水兮上有枫，目极千里兮伤春心。"湛蓝的江水在流淌，河岸上一片枫树林。千里之外遥望故国，心中生起伤春之情。萧萧，风吹树叶的声音。

湘川野望

戴叔伦

怀王独与佞人谋①，闻道忠臣入乱流②。

今日登高望不见，楚云湘水各悠悠③。

注释：

①怀王，楚怀王。谋，谋划商讨。
②忠臣，指屈原。入乱流，即投入江流自尽。
③悠悠，忧愁。《诗经·邶（bèi）风》："悠悠我思。"

送黄晔明府岳州湘阴赴任①

刘三复

拟占名场第一科②，龙门十上困风波③。

三年护塞从戎远，万里投荒失意多。

花县到时铜墨贵④，叶舟行处水云和。

遥知布惠苏民后，应向祠堂吊汨罗⑤。

作者简介：

刘三复，生卒年不详。唐润州句容（今江苏句容）人。大历进士，会昌年间（841—846）官刑部侍郎、泓文馆学士。有集十三卷。

注释：

①湘阴，1966 年前湘阴、汨罗为湘阴一县所辖，后分为两县。汨罗县今改为汨罗市，屈原自沉的罗渊在此市汨罗江下游。
②名场，指科举考场。
③龙门，科举考场的正门。
④铜墨，指县令。按汉制，县令吏秩六百石至一千石，为铜印黑绶。墨即黑绶。
⑤吊汨罗，即到汨罗江边的屈原庙吊祭屈原。

江行无题一百首（录一）

钱 起

憔悴异灵均①，非谗作逐臣。

如逢渔父问， 未是独醒人②。

作者简介：

　　钱起（722—约780），浙江吴兴（今浙江湖州）人。天宝九年进士，曾任蓝田（今陕西蓝田）尉，官终考功郎中，为翰林学士。有称"钱考功"，为"大历十才子"之一。有《钱考功集》。

注释：

　　①灵均，屈原。《离骚》："名余曰正则兮，字余曰灵均。"
　　②未是句，这是作者自谦之语。

晚泊江口

韩 愈

郡城朝解缆①， 江岸暮依村。

二女竹上泪②， 孤臣水底魂③。

双双归蛰燕④， 一一叫群猿。

回首那闻语， 空看别袖翻。

作者简介：

　　韩愈（768—824），字退之，河南河阳（今河阳孟县南）人。自称郡望昌黎，世称"韩昌黎"。曾任国子博士、刑部侍郎等职，因谏阻宪宗迎佛骨，被贬为潮州刺史。穆宗时，官至吏部侍郎。为"唐宋八大家"之首。有《昌黎先生集》。

注释：

　　①郡城，大约是指岳阳。解缆，解开系船的绳子。
　　②二女，指的是舜的两个妃子。传说二妃娥皇、女英得知舜崩于苍梧，于是赶到苍梧，痛苦流泪，泪洒竹上，长出了斑痕，形成了潇湘的斑竹。

③孤臣，即孤立无援之臣，这里是指屈原。屈原投汨罗而死，故云"水底魂"。

④蛰燕，蛰伏的燕子。

湘 中

韩 愈

猿愁鱼跃水翻波①，自古流传是汨罗②。

苹藻满盘无处奠③，空闻渔父扣舷歌④。

注释：

①猿愁句，指猿、鱼、水都在为屈原抱不平，表示愤怒。

②自古句，千多年来，传说屈原在汨罗投江而死。

③苹藻句，苹、藻都是野生植物，古代用来祭祀鬼神。

④扣舷歌，即敲着船舷伴唱。

陪杜侍御游湘西寺

韩 愈

静思屈原沉， 远忆贾生贬。

椒兰争妒忌①，绛灌共谗谄②。

注释：

①椒兰，指大夫子椒、令尹子兰。两人都是迫害屈原的凶手。

②绛（jiàng）灌，指绛侯周勃与灌婴。这两个人都是排挤贾谊的。

汨罗遇风

柳宗元

南来不作楚臣悲①，重入修门自有期②。

为报春风汨罗道， 莫将波浪枉明时③。

作者简介：

柳宗元（773—819），字子厚，河东解州（今山西运城县解州镇）人，世称柳河东。贞元九年进士，授校书郎，调蓝田尉，升监察御史里行。因参与王叔文集团，革新失败后，由礼部元外郎贬为永州司马。这是他到永州时路过汨罗所作。

注释：

①楚臣，指屈原。

②修门，郢都的一座城门。这里暗喻京城，意即重返京城是有期望的。

③明时，清明的时世。

旅次湘沅有怀灵均

孟 郊

分拙多感激①，久游遵长途②。

经过湘水源，怀古方踟蹰③。

旧称楚灵均，此处殒忠躯④。

侧聆故老言⑤，遂得旌贤愚⑥。

名参君子场，行为小人儒⑦。

骚文炫贞亮⑧，体物情崎岖⑨。

三黜有愠色⑩，即非贤哲模⑪。

五十爵高秩，谬膺从大夫。

胸襟积忧愁，容鬓复凋枯⑫。

死为不吊鬼，生作猜谤徒。

吟泽洁其身⑬，忠节宁见输。

怀沙灭其性⑭，孝行焉能俱。

且闻善称君，一何善自殊。

且闻过称己，一何过不渝。

悠哉风土人，角黍投川隅⑮。

16

相传历千祀⑯, 哀悼延八区⑰。

如今圣明朝， 养育无羁孤。

君王逸雍熙⑱, 德化盈纷敷。

巾车徇前侣⑲, 白日犹昆吾。

寄君臣子心， 戒此真良图。

作者简介:
    孟郊（751—814）, 字东野, 唐湖州武康（今浙江德清）人。少年隐居嵩山, 性狷介。贞元十二年进士, 任溧阳尉, 水陆转运判官, 与韩愈交谊颇深。有《孟东野诗集》。

注释:
    ①分拙, 本分, 指自己的才能。
    ②遵, 行, 遵长途, 即长途跋涉。
    ③踟蹰（chí chú）, 要走不走的样子。
    ④殒（yǔn）, 死亡。
    ⑤聆, 听。
    ⑥旌, 表彰。
    ⑦行为句,《论语》:"子谓子夏曰: 女为君子儒, 无为小人儒。" 即不做小人。
    ⑧骚,《离骚》。炫（xuàn）, 照耀。贞亮, 忠贞亮节。
    ⑨体物句, 言《离骚》抒情写物, 曲折多变。
    ⑩黜（chù）, 降职或者罢免, 这里指放逐。愠（yùn）, 怒, 怨恨。
    ⑪模, 楷模。
    ⑫凋枯,《楚辞·渔父》:"颜色憔悴, 形容枯槁。"
    ⑬吟泽,《楚辞·渔父》:"屈原既放, 游于江潭, 行吟泽畔。"
    ⑭怀沙句, 指投江而死。
    ⑮角黍, 即粽子。
    ⑯相传句, 历来祭祀有千多年传承。
    ⑰八区, 八方, 是即东、西、南、北、东南、西南、东北、西北。
    ⑱逸雍熙, 和乐。
    ⑲巾车, 古时一种有被盖的车子。

楚怨

孟 郊

秋入楚江水，独照汨罗魂。

手把绿荷泣，意愁珠泪翻。

九门不可入^①，一犬吠千门^②。

注释：

①九门，指君门。即君门深如九重天，不可入。
②一犬句，《楚辞·怀沙》："邑犬群吠兮，吠所怪也。"

湘弦怨

孟 郊

昧者埋芳草^①，蒿兰同一锄^②。

狂飙怒秋林^③，曲直同一枯^④。

嘉木忌深蠹^⑤，哲人悲巧诬^⑥。

灵均入廻流^⑦，靳尚为良谟^⑧。

我愿分众泉，清浊各异渠。

我愿分众巢，枭鸾相远居^⑨。

此志谅难保，此情谅何如。

湘弦少知音，孤响空踟蹰。

注释：

①昧者，糊涂的人。
②蒿，恶草。兰，香草。
③狂飙（biāo），狂风。
④曲直，指曲木和直木。
⑤蠹（dù），吃树木的虫。
⑥巧诬，奸巧、诬蔑陷害。
⑦入廻流，投水自尽。

18

⑧靳尚，楚怀王的侍臣、因为得到怀王宠妃郑袖的信任，曾通过郑袖劝说怀王释放张仪。谟，计谋。

⑨枭（xiāo），恶鸟。鸾，佳禽，珍贵的鸟。

楚竹吟酬卢虔端公见和湘弦怨

孟 郊

握中有新声①， 楚竹人未闻②。

识音者谓谁， 清夜吹赠君。

昔为潇湘引③， 曾动潇湘云④。

一叫凤改听， 再叫鹤失群。

江花匪秋落， 山日当竹曛。

众浊响杂沓⑤， 孤清思氛氲⑥。

欲知怨有形， 愿向明月分。

一掬灵均泪， 千年湘水文。

注释：

①握中，手中握的楚竹。

②楚竹，一种竹制乐器。

③潇湘引，曲名。

④动，惊动。

⑤众浊，很多的浊音。杂沓，乱糟糟的。

⑥清，清音，暗喻屈原。氛氲（yūn），指声音清亮、繁盛且多变化。

竞渡曲

刘禹锡

沅江五月平堤流①， 邑人相将浮彩舟②。

灵均何年歌已矣， 哀谣振楫从此起③。

扬桴击节雷阗阗④， 乱流齐进声轰然。

蛟龙得雨鬐鬣动，　蝃蝀饮河形影联⑤。

刺史临流褰翠帱，　揭竿命爵分雄雌⑥。

先鸣余勇争鼓舞⑦，　未至衔枚颜色沮⑧。

百胜本自有前期，　一飞由来无定所。

风俗如狂重此时，　纵观云委江之湄⑨。

彩旗夹岸照蛟室，　罗袜凌波呈水嬉。

曲终人散空愁暮，　招屈亭前水东注⑩。

作者简介：

刘禹锡（772—842），字梦得，洛阳（今河南洛阳）人。唐代文学家、哲学家。贞元九年（793）进士，授监察御史。因参加王叔文政治革新，贬至朗州（今湖南常德），后为连州（今广东连州）刺史，又任太子宾客、礼部侍郎、集贤直学士等职。和柳宗元、白居易相交甚笃，人称"刘柳""刘白"。有《刘梦得文集》。

注释：

①平堤流，即水涨与堤平。

②浮彩舟，划龙船。

③楫，划船用的浆。

④桴（fú），鼓槌。节，古乐器，此处应指节拍。

⑤蝃蝀（dì dōng），虹。

⑥分雌雄，分胜负。

⑦先鸣，争先取胜者鸣噪鼓舞。

⑧未至，落在后面的龙舟。衔枚，本指把马带上御口，不准它鸣叫，这里指不作声。颜色沮，即颜色沮丧。

⑨江之湄，江边。

⑩招屈句，意即人们按照风俗，哀谣振楫凭吊屈原，可是到日暮的时候，曲终人散，招屈亭前已经冷落，只有流水依然向东流去，含不尽之情于言外。

采莲行

刘禹锡

屈平祠下沅江水，月照寒波白烟起。

一曲南音此地闻，长安北望三千里①。

注释：

　　①一曲、长安二句，作者因王叔文被谪贬朗州（今湖南常德市）。一个寒冷的夜晚，在屈原祠下听到了一曲南音，顿生哀痛之感，觉得自己远离长安有三千里了。这与屈原当年的放逐相类似，因此不胜感慨。

楚 歌

元 稹

八荒同日月①，万古共山川。

生死既由命， 兴衰还付天。

栖栖王粲赋②，愤愤屈平篇③。

各自埋幽恨， 江流终宛然④。

作者简介：

　　元稹（779—831），字微之，唐河南府东都洛阳（今河南洛阳）人。贞元间进士，曾任校书郎、左拾遗、监察御史、武昌节度使等职。曾于元和五年（810）贬为江陵士曹参军。和白居易友善，世称"元白"，号"元和体"。有《元氏长庆集》。

注释：

　　①八荒，八指东、西、南、北、东南、西南、东北、西北。荒，指荒远之地。贾谊《过秦论上》："囊括四海之意，并吞八荒之心。"

　　②王粲（càn）赋，即王粲写的《登楼赋》。王粲，汉末人，因战乱去荆州依刘表，但不为刘表重视，偶登当阳县城楼，乃作此赋。赋中情辞激愤，无限伤感，充分抒发了自己怀才不遇，日久思乡的心情。

③屈平篇，指屈原《离骚》等篇章。

④江流句，指王粲和屈原心中都埋藏着幽恨，屈原愤恨投江殉国，而江流却宛然如故。

读史

白居易

楚怀放灵均①，国政亦荒淫。

彷徨未忍决②，绕泽行悲吟③。

汉文疑贾生④，谪置湘之阴⑤。

是时刑方措⑥，此去难为心⑦。

士生一代间，谁不有浮沉？

良时真可惜，乱世何足钦。

乃知汨罗恨⑧，未抵长沙深⑨。

作者简介：

白居易（772—846），字乐天，自号香山居士。祖籍太原（今山西太原），后迁下邽（今陕西渭南东北）。唐贞元十六年进士。元和以来，曾任翰林学士、左拾遗、赞善大夫等职。后因得罪权贵，贬为江州（今江西九江）司马。长庆年初，任杭州刺史。宝历初年，任苏州刺史，后官至刑部尚书。与刘禹锡唱和甚多，人称"刘白"，有《白氏长庆集》。

注释：

①楚怀，楚怀王。放，放逐。灵均，屈原。

②彷（páng）徨，犹疑不定。未忍决，没有忍心决绝。

③绕泽句，《楚辞·渔父》："屈原既放，游于江潭，行吟泽畔。"

④汉文句，汉文帝不相信贾谊。

⑤湘之阴，即湘江的南岸，即指长沙。

⑥刑方措，刑法弃置不用。

⑦难为心，心情实在难受。

⑧汨罗恨，指屈原恨。

⑨长沙，指贾谊，贾谊又称贾长沙。

七言古诗

白居易

楚怀邪乱灵均直①，放弃合宜何恻恻②。

汉文明圣贾生贤③，谪向长沙堪叹息。

人事多端何足怪④，天文至信犹差忒⑤。

月离于毕合滂沱⑥，有时不雨谁能测⑦。

注释：
①楚怀，楚怀王。邪乱，昏庸无能。直，正直。
②恻恻，悲痛。
③汉文，汉文帝。
④人事多端，世事纷纭复杂。
⑤至信，最可相信。忒（tè），差错。
⑥月离句，古代天文学家认为月亮离开毕星就会有滂沱大雨。
⑦测，算，推测。

和万州杨使君四绝句

竞渡（录一）

白居易

竞渡相传为汨罗①，不能止遏意无他②。

自经放逐来憔悴③，能效灵均死几多④？

注释：
①为汨罗，即起源于屈原自沉汨罗。
②无他（tuō），他，古音读"拖"，指其他的，别的。
③憔悴，《楚辞·渔父》："屈原既放，游于江潭，行吟泽畔，颜色憔悴，形容枯槁。"
④能效句，意即能够像屈原那样死去的人有几个呢？这就是龙舟竞渡永不停歇的原因。

楚厉①

李商隐

湘波如泪色潦潦②，楚厉迷魂逐恨遥。

枫树夜猿愁自断③，女萝山鬼语相邀④。

空归腐败犹难复⑤，更困腥臊岂易招⑥？

但使故乡三户在⑦，彩丝谁惜惧长蛟。

作者简介：

　　李商隐（约813—约858），字义山，怀州河内（今河南沁阳）人。唐代诗人，进士出身。诗与温庭筠齐名，人称"温李"，有《樊南文集》传世。唐大中二年，他自桂林返长安，过湘水时，因怀念屈原，故作此诗。

注释：

　　①楚厉，《礼记·祭法》："死而无后者谓厉。"此诗称因为溺死，在古礼制中不允许后人祭祀的鬼魂为"厉"。此诗亦题《楚宫》。
　　②潦潦（liáo），清澈幽深的样子。
　　③枫树句，《楚辞·招魂》："湛湛江水兮上有枫。"江水清清流淌啊，岸上有一片枫林。《九歌·山鬼》："猿啾啾兮，狖夜鸣。"黑色长尾猿在彻夜悲鸣。狖（yòu），黑色长尾猴。
　　④女萝，《九歌·山鬼》："被薜荔兮带女萝。"身披薜荔，腰缠女萝。女萝即松萝。
　　⑤空归句，指屈原投江，尸体腐败。招魂礼俗使灵魂复归人体称为"复"。
　　⑥腥臊，指鱼。传说屈原投江后，尸体被鱼咬坏。招，指招魂礼。
　　⑦三户，《史记·项羽本纪》："楚南公曰：'楚虽三户，亡秦必楚。'"意即，楚国哪怕只剩下三户，也要灭亡秦国，恢复楚国。

汨罗

李德裕

远谪南荒一病身①，停舟暂吊汨罗人②。

都缘靳尚图专国③，岂是怀王厌直臣④。

万里碧潭秋景静， 四时愁色野花新。

不劳渔父重相问⑤，自有招魂拭泪巾⑥。

作者简介：

李德裕（787—850），字文饶，赵郡（今河北赵县）人。历任浙西观察使、西川节度使、兵部尚书等职。唐武宗时居相位，因反对牛僧儒集团，宣宗大中初被贬为崖州（今海南省琼山东南）司户，后卒于贬所。这是他赴崖州经汨罗时所作。

注释：

①远谪南荒，作者因反对牛僧儒集团被贬到了遥远的海南。

②汨罗人，指屈原。

③靳尚，一说是怀王的侍人，谗佞之人；一说为上官大夫。

④直臣，指屈原。

⑤渔父，指江上的渔翁。

⑥招魂，指《楚辞·招魂》篇。一说宋玉招屈原魂所作；一说屈原为招怀王魂而作。

听弹《沉湘》

雍裕之

贾谊投文吊屈平①，瑶琴能写此时情②。

秋风一奏沉湘曲③，流水千年作恨声④！

作者简介：

雍裕之，蜀州（今四川崇庆）人，为唐德宗贞元（785—805）年间诗人，数举进士不第，飘零四方。《全唐诗》录诗歌三十首。

注释：

①贾谊句，《史记·屈原列传》："汉有贾生，为长沙王太傅，过湘水，投书以吊屈原。"即贾谊作了一篇《吊屈原赋》凭吊屈原。

②瑶琴，装饰有珠宝玉石的七弦琴。

③沉湘曲，唐代陈康士琴曲有《沉湘》七章。沉湘指屈原自沉汨罗之事。

④流水，指《高山流水》古琴曲，后多以"流水"泛指琴曲。

涉沅潇

李绅

屈原死处潇湘阴①，沧浪淼淼云沉沉②。

蛟龙长怒虎长啸，　山木翛翛波浪深③。

烟横日落惊鸿起，　山映余霞杳千里。

鸿叫离离入暮天，　霞消漠漠深云水。

水灵江暗扬波涛，　鼋鼍动荡风骚骚④。

行人望望待明月，　星沉汉浮魈鬼号⑤。

屈原尔为怀王没，　水府通天化灵物。

何不驱雷击电除奸邪，可怜空作沉泉骨。

举杯沥酒招尔魂⑥，月影滉漾开乾坤⑦。

波白水黑山隐见，　汨罗之上遥昏昏。

风帆候晓看五两⑧，戍鼓咚咚远山响⑨。

潮满江津猿鸟啼，　荆夫楚语飞蛮桨⑩。

潇湘岛浦无人居，　风惊水暗惟鲛鱼。

行来击棹独长叹⑪，问尔精魄何所如⑫？

作者简介：

李绅（772—846），字公垂，润州无锡人。唐元和进士，穆宗时为右拾遗、翰林学士，累迁户部侍郎。武宗时拜相，卒前任淮南节度使。与元稹、白居易交友甚密。为新乐府运动的参与者，有悯农诗二首较为有名。《全唐诗》存其诗四卷。

注释：

①潇湘阴，潇水湘水之南。此处代指汨罗。

②沧浪，古水名。《孟子》："沧浪之水清。"这里的沧浪是指屈原沉水的汨罗江。淼，渺的异体字。渺渺，水悠远貌。

③翛翛（xiāo），树木枯败的样子。本意指鸟的羽毛枯焦，无光泽。

④鼋鼍（yuán tuó），癞头鳖与扬子鳄。

⑤伥鬼，丑陋的江河鬼怪。

⑥沥（lì）酒，沥酒即清酒，这里的沥作动词，即滴酒。

⑦滉（huàng）漾，深远辽阔的水面微微动荡。《抱朴子·傅喻》有"沧海滉漾"。

⑧五两，古人用五两鸡毛制成的测风仪。

⑨戌（xū）鼓，军中夜间戒严的鼓声。

⑩荆夫，楚地的船夫。荆，即楚地。

⑪击棹（zhào），敲击船桨。

⑫精魄，指屈原的忠魂。

楚江怀古

殷尧藩

骚灵不可见①，楚些竟谁闻②？

欲采苹花去③，沧州隔暮云④。

作者简介：

殷尧藩（780—855），秀州（今苏州嘉兴）人。唐元和九年（814）进士，历任永乐县令、福州从事。曾随李翱于潭州（今长沙）幕府，后官至监察御史。《全唐诗》录其诗一卷。

注释：

①骚灵，指屈原的灵魂。

②楚些（suò），指《楚辞·招魂》篇。些，为楚人禁咒中常用的句尾语气词。洪兴祖《楚辞补注》："凡禁咒句尾皆称些，乃楚人旧俗。"

③采苹（píng），古代用苹作祭品，意即采苹花去祭奠屈原。苹，即田字草。

④沧州，滨水之地。暗绿色江水为沧，州可作洲。古人多指隐者所居之地。

三闾大夫

刘 威

三闾一去湘山老①，烟水悠悠痛古今②。

青史已书殷鉴在③，词人劳咏楚江深④。

竹移低影潜贞节⑤，月入中流洗恨心⑥。

再引离骚见微旨⑦，肯教渔父会升沉⑧。

作者简介：

　　刘威，字里，唐慎县人。仕杨行密为牙将，擢庐州刺史，迁镇南节度使，卒于任。曾活跃于武宗会昌（约844）年间。《全唐诗》录其诗作二十七首。

注释：

　　①湘山，在湖南省洞庭湖中。

　　②烟水，指洞庭湖面的烟波。

　　③青史，古代在竹简上记事，故称史书为青史。殷鉴，《诗·大雅·荡》："殷鉴不远，在夏后之世。"谓殷人灭夏，殷的子孙应以夏的灭亡为鉴戒，后来泛称可作借鉴的历史教训。

　　④劳咏，以慰藉的心情咏叹。离骚，泛指屈原的诗歌作品。

　　⑤潜贞节，隐藏着正直的气节。喻屈原的品格。

　　⑥中流，河流的中央。

　　⑦微旨，深奥、微妙的意图。

　　⑧升沉，即仕途浮沉。

楚江怀古二首

马 戴

一

露气寒光集，　微阳下楚丘①。

猿啼洞庭树，　人在木兰舟②。

广泽生明月③，苍山夹乱流④。

云中君不见⑤，竟夕自悲秋⑥。

二

野风吹蕙带，　骤雨滴兰桡。

屈宋魂冥寞⑦，江山思寂寥。

阴霓侵晚景⑧，海树入回潮⑨。

欲折寒芳荐⑩，明神讵可招⑪。

作者简介：

马戴，字虞臣，华州(今陕西华县)人。唐武宗会昌四年（844）进士，官终太学博士。《全唐诗》存诗二卷。

注释：

①微阳，即下山的斜阳。楚丘，楚地的山丘。

②木兰舟，用木兰材质制作的舟船。

③广泽，辽阔的水泽，即洞庭。

④苍山，苍绿的楚丘。

⑤云中君，云神。《楚辞·九歌》所祀诸神之一。喻指屈原。

⑥悲秋，面对秋景而悲伤。《楚辞·九辨》："悲哉，秋之为气也！"为秋天的萧瑟之气悲伤！

⑦屈宋，屈原、宋玉。冥寞，深远、寂静。

⑧霓，雨后天空中与虹同时出现的彩色圆弧。侵，逐渐干扰。

⑨回潮，涨回海岸边的潮水。

⑩寒芳，寒秋时的芳草。荐，献，祭奠。

⑪明神，指屈原的灵神。讵，难道。

湖中古愁

李群玉

昔我睹云梦①，穷秋经汨罗②。

灵均竟不返，　怨气成微波。

奠桂开古祠③，朦胧入幽萝④。

落日潇湘上， 凄凉吟九歌⑤。

作者简介：

　　李群玉（约808—862），字文山，澧州（今湖南澧县）人，擅吹笙和书法。举进士不第，后以布衣游长安。唐大中年间，进诗于宣宗，授宏文馆校书郎，不久弃职。其诗善写羁旅之情，有《李群玉集》。

注释：

　　①云梦，古泽名。在今湖北监利县北，亦指洞庭湖。孟浩然《临洞庭上张丞相》："气蒸云梦泽，波撼岳阳城。"
　　②穷秋，深秋。
　　③奠桂，用桂花酒祭奠。
　　④幽萝，幽雅的松萝。

竞渡时在湖外偶成章

李群玉

雷奔电逝三千儿①，彩舟画楫射初晖②。

喧江锣鼓鳞甲动③，三十六龙衔浪飞④。

灵均昔日投湘死， 千古沉魂在湘水。

绿草斜烟日暮时， 笛声幽远愁江鬼。

注释：

　　①雷奔电逝，指龙舟划行速度飞快。
　　②彩舟，龙舟。初晖，早晨的阳光。
　　③鳞甲动，指绘有龙鳞的龙船和桡子在快速划动前进。
　　④三十六龙，即三十六只龙船。

三闾庙

汪遵

为嫌朝野尽陶陶①，不觉官高怨亦高。

憔悴莫酬渔父笑②，浪交千载咏离骚③。

作者简介：

汪遵，唐宣州泾县（今安徽宣城）人。初为县吏，后辞役就贡，于懿宗咸通七年（866）登进士第。善为绝句，有《汪遵诗》一卷。

注释：

①朝野，朝，在朝廷做官的人；野，一般的群众。陶陶（táo），快乐的样子。诗言盲目乐观。

②酬，应对。渔父笑，《楚辞·渔父》："渔父莞尔而笑，鼓枻而去。"渔父微微一笑，用手敲着船桨而去。

③浪交，即浪教。浪，本意放纵，诗言纵情咏骚。

招屈亭

汪遵

三闾溺处杀怀王①，感得荆人尽缟裳②。

招屈亭边两重恨③，远天秋色暮苍苍。

注释：

①杀怀王，以怀王代指楚国。杀为衰败之意。即指楚国衰败。处，指时候。

②荆人，楚国人。缟裳，白衣。即穿上白衣为屈原举哀。

③两重恨，一恨屈原遭逐后怀石自沉，二恨楚顷襄王无能致使楚亡。

屈 祠

汪 遵

不肯迂回入醉乡①，乍吞忠梗没沧浪②。

至今祠畔猿啼月③，了了犹疑恨楚王④。

注释：

①不肯句，《楚辞·渔父》："宁赴湘流，葬身于江鱼之腹中。

安能以浩浩之白，而蒙世俗之尘埃乎？"这是屈原表白自己绝不哺糟啜醨，与世浮沉。

②没沧浪，指投江自沉。

③猿啼，《楚辞·山鬼》："猿啾啾兮狖夜鸣。"狖（yòu），黑色长尾猿。

④了了，清清楚楚。元好问《客意》诗："雪屋灯青客枕孤，眼中了了见归途。"

古意

孙郃

屈子生楚国，　七雄知其材。

介洁世不容，　迹合藏蒿莱①。

道废固命也②，瓢饮亦贤哉③！

何事葬江水④，空使后人哀。

作者简介：

孙郃，郃（hé），字希韩，唐四明人。与方干友善。《全唐诗》仅录诗三首。此诗认为屈原应知命安分，何必去投水自尽。

注释：

①藏蒿莱（lái），即隐居的意思。

②道废，正确的主张被废弃。

③瓢饮，《论语·雍也》："一箪（dān）食，一瓢饮。"言生活条件简陋。

④何事，为什么要去。

放歌行

邵谒

龟为秉灵亡①，　鱼为弄珠死②。

心中自有贼，　莫怨任公子③。

屈原若不贤，　焉得沉湘水。

32

作者简介:

邵谒,谒(yè),晚唐诗人。出身贫苦,工于古诗。此诗言屈原屈死于他的治国才干和忠诚。

注释:

①秉灵,具有灵性。《墨子·亲士》:"灵龟先灼。"

②弄珠,《淮南子》:"宋王亡珠,而池中鱼为之殚(dān)。"古代传说鱼龙喜弄珠。

③任公子,寓言中一位善钓鱼的人。

南楚怀古①

陶 翰

南国久芜漫, 我来空郁陶②。

君看章华宫③, 处处生黄蒿。

但见陵与谷, 岂知贤与豪④。

精魂托古木, 宝玉捐江皋⑤。

倚棹下晴景⑥, 回舟随晚涛。

碧云暮寥落, 湖上秋自高⑦。

往事那堪问, 此心徒自劳⑧。

独余湘水上, 千载闻离骚。

作者简介:

陶翰,润州(今江苏镇江)人。唐玄宗开元十八年(730)进士,曾中博学宏辞,官终礼部员外郎。以《冰壶赋》显名。

注释:

①南楚,指湖南、江西大部分地区及安徽南部。古有南楚、西楚、东楚之分。

②芜漫,杂草遍野,荒凉景象。郁陶,心情愤郁。《尚书·五子之歌》:"郁陶乎予心。"

③章华宫,即章华台,楚离宫,在古华容城内,台高十丈,基广十五丈。

④陵与谷，丘陵、河谷。贤与豪，贤士、豪杰。

⑤宝玉句，《九歌·湘君》："捐余玦兮江中。"指把玉饰件扔在江里。此句意为把宝贵的美玉丢在江边。玦（jué），半环形玉饰。江皋，江边。

⑥倚棹，棹，长柄的桨。指摇着船桨。

⑦寥落，稀疏的样子。秋，悲愁。《广雅·释诂四》："秋，愁也。"

⑧往事，往日屈原自沉之事。徒自劳，意为只能独自愁苦。

离 骚

陆龟蒙

天问复招魂①，无因彻帝阍②。

岂知千丽句③，不敌一谗言④。

作者简介：

陆龟蒙（？—881），唐长洲（今苏州）人。字鲁望，号天随子、江湖散人、甫里先生。曾任湖州、苏州刺史幕僚，后隐居松江甫里，编著有《甫里先生文集》《笠泽丛书》等。

注释：

①天问、招魂，都是屈原的作品。

②彻帝阍（hūn），《楚辞·离骚》："吾令帝阍开关兮。"彻，贯通。帝阍，天帝的守门人。

③千丽句，指屈原那些辞藻华丽的诸多作品。

④谗言，指上官大夫等人为了陷害屈原，对楚王所说的坏话。

罗江驿①

唐彦谦

数枝高柳带鸣鸦，一树山榴自落花②。

已是向来多泪眼，短亭回首在天涯③。

注释：

①罗江驿，汨罗江古驿站。

②山榴，石榴。
③已是句，为屈原流泪。短亭句，为自己在天涯流泪。

楚 事

吴 融

悲秋应亦抵伤春①，屈宋当年并楚臣②。

何事从来好时节， 只将惆怅付词人③。

作者简介：

    吴融（？—903）字子华，唐越州山阴(今浙江绍兴会稽）人。昭宗龙纪（889）进士，历任侍御史、中书舍人、户部侍郎，官终翰林承旨学士。后罢官流寓荆南（今湖北江陵）。有《唐音集》三卷。

注释：

    ①悲秋句，宋玉《九辨》："悲哉！秋之为气也。"为秋天的萧瑟之气悲伤。屈原《招魂》："目极千里兮伤春心。"纵目广袤故国，激起伤春之情。抵，相当。
    ②屈宋句，屈原、宋玉二人都是楚国之臣。
    ③惆怅，愁闷、伤感。词人，指屈原和宋玉。

湘中作

韦庄

千重烟树万重波， 因便何妨吊汨罗①。

楚地不知秦地乱， 南人空怪北人多。

臣心未肯教迁鼎②， 天道还应欲止戈③。

否去泰来终可待④， 夜寒休唱饭牛歌⑤。

作者简介：

    韦庄（约836—910），字端己，长安杜陵（今陕西西安东南）人。乾宁进士，曾任校书郎、左补阙等职，后入蜀为王建幕府掌书记。唐亡，王建称帝时，任宰相。词与温庭筠合称"温韦"，是"花间派"代表人物之一，有《浣花集》。

注释:

①吊汨罗, 即吊屈原。

②鼎, 古代以为立国的重器, 像徽国家。迁鼎, 即移鼎, 指国家灭亡。

③止戈, 即停止战争。

④否去句, 否(pǐ)、泰, 是周易中的两个卦名。否谓: "天地不交而万物不通。"泰谓: "天地交而万物通。"后常合用, 指世道盛衰和人事通塞之变。

⑤《饭牛歌》, 又名《扣角歌》《牛角歌》《商歌》。相传春秋时, 文人宁戚饲牛于齐国东门外, 待恒公出, 一边扣牛角, 一边唱此歌, 恒公闻而异之, 授以大田之职。

题屈原祠

洪州将军

苍藤古木几经春, 旧祀祠堂小水滨①。

行客谩陈三酹酒②, 大夫元是独醒人③。

作者简介:

洪州将军, 据《全唐诗》记载: "《青锁集》: '屈子沉沙之处, 在岳州(今岳阳)境内汨罗江。上有祠, 以渔父配享。唐末, 有洪州(今江西南昌)衙前将军, 忘其姓名, 题一绝, 自后能诗者不能措手。'"

注释:

①祠堂, 指汨罗屈原庙。小水滨, 指汨罗江。

②行客, 即作者和参加祭屈的人。谩陈, 即漫陈, 广泛陈放。三酹(zhòu)酒, 多次敬献的醇酒。

③大夫, 指三闾大夫屈原。元, 通原。

屈原庙

崔 涂

谗胜祸难防①, 沉冤信可伤②。

本图安楚国③, 不是怨怀王。

庙古碑无字④，洲晴蕙有香⑤。

独醒人尚笑⑥，谁与奠椒浆⑦。

作者简介：

崔涂，字礼山，唐桐庐（今浙江富春江一带）人。唐僖宗光启四年(888)进士。《全唐诗》存其诗一卷。他写的最有名的一首诗是《除夜有怀》。终生漫游巴蜀、吴楚、河南、秦陇等地，故其诗多以漂泊生活为题材，情调苍凉。

注释：

①谗胜，尽是谗言。

②沉冤，一作"沉魂"，指屈原含冤自沉。信，的确。

③本图句，本为图谋楚国的安定。

④碑无字，谓年代久远，碑石风化，字迹不见。

⑤洲晴句，晴一作"暗"。蕙，香草，亦称佩兰。

⑥独醒人，即屈原。

⑦椒浆（jiāo jiāng），用花椒浸制的美酒。《九歌·东皇太一》："奠桂酒兮椒浆。"用香料浸泡的美酒来祭奠。

吊灵均

王鲁复

万古汨罗深， 骚人道不沉①。

明明唐日月②，应见楚臣心③。

作者简介：

王鲁复，字梦周，唐连江（今福建福州）人。大历（766—779）年间献诗，曾为邕（yōng）州府（今广西南宁）从事。《全唐诗》收其诗四首。

注释：

①骚人，指屈原。骚，指《离骚》。道：指屈原的美政理想。沉，意为沉没，消失。

②明明，明亮。唐，一指唐朝；二为广大，光大之意。既指唐朝兴盛，又喻屈原理想与日月争光。

③楚臣，既指屈原，又喻诗作者。心，忠君爱国的精神和美政理想。

汨罗

胡曾

襄王不用直臣筹①，放逐南来泽国秋②。

自向波间葬鱼腹③，楚人徒倚渡川舟④。

作者简介：

胡曾，字秋田，湖南邵阳人。唐懿宗咸通（860—874）中，举进士不第，尝为汉南节度使从事。后为陆岩、高骈诸人幕僚。有《安定集》十卷，《咏史诗》三卷。

注释：

①襄王，顷襄王，楚怀王之子熊横。直臣，屈原。筹，谋划。
②泽国秋，楚襄王时，屈原被放逐到洞庭湖一带。秋，喻悲愁。
③葬鱼腹，《楚辞·渔父》："宁赴湘流，葬身于江鱼之腹中。"此处指屈原投江殉国。
④徒倚渡川舟，只得划着渡人过河的舟船。

罗 渊①

张翔

谠言忠谏阻春宵②，放逐南荒泽国遥③。

五梦楚兰香易染④，一魂湘水渺难招。

风声落日心逾壮， 鱼腹终天恨未消⑤。

却借微香荐苹藻⑥，海门何处问渔樵⑦？

作者简介：

张翔（724—779）安定人，字子翼。唐玄宗天宝初入仕，历任济王府参军、阌乡尉、陕县尉、京兆功曹等职，官至殿中侍御史。

注释：

①罗渊，即屈原沉江处，亦称"河泊潭"。北魏郦道元《水经注·湘水》载："汨水又西为屈潭，即汨罗渊也。屈原怀沙，自沉于此，故渊潭以屈为名。"

②谠（dǎng）言，正直美善的言论。

③南荒泽国，南荒，南方荒芜之地，泽国，是洞庭湖地区。

④五梦楚兰，楚，楚国。五梦楚兰借用"梦兰"之典，相传春秋时，郑文公妾燕姞（jí）梦天使赐兰而生穆公，因称妇女怀子为"梦兰"。此句言楚国人世代得子容易。喻楚国世代人才济济。

⑤鱼腹句，言屈原投江之恨极难消除。

⑥苹藻（píngzǎo），苹与藻，皆水草名。古人常采作祭祀之用。

⑦海门，指罗渊的出口处。

洞庭南馆

张祜

一径逗霜林， 朱栏绕碧岑。

地盘云梦角， 山镇洞庭心①。

树白看烟起②，沙红见日沉③。

还因此悲屈④，惆怅又行吟⑤。

作者简介：

张祜(hù)（约785—849），字承吉，唐清河（今邢台市清河县）人。未进仕途，为晚唐布衣诗人。早年曾寓居姑苏，后辟诸侯府，为元稹排挤，遂至淮南等地隐居，卒于大中年间。有《张处士诗集》。

注释：

①山镇句，指洞庭湖中的君山。

②树白句，高树色淡如同白烟升起。

③沙红句，落日照射沙滩呈现淡淡红色。

④屈，屈原。

⑤惆怅句，如同屈原一样行吟泽畔，失意悲伤。

吊灵均词

皎然

昧天道兮有无①，　听汨渚兮踌躇②。

期灵均兮若存③，　问神理兮何如？

愿君精兮为月④，　出孤影兮示予⑤。

天独何兮有君？　君在万兮不群⑥。

既冰心兮皎洁，　上问天兮胡不闻⑦？

天不闻兮神莫睹，若云冥冥兮雷霆怒⑧。

萧条杳眇兮余草莽⑨，　古木春兮为谁？

今猿哀兮何思？　风激烈兮楚竹死。

国殇人悲兮雨飔飔⑩，　雨飔飔兮望君时。

光芒荡漾兮化为水，　万古忠贞兮徒尔为。

作者简介：

皎然，僧人，俗姓谢，字清昼，灵运十世孙。唐湖州（今浙江湖州市）人。文章华丽，颜真卿、韦应物并重之。与贯休、齐己并称为"唐三高僧"。贞元中（785—805）敕写其文集入秘阁。有《皎然集》十卷、诗论多种。

注释：

①昧，不明。天道，自然规律。《荀子·天论》："天有常道矣。"
②踌躇，得意的样子。
③期，盼望。
④精，精魄，灵魂。
⑤示予，显示出来。
⑥万，即满朝文武。不群，卓异，不平凡。
⑦问天，楚辞有《天问》篇，天问就是问天。向天鸣不平，暗喻自己信而见疑，忠而被谤，怀疑天道不公。
⑧冥冥，晦暗，昏昧。
⑨杳眇，深远貌。
⑩国殇，为国牺牲的烈士。飔飔（sī），凉风，比喻凄风苦雨。

湘川怀古

清江

潇湘连汨罗，　复对九嶷河①。

浪势屈原冢②，竹声渔父歌③。

地荒征骑少④，天暖浴禽多。

脉脉东流水⑤，古今同奈何⑥。

作者简介：

　　清江，唐会稽人。为浙江诸暨若邪云门寺僧。大历贞元间（785—805），诗与清昼（即皎然）齐名，称为"会稽二清"。《全唐诗》辑其诗一卷。

注释：

　　①九嶷河，湖南宁远九嶷山下的河流。

　　②屈原冢（zhǒng），屈原疑冢十二座，在汨罗江北岸的烈女岭上，一座因修京广复线被土堆掩埋。今存十一座。此句指疑冢如波浪起伏。

　　③竹声，指箫笛一类竹制乐器的声音。渔夫歌，即《楚辞·渔父》诗中所唱的《孺子歌》，此歌原出《孟子·离娄》。

　　④地荒句，指这块地方恨荒凉，骑马远征经过这里的人很少。征骑（jì），征战的骑兵。

　　⑤脉脉，两相对视的样子。

　　⑥古今句，古往今来同样无计可施。

渔父

李中

烟冷暮江滨，高歌散诞身①。

移舟过蓼岸，待月正丝纶②。

亦与樵翁约，同游酒市春。

白头云水上，不识独醒人③。

作者简介：

　　李中，字有中。五代南唐（937—975）诗人，生卒年不详，为江西九江人。南唐升元六年（942）与刘钧等同读于白鹿洞庐山国学，仕淦阳宰。有《碧云集》三卷。

注释：

　　①散诞，闲散。
　　②正丝纶，垂钓。
　　③独醒人，指屈原。此句言独醒的屈大夫人找不到了。

屈　原

周　昙

满朝皆醉不容醒，　众浊如何拟独清①。

江上流人真浪死②，谁知浸润误深诚③。

作者简介：

　　周昙（tán），生卒年不详，唐代诗人。唐末(889—907)曾任国子直讲。著有《咏史诗》八卷，今台湾"中央"图书馆有影宋抄本《经进周昙咏史诗》三卷。

注释：

　　①首二句，出自《楚辞·渔父》："举世皆浊我独清，众人皆醉我独醒。"言朝廷不让屈原独醒，在浊流中让品格高洁是要有胆识的。
　　②流人，被朝廷流放的人，指屈原。浪死，指白白牺牲。
　　③浸润，谓谗言积累，逐渐发生作用。《论语·颜渊》："浸润之谮（zèn）。"谮人之言，如物受水渗透。

顷襄王

周　昙

秦陷荆王死不还①，只缘偏听子兰言。

顷襄还信子兰语，忍使江鱼葬屈原②！

注释：
①荆王，指楚怀王。言怀王入武关，客死于秦之事。
②忍使，狠心让。

灵均

黄滔

莫问灵均昔日游， 江蓠春尽岸枫秋①。

至今此事何人雪②，月照楚山湘水流。

作者简介：

黄滔（840—911）字文江，福建莆田县人。唐乾宁二年（公元895年）进士，光化二年官四门博士，天复元年（901）官至监察御史里行，充任威武军节度推官。黄滔是晚唐著名诗人，《四库全书》收《黄御史集》十卷、附录一卷，其诗作近二百首。

注释：

①江蓠（lí），一种生长在水边的香草。《楚辞·离骚》："扈江离与辟芷兮，纫秋兰以为佩。"披着江蓠和幽僻之地的白芷哟，又系着秋兰结成的饰带。岸枫秋，高大的枫树将迎来落叶纷纷的秋天。

②何人雪，有谁给屈原昭雪呢？

读《离骚经》

贯休

湘江滨，　　　　　　　湘江滨，

兰红芷白波如银①，　　终须一去呼湘君②。

问湘神，云中君③，　　不知何以交灵均④？

我恐湘江之鱼兮，　　　死后尽为人。

曾食灵均之肉兮⑤，　　个个为忠臣。

又想灵均之骨兮终不曲⑥，千年波底色如玉。

谁能入水少取得，　　　　香沐函题贡上国⑦。

贡上国，即全胜：　　　　和璞悬璃，垂棘结绿⑧。

作者简介：

贯休（832—913），俗姓姜，字德隐，婺州兰溪（今浙江兰溪）人。唐末五代前蜀画僧、诗僧。七岁出家和安寺，后居杭州灵隐寺。昭宗天复间（901—903）入蜀，被前蜀主王建封为"禅月大师"，有诗《禅月集》。

注释：

①兰红，有一种兰草称红兰。芷白，芷草夏天开白花。

②湘君，即《九歌·湘君》，湘君是湘水男神。

③云中君，即《九歌·云中君》，云中君是云神。

④交，同教。

⑤曾食句，传说屈原投江，他的尸体曾被鱼咬坏。

⑥不曲，不偏邪，正直。《韩非子·有度》："能去私曲，就公法者，民安而国治。"

⑦香沐句，即把屈原的骨头装在香木做的盒子里面，题上屈原的名字，送到京城。

⑧和璞悬璃，垂棘结绿，《战国策·秦策三》："臣闻周有砥厄，宋有结绿，梁有悬黎，楚有和璞，此四宝者，工之所失也，而为天下名器。"班固《西都赋》："悬黎、垂棘、夜光在焉。"指战国时期天下闻名的宝玉，比喻屈原忠骨如美玉。

罗渊

贯　休

烟痕漾秋色①，高吟似有邻②。

一轮湘渚月，万古独醒人。

岸湿穿花远③，风香祷庙频④。

只应讷佞者⑤，到此不伤神。

注释：

①烟痕句，水中倒映的烟痕微微摇荡着秋色。

44

②有邻，有可亲近的对象。
③穿花，即穿过江边的花丛。
④祷庙，在屈原庙中祝祷。
⑤谀佞者，阿谀奉承的奸佞。

湘中寓居春日感怀

齐 己

江禽野兽两堪伤， 避射惊弹各自忙。

头角任多无獬豸①，羽毛虽众让鸳鸯。

落苔红小樱桃熟， 侵井青纤燕麦长②。

吟把离骚忆前事③，汨罗春浪撼残阳。

作者简介：

　　齐己（约863—937），出家前俗名胡德生，晚年自号衡岳沙门，湖南益阳人，唐朝晚期著名诗僧。齐己的一生经历了唐朝和五代中的三个朝代。出家大沩山同庆寺，复栖衡岳东林与江陵龙兴寺。有《白莲集》十卷，外篇一卷。

注释：

　　①獬豸（xiè zhì），传说中的异兽，能辨是非曲直，见人争斗，即以角触不直者。《述异记》："獬豸者，一角之羊也。性知人有罪。"獬豸，模样如长着一只角的羊。它有知道人有无罪过的本事。

　　②燕麦，一种草本植物，叶子细长而尖，花绿色，小穗有细长的芒。子实可作粮食和饲料。

　　③前事，屈原自沉之事。

潇湘

齐 己

寒清健碧远相含①，珠媚根源在极南②。

流古递今空作岛③，逗山冲壁自为潭④。

迁来贾谊愁无限， 谪过灵均恨不堪。

毕竟输他老渔叟⑤，绿蓑青竹钓浓蓝⑥。

注释：
　　①寒清句，言潇湘二水清与碧相匹配，远远的在心中怀念。健，伉也。对潇湘的怀念即对屈原也。
　　②珠媚句，盛装的宫女（喻奸佞）谄媚的原因在帝王宫中有南后也。珠，珠翠，喻盛装之女。极，指帝王。
　　③流古句，江流之水经古今的轮换更替，使原有的小岛也看不见了。
　　④逗山句，江水与山投合冲刷岸壁，逐渐形成了深潭。逗，投合。
　　⑤渔叟，即渔父。
　　⑥青竹，钓竿。浓蓝，指深蓝的江水。

吊汨罗

齐 己

落日倚阑干， 徘徊汨罗曲①。

冤魂如可吊②，烟浪声似哭。

我欲考鼋鼍③之心，烹鱼龙之腹。

尔既啖大夫之血， 食大夫之肉。

千载之后， 犹斯暗伏④。

将谓唐尧之尊⑤， 还如荒悴之君⑥。

更有逐臣， 于焉葬魂，

得以纵其噬⑦， 咨其吞⑧。

注释：
　　①汨罗曲，即汨罗江弯曲处。枚乘《七发》："并往观涛乎广陵之曲江。"广陵之曲江，即扬州市南长江一段弯曲之处。
　　②冤魂，指屈原的魂灵。
　　③鼋鼍，见李绅《涉沅潇》注。
　　④暗伏，隐藏。一作"藏伏"。

⑤唐尧，暗喻当时的君主。
⑥荒悴之君，指放纵的楚怀王和楚襄王。
⑦纵其噬，任性地吞咬。
⑧咨，中华书局版改为"恣"，即任意，无拘束。

怀潇湘即事寄友人

齐 己

漫野遥空澹荡和①，十年邻住听渔歌。

城临远棹浮烟泊， 寺近闲人泛月过②。

岸引绿芜春雨细③，汀连斑竹晚风多④。

可怜千古怀沙地⑤，还有鱼龙弄白波。

注释：
①澹荡和，指和风激起水面微波。
②泛月，在云中时露时隐的月亮。
③绿芜，丛生的绿草。杜甫《徐步》："整履步青芜。"整理鞋子踩踏丛生的青草。
④汀，水边平地。
⑤怀沙地，指屈原投江处。

端午

文 秀

节分端午自谁言？ 万古传闻为屈原。

堪笑楚江空渺渺①，不能洗得直臣冤②。

作者简介：
文秀，唐代末期江南僧人。昭宗时(888—903)居长安，为文章供奉，与郑谷、齐己为诗友。《全唐诗》仅录《端午》诗一首。

注释：
①渺渺，水远貌。
②直臣，指屈原。

览古一首

吴筠

吾观采苓什^①，复感青蝇诗^②。

谗佞乱忠孝，古今同所悲。

奸邪起狡猾，骨肉相残夷^③。

汉储殒江充^④，晋嗣灭骊姬^⑤。

天性犹可间，君臣固其宜^⑥。

子胥烹吴鼎^⑦，文种断越铍^⑧。

屈原沉湘流，厥戚咸自贻^⑨。

何不若范蠡^⑩，扁舟无还期。

作者简介：

吴筠，字子贞，华阴（今陕西华阴县）人。少通经，善属文。举进士不第，入嵩山为道士，明遗使征为传诏翰林。天宝中，请求还山，入会稽（今浙江绍兴），隐剡（shàn）中（今浙江嵊县），大历中卒。

注释：

①采苓什，《诗·唐风》："采苓采苓，首阳之巅，人之为言，苟亦无信。"《诗序》说："刺晋献也，献公为听谗言焉。"后人认为是讽刺晋献公听信谗言而杀太子申生的事。苓，草名，又名甘草，可做药材。什，篇什。采苓什，即采苓诗。

②青蝇诗，《诗·小雅》："营营青蝇，止于樊。岂弟君子，无信谗言。"《诗序》认为是硕士周大夫刺岳王之作。

③残夷，残害，消除。《史记·秦始皇本纪》："决通川防，夷去险阻。"决开河坝，消除险阻。

④江充，汉武帝刘彻的奸臣江充与太子刘据有仇隙，遂陷害太子，江充在太子宫掘蛊，掘出桐木做的人偶。刘据恐惧，发兵诛杀江充。江充的党羽逃往甘泉宫报告皇帝，太子已起兵造反，后兵败自缢。汉储，戾（lì）太子刘据，汉武帝长子，卫皇后所生。死后谥为"戾"。

⑤晋嗣句，晋献公的夫人骊姬，和谗佞之徒勾结，杀害太子申

生。"晋嗣灭骊姬"即骊姬杀害晋嗣（太子申生）。

⑥天性、君臣二句，天性都可以疏远，故君臣之间也适用这一道理。

⑦子胥句，伍子胥因辅助吴国而死。春秋时吴国的大夫伍子胥。本楚国人，楚平王七年，因平王信谗，杀害他的父亲伍奢。他逃奔到吴国，先后辅助阖闾、史差攻楚败越，后因太宰喜受贿进谗，被史差赐剑自杀。

⑧文种句，春秋末年越国被吴国打败，困守会稽，文种献计越王勾践，贿赂吴国大臣太宰，得免亡国。后又辅佐勾践刻苦图强，终于灭吴。勾践却听信谗言，赐剑命他自杀。铍，两刃小刀，一说是长矛。

⑨厥戚句，《诗·小雅·卜明》："心之忧矣，自诒伊戚。"言自寻烦恼。

⑨范蠡，春秋时期末年政治家，越国大夫，越为吴所败，曾赴吴为质二年。回越后，辅佐越王勾践刻苦图强。灭吴国后，带着西施泛舟五湖（一说今太湖），后游齐国，化名姓为鸱夷子皮，来到令陶（今山东令陶县西北），又改名陶朱公。以经商致富。范蠡带西施游五湖，永远没有回到越国，因此就免遭谗害。

苍浪濯缨赋

陆瑰

沧浪之水兮，伊楚之濆①。汗漫②荡漾兮，清泠斋③沦。控三湘之浅浪，从大别而派分。澄澹清景，离披晓云。彼美人兮，何其独商④歌以思君，睹斯水之洞彻，恶吾缨之垢氛。将濯其缨，亦洁其己。逐臣逋客，渔翁樵子。吟刈⑤楚以激昂，咏伐檀而筮仕。哀灵均之濯足，笑许由⑥之洗耳。载泛载浮，曷云其已。泊⑦夫白日始晞，青天收潦。千寻湛而见底，万里净而犹扫。漾磷磷之浅沙，荡靡靡之纤草。萦纡浦溆，逦迤洲岛。兴既远兮情亦闲，缨再濯兮身亦澡。于彼濯矣，伊水之滨；于彼澡矣，君子之身。涤我滓秽，去我埃尘。且洁净以精微，又肆志而王神。孰与夫泽畔憔悴，空见悲于楚客。心之忧矣，匪兴刺于诗人。已焉哉。士生世兮，患于不立；朝闻夕死，道之所急。偶沧浪之且清，岂坎坎之能习。易载出处，诗称维萦⑧。岁冉冉而不留，虽追悔而何及。

辞曰：沧浪之水兮徵楚词，临清漪兮应昌期。濯吾缨兮有所思，幸我生兮及明时。进德修业兮已矣，拔茅⑨汇征兮良在兹。

译文：

沧浪河水从荆楚大地喷涌而出，在广阔的河面上荡漾，泛着清凉无际的微波。它从大别山脉分流而出，激起三湘四水的浅浪。晓云参差升腾，一片澄清安谧景象。美人啊！你独自吟唱声调和谐的秋歌把君王思念。看到这清澈沧浪之水，厌恶自己帽带的尘垢。放逐的臣子、逃逸的迁客、打鱼的老头、砍樵的汉子，他们唱着《刈楚》高昂激越，吟诵《伐檀》占卜仕途，为灵均沧浪濯足而哀叹，为许由颍水洗耳而发笑。人在世间流浪、漂浮，这难道讲的就是自己？直到烈日开始晒干河床，苍天收敛积水，这河水幽深得依稀见底，万里河滩洁净得如同有人打扫一样，水荡浅滩砂石，波漾泥洲细草，萦回于水边，逶迤于洲岛，使人自有深远的闲情逸致，忍不住跳入水中濯缨、洗澡。在沧浪之滨清洗帽带，君子的身体在那里得到清流的沐浴，荡涤了污垢，除去了尘埃，感到一身非常洁净，神志更为清爽抖擞。哪里会让你在河边发愁？哪里能见到悲伤会降临于楚人身上呀！诗人内心忧愁，不是闲情与兴致可以激乐他的。算了吧！士人处世，不立业是个大患。早上虽有名望，晚上声形俱灭，从道理上讲的确是非常紧要而严重的事。碰巧沧浪水尚且清澈，难道坎坎伐木之声能在此重复演练？《易经》记载出处，《诗经》挽留人才，岁月逐渐逝而难留，即使追悔也不可及。

尾声：沧浪之水可为《楚辞》作见证，欣临河水清波以应和当朝的昌盛。我一边濯缨，一边思考，有幸生于清明时世，已完成进德修业大事，就像拔茅连茹，因好友引荐征招为宦，优良人才就出现在这里。

作者简介：

陆瑰（guī），吴郡人，唐朝开成元年（836）进士。

注释：

①濆（pēn，另 fén，水边，水岸），古同"喷"，涌起。
②汗漫，水广无涯貌。
③瀹（yūn），意为水深广的样子。

④商，五音中之金音，声凄厉，与肃杀秋气相应，故秋天古称"商秋"。

⑤刈（yì），本作"义"，即割草。

⑥许由，相传尧帝请他做官，他到颍水边洗耳，不听尧的安排。

⑦洎（jì），及，至于这。如，自古洎今，洎乎近世。

⑧絷（zhí），栓，捆，原指拴住客人的马以挽留客人，后指延揽、挽留人才。

⑨拔茅连茹，典出《易·泰》。比喻相互引荐，擢用一人，可连带引进一批人。

竞渡赋

范慥

楚之人兮，有舟利于涉者，节以楫师而竞驰，因汨罗拯溺①之事，为江汉载浮之嬉。以娱黎蒸，以穆风俗，故岁习而无亏。尔其月维仲夏，节次端午，则大魁分曹，决胜河浒。饰画舸以争丽，建彩标而竞取，聿来肇自於北津，所届眇期于南浦。选孟贲②、乌获③以用壮，酹川后④、天吴⑤以潜辅，重轻莫异於锱铢，先后不差于步武。外希得隽之称，内约畴庸之伍，降簪裾以列筵，拥士庶兮如堵。

于是鹢_⑥首齐向，飘然羽轻，引长縆⑦以观整，罗小艇以持平。远岸天阔，乘流镜清，援桴（fú）者气作于一鼓，理棹者伎痒⑧于先鸣。聆大呼之始发，若纵柂而迅征，直冲惊駃⑨于狂甿，忽往未殊于骇鲸。日正昼而惧眩，浪无风兮欻⑩生。鸣鼙吹笙，上聒天衢，如伏波整旅，合水兽于江湖；建旗列卒，俯映泉室，若五利将军，访仙师于溟渤。摄弄奇以潜骇，恒游泳而下逸，群声合噪，群手齐力。虑勍敌⑪之我先，莫遑舍于瞬息，乘轻若在于风驭，处疾牙飞于首饬。触舻惟正，审流镝之向齐；楫棹翻然，乱惊凫之挥翼。投劲竹以交拥，各庶几于独克，向背适中，胜负攸分。一喻马之旋泞，一如龙之曳云，始差池以接影，忽复绝⑫而殊群。曾不移晷，倏然

51

戾止，去孤标于部党，争距跃而赴水，有麾竿以赞获，或振彩以扬美。中程者虽多欲于上人，后时者犹未甘于胜己，惩既往之败绩，仵将来以雪耻。由是励能激愤，赴涨而回。其逐进也，速飞电之经目；其引退也，缓孤鵁（jiāo）之应媒。彼狙浅^⑬以生怠，此方殷而有猜，仰兴慕於三节，爰息徒而复来。论始作之功，虽掉鞅^⑭而偏擅；稽末事之效，乃发梁兮备该。然后弭舟楫，宴沙场，叶同党之诚愿，锡上官之宠光。征固敌之财以颁赏，合如渑之酒^⑮以飞觞，勉居后人以成绩，翻有初于不藏，水府澹以澄静，人群欣而乐康。夫吞刀倚巧而幻人之伎，角觚称妙而狡童之戏，岂比夫仙舟以济川之器，竟有救灾之义。非百夫之众，无以较其捷；非九江之广，无以葳^⑯其事。总夷夏之具搜，而为壮观之能类。

译文：

　　楚人有以舟船之便来渡水的习惯，而端午节组织桨师划手驾舟船竞渡，则是因为汨罗江有楚人划船拯救屈原沉江的事情发生过，后来成为江汉一带水上划船比试的游戏，用以娱乐黎民百姓，促进了风俗的美好，因此历年有这个习俗流传下来，不曾间断。每到仲夏五月端午节时，就会有地方首领组织群众决胜在江河水岸。这个时节人们用图画装饰船体，看哪一艘更漂亮，并树立彩色标杆等待划船的人来夺取。竞渡的起点在北岸渡口，终点设在远处约定好的南岸边。挑选任用如孟贲、乌获那样勇猛强壮的划手。以酒水祭祀水神，让它在河水下助力。此事的轻重不能相差一丁点，其先后不能差几步远。外面希望得到出众的好评，内部要约定酬谢有功的人。请厨娘们下河滩来安排筵席，赴宴的士人和庶民拥挤如一堵堵人墙。

　　多艘竞渡船头绘有水鸟图像，它们都朝一个方向，翅膀上的长毛轻轻飘忽。船头船尾用急张的粗索绷紧，显得十分整齐。江面的许多小船合理组织排列以维持公平。远岸与广阔的天空连接，凭借河水的清澈如镜一望无边。执鼓槌的一鼓作气，掌棹人在鼓响之前就想把一身技艺展示。一听到开始的命令便大声呐喊，发舵举桨迅疾出征，有的如吃惊的骏马，发狂的雄性犀牛在加速前冲，有的如受威吓的鲸鱼在水里奔腾。白昼的烈日使人担心它的炫目，水面无风而竞渡的浪花顿然而生。擂响战鼓，吹奏竹竽，声响上扬喧扰到天庭。如伏波将军在整顿水军，汇集水兽到江湖，树立旗帜，排列士卒，日光映照蛟人的水室，好像五利元帅带领士卒，去渤海求访仙师。担心有人摆弄奇巧暗藏惊吓，经常飘浮或潜入水下去超越对方。大家一起吆喝，众人齐心合力，生怕强敌冲在我们的前方。不要在刹那间借故忙乱而放弃竞赛，乘着轻便的舟船就像驾驭着疾风飞扬。首领告诫，安排捷足方可如飞驰一样先登终点。船头船尾要摆正，审察如箭头一样的船头要朝向齐整，桨棹行动要迅速，像受惊的野鸭抖动翅膀，在爆竹声中划手相拥，每个人都期望自己的舟船最终获胜。船的位置不偏不倚，关系着胜负所分。有的可比骏马在烂泥潭中旋转，有的则好比飞龙在天空腾驾祥云。开始如果发生意外，就会落在前进船只的背影里，一下子远离大队伍而不可同群，日影未移，猛然而止。胜者在组织者那儿夺走唯一的获胜标志。踊跃抗争，投入竞渡，有人挥舞指挥的旗杆称赞获胜，也有人抖动彩绢夸奖比赛的完美。半路上的竞渡者大多想超越前面的船，拖延时间在后的也不甘心人家胜了自己。惩罚曾经的失败者，等到下次再洗雪耻辱。凭借这些奖励能人，激励大家发奋争先，非要划到河水高涨才回头。追逐前进，如快速飞逝的电光经过眼前。避开退却。如孤鸟应付其谋，这样拘泥守旧，目光短浅就会产生懈怠。这个地方说富足尚有疑点，十分敬重他们对一年三节的看重。停止所有事情徒手重聚一起，说起开始劳作的功绩，尽管马脖上的皮子掉了，还要自作主张，这时就必须派栋梁之材出面使之完备。然后停歇舟楫，在沙地设宴，以诚实的心愿和谐同一组织的群众，赐给上司荣耀与光彩，取原有的相当财产来颁赏大家。应该拿最好的酒让大家喝个醉，勉励落后者来年再创佳绩，表露出的初心不再隐藏。河中之水虽然平淡，但澄清静谧，群众也为之欢欣乐康。至于吞刀的怪异表演和变幻人形的伎俩，用牛角抵斗的顽童把戏，哪里能够与像神灵一样驾船渡水的能人相提并论呀！没有上百人参与竞渡，就不可能分出谁胜谁负，没有多条江河的广阔，就不可完成端午竞渡的大事，搜集江南和中原所有地方，唯有竞渡才是华夏最为壮观的民俗竞技活动。

作者简介：
　　范慥（zào），唐朝文人。

注释：
　　①拯溺，拯救屈原沉江的事情。
　　②孟贲（bēn，另bì，美好），战国卫人，《帝王世纪》："孟贲生拔牛角，是谓之勇士也。"

③乌获，秦国大力士。

④川后，水神之正室。

⑤天吴，《山海经·海外东经》："朝阳之谷，神曰天吴，是为水伯。"

⑥鹝（yì），一种像鸱鸺的水鸟，善高飞。

⑦絙（gēng），粗索。

⑧伎痒，《风俗通·声音》："闻其家堂上客击筑，伎痒不能出。"说人擅长某技艺，急欲表现。"伎"同"技"，如"伎痒难忍"，形容具有某种技能，遇到机会就想试一试。

⑨駃（kuài）骏马。

⑩欻（xū）生，忽然发生。

⑪勍（qíng）敌，强敌。

⑫夐（xiòng）绝，远渡。

⑬狃（niǔ），拘泥，因袭。

⑭鞅，马脖子上的皮子。

⑮如渑之酒，《左传·昭公十二年》："有酒如渑。"

⑯蒇（chǎn），解决，完成。

楚三闾大夫屈先生祠堂铭（并序）

王茂元

按《史记》本传及《图经》，先生秭归人也。姓屈名原，字灵均，一名平，字正则。本实楚之苗系，大父①瑕受屈为卿，遂以命氏。先生义特百夫，文横千古，其忠可以激俗，其清可以厉贪。仕楚为三闾大夫，属君怀不惠，与靳尚等夷，尚嫉原才，谮②漏宪令，构成衅状，锢绝恩私。由是忠言如风，不入主听。险党若铁，斥为穷人。始楚与齐连衡以弱秦，秦以商于之地六百里为河外五城以饵楚，楚嗜张仪之绐，不纳先生之谏，子兰、郑袖内嬖③於朝；蛇秦、豕齐，外披封略④，原为放臣，王卒客死，《离骚》始作，徒冀幸君之一悟。汨罗终赴，痛皆醉而独醒。呜呼！忠在祸先，功成罔贵，洎成忠死，世责何深。盖有国有家之所大病，志士仁人之所悼叹也。嗟呼先生，君辱身死，周旋存殁之际，感慨今古之心，宜乎上与比干、夷⑤、齐携手，作华胥、羲轩⑥之游。假灵于遗芳，而因于佞幸者也。安可为鼠肝、虫臂，鱼腴⑦、鳖趾而已哉！元和十五年，余刺建平之再岁也，考验图籍，则州之东偏十里而近，先生旧宅之址存焉。爰立小祠，凭神土偶，用表忠贞之所诞，卓荦⑧之不泯也。

铭曰：

54

麟出非时，终困于人。剑有雄芒，不用无神。矫矫先生，不缁不磷。举世皆醉，抱忠没身。汨水悠悠，言问其滨。归山高高，独揖清尘⑨。诞灵是所，粤秭归土。义风敬承，庙貌无睹。庭而可修，予期负弩⑩。死不可作，余构其宇。耸忠来者，载陈清酤。乞灵臧氏，非愚所取。已矣先生，苹⑪诚其吐。

译文：
根据《史记·屈原列传》和《图经》所记载，三闾大夫为秭归人，姓屈名原，字灵均，又名屈平，字正则。他的确是楚王的后裔。祖父熊瑕授官屈地，于是以屈命其姓氏。屈原崇尚正义，其杰出的作为在百夫之上，其文才横贯古今，其忠君之心可以激励一般平民，其清白廉洁可以威慑贪腐。他在楚国任三闾大夫之职，发现怀王缺乏仁爱百姓之心，且与靳尚等平庸之辈嫉妒他的才能，污蔑他泄露宪令机密，故意构成他陡生嫌隙的罪状。从此断绝了君王恩宠，忠言逆耳如风吹过，不能为怀王所听取。结党营私的人阴险诬陷，排斥他成为了不得志的人。开始楚国与齐国建交连横以削弱秦国，秦王又以商於六百里地作为河外五城的诱饵迷惑楚王。楚臣爱听张仪的甜言蜜语，不采纳屈原的意见，子南、郑袖在内宫激怒怀王。秦如毒蛇，齐如蠹猪，楚在外交方面造成了已封疆界的撕裂。屈原成了流放之臣。怀王终于客死于秦国。因此，屈原开始写作长篇抒情诗《离骚》，目的在于希望得到楚王的醒悟。最后，他来到汨罗痛惜楚国君臣皆醉，只有他一人独醒。哎呀！忠诚事君本来在人为祸殃之前，宪令制定成功却没有被怀王重视，放臣为尽忠而死，当时朝中的责备何等严酷啊！大概为国家尽忠的正事竟成了君王治国理政的病痛，这就是仁人志士之所以哀悼屈原，并为之感叹的原因。
哎呀！屈原大夫！你受到楚王不公正待遇而献身。且在生死之间何去何从之时，内心感叹古今史实，觉得自己可以与历史上的比干、伯夷、齐桓公等贤人携手，同华胥、羲皇、黄帝等仙人去神游。凭借他们神灵的显赫，百世流芳的美名证明自己的高洁，这正是楚王宫廷的受宠者为你无意造成的另一番伟大的成果。而他们只不过是鼠的肝，虫的臂，鱼的腹，甲鱼的脚趾，这哪里可以与你相提并论呀！
元和十五年（公元820年）是我在建平任刺史的第二年，查考图书典籍上的证据，此州东边偏十里的近郊，尚存有三闾大夫旧宅之址。于是立了一个小祠堂，凭借一尊泥塑神像，用来表彰你忠贞的广大无垠，并使之昭示后人，不至于让你的精神泯灭。

祠堂铭说：

麒麟诞生不逢其时，最终因人为祸殃所困。宝剑虽有犀利的锋芒，不杀强敌就失去了精神。矫健强大的三闾大夫啊，你贞操洁白，才华丰盈，楚国的君臣都喝醉了，你只好怀抱忠贞为国献身。汨罗江水奔流千古，你在江边对天发问。归州的山岭高耸入云，你尊尚现实社会的清明。诞生你灵魂的地方，是秭归那片圣洁的土地。要敬重传承你的仁义风骨，却看不到你的庙堂尊容。庭堂可以重新修葺，期望给予你应有的敬重。我要用通达灵活的文笔，赞颂你的庙宇，让来此祭祀的人敬畏你的忠诚。清纯的美酒斟满杯中，乞求神灵赐我善良的姓氏，这不是我想获得的恩宠。屈原大夫，写到这里我就搁笔吧，请你允许我用苹草为祭品诚心发表我的这篇铭文。

作者简介：

王茂元(?—843)，濮州濮阳县(今河南省濮阳市)人。唐朝中后期将领，郎坊节度使王栖曜之子。《全唐文》录王茂元作品有《奏吐蕃交马事宜状》《楚三闾大夫屈先生祠堂铭》两篇。

注释：

①大父，远祖。

②谮（zèn），诬陷、中伤。

③奰（bì），怒。

④略，疆界。

⑤夷，伯夷，殷末人，反对周武王灭殷，不食周粟而亡。《九章·橘颂》："行比伯夷。"

⑥羲轩，羲皇与轩辕。

⑦鱼腴（yú），鱼腹肥肉。

⑧卓荦（luò），明显。

⑨清尘，清明的现实社会。

⑩负弩，喻尊敬，《史记·司马相如列传》："蜀太守以下郊迎，县令负弩矢先驱。"

⑪苹，古人祭神用的田字草。

第三篇 宋代诗词

渔村夕照（潇湘八景之一）

米芾

晒网柴门返照景^①，桃花流水认前津。

买鱼沽酒湘江去^②，远吊怀沙作赋人^③。

作者简介：

　　米芾(1051—1107)，初名黻（fú），后改芾（fú），字元章，自署姓名米或为芈，祖居太原，后迁湖北襄阳。大观元年丁亥(1107)三月，任淮阳军知州，后卒于任上，葬于润州(今江苏镇江)丹徒西南长山脚下。时人号海岳外史，又号鬻熊后人、火正后人。北宋书法家、画家、书画理论家，与蔡襄、苏轼、黄庭坚合称"宋四家"。曾任校书郎、书画博士、礼部员外郎。

注释：

　　①柴门返照，即渔村夕照。
　　②沽酒，买酒。
　　③怀沙作赋人，指屈原。

吊屈原

张咏

楚王不识圣人风^①，纵有英贤志少通。

可惜灵均好才术^②，一身虚死乱瞿中。

作者简介：

　　张咏(946—1015)，字复之，号乖崖，山东甄城人。北宋太平兴国（976—984）年间进士，官至礼部尚书，著有《张乖崖集》。

注释：

①楚王，指楚怀王。圣人风，指屈原的精神。

②灵均，屈原。

屈原二首

宋庠

一

蜜勺琼浆荐羽卮①，修门工祝俨相依②。

蛾眉杂沓无穷乐③，泽上迷魂底不归④？

二

司命湘君各有情⑤，九歌愁苦荐新声⑥。

如何不救沉湘祸⑦，枉解堂中许目成！

作者简介：

宋庠（xiáng）（996—1060），初名郊，字伯庠，入仕后改名庠，更字公序，开封府雍丘县人。宋仁宗天圣二年（1024），宋庠状元及第，成为"连中三元"，任大理评事、同判襄州。仁宗亲政后，累迁为右谏议大夫、参知政事。皇祐元年（1049），以兵部侍郎充任同中书门下平章事。其后因罪罢相外放，累封郑国公。治平三年（1066），宋庠去世。获赠太尉兼侍中，谥号"元献"，英宗亲题其碑首为"忠规德范之碑"。与宋祁时称"二宋"。有《宋元宪集》传世。

注释：

①琼浆，美酒。羽卮、刻有羽毛的酒杯。李白《春夜宴桃李园序》："开琼筵以坐花，飞羽觞而醉月。"

②修门，楚国郢都的一座城门。工祝、从事巫术的人。

③蛾眉，指女子修长的眉毛。《诗·卫风·硕人》："螓首蛾眉"。娥，蚕娥，其触须细长而美。《离骚》："众女嫉余之蛾眉兮。"杂沓（tà），众多杂乱的样子。曹植《洛神赋》："尔乃众灵杂沓，命俦啸侣。"杜甫《丽人行》："宾从杂沓实要津。"

④泽上，指汨水。迷魂，指屈原的灵魂。底，何，什么。

⑤司命湘君，即屈原《九歌》中的《大司命》《少司命》和《湘君》。湘君是湘水的男神，大司命是主宰人寿命的神。少司命是少年儿童的保护神，一说是主宰男女姻缘的爱神。

⑥九歌，即屈原写的《九歌》。其中包括东皇太一、东君、云中君、湘君、湘夫人、大司命、少司命、河伯、山鬼、国殇、礼魂等十一个短篇。

⑦沉湘祸，指屈原赴流入湘水的汨罗江自沉。

反骚

宋祁

我闻上天乐，　仙圣并游宾①。

离楚何所据。　招回逐客魂。

谓门有九关，　虎豹代守阍②。

砥舌饥涎流，　触之辄害人③。

讥呵自有常，　帝意宁不仁。

穷壤苦恨隔，　传闻恐失真。

我欲稽首问，　无梯倚青云。

块然守下土④，此愤何由伸？

作者简介：

宋祁（998—1061），字子京，小字选郎。祖籍安州安陆（今湖北省安陆市），高祖父宋绅徙居开封府雍丘县，遂为雍丘（今河南商丘民权县）人。北宋官员、著名文学家、史学家、词人。司空宋庠之弟，与兄长时称"二宋"。天圣二年（1024）进士，初任复州军事推官，经皇帝召试，授直史馆。历官龙图阁学士、史馆修撰、知制诰，曾与欧阳修等合修《新唐书》。进工部尚书，拜翰林学士承旨。嘉祐六年卒，年六十四，谥"景文"。

注释：

①《楚辞·天问》："启棘宾商，九辨九歌。"指夏启朝见天帝，在那里得到了《九辨》《九歌》乐曲。

②《楚辞·招魂》："虎豹九关，啄害下人些。"指虎豹把守九重关门，要吃下界的人。阍，宫门。

③辄（zhé），总是，就。

④块，孤独。宋玉《楚辞·九辨》："块独守此无泽兮。"

屈原祠

宋祁

楚江南望见修门①，灵鼓声沉蕙卷樽②。

五日长蛟虚望祭③，九关雕虎枉招魂④。

兰苕叠翠凄寒露，枫叶摇丹啸暝猿⑤。

贾谊扬生成感后⑥，沉江怀沙两衔冤⑦。

注释：

①修门，楚国郢都的城门，郢都南关三门之一。

②蕙，香草。卷，即"卷耳"，一种野菜。《诗经》："采采卷耳。"

③五日句，唐·沈亚之《屈原外传》："汉建武中，长沙区回，白日忽见一人，自称三闾大夫。谓曰：'闻君尝见祭，甚善。但所遗并蛟龙所窃。今有惠，可以楝树叶塞上以五色丝转缚之，此物蛟龙所惮。'回依其言，世俗作粽并带丝叶，皆其遗风。"虚望，空望。

④《楚辞·招魂》："虎豹九关，啄害下人些，……豺狼从目，往来侁侁些。"侁（shēn）侁，众多的样子。

⑤《楚辞·招魂》："湛湛江水兮上有枫，目极千里兮伤春心。"

⑥贾谊，见第一篇《吊屈原赋》。扬生，指扬雄。扬雄写有《反离骚》。

⑦两衔冤，指贾谊和屈原。

遣兴

李觏

境入东南处处清①，不因辞客不传名②。

屈平岂要江山助③， 却是江山遇屈平。

作者简介：

李觏（gòu）（1009—1059），字泰伯，号盱江先生，建昌南城人。北宋时期重要的哲学家、思想家、教育家、军事家、改革家、诗人。李觏是滕王李元婴的后裔，但出生于寒微之家，自称"南城小民"。一生以教学为主，四十岁由范仲淹荐为太学助教，后为直讲，所以后人称他为"李直讲"。因创办盱江书院，故又称"李盱江"，学者称盱江先生。今存《李直讲先生文集》三十七卷，有《外集》三卷附后。

注释：

①东南，指江苏、浙江、江西、湖南等地。

②辞客，指屈原。

③江山，指东南的清秀江山，遇上屈原的到来就更加增色了。

读《离骚》

刘敞

空庭众嚣息①，枫叶独纷纷。

秋期此时改， 感叹坐黄昏。

远怀灵均子， 著书为平分。

念尔刚直心， 吐兹清丽文②。

上嘉唐虞世， 下悼商周君。

能与日月争， 不能却浮云。

浮云蔽日月， 岁暮奈忧勤。

精诚谁谓远， 恍惚若相闻。

作者简介：

刘敞（chǎng）（1008—1069），字原父，一作原甫。北宋学者、史学家、经学家、散文家。临江新喻荻斜（今属江西省樟树市）人。庆历六年与弟刘攽同科进士，以大理评事通判蔡州，后官至集贤院学士。与梅尧臣、欧阳修交往较多。刘敞学识渊博，与弟刘攽合称为北宋二刘。撰有《七经小传》《春秋权衡》《公是集》。

注释：

①众嚣，喧嚷杂乱的声音。
②清丽文，清新华丽的文章，指《离骚》。

楚风四首（录一）

刘 敞

三楚多秀士①， 从古谓之然②。

接舆既髡首③， 三闾复沉渊④。

大屈备时玩⑤， 白珩为世传⑥。

秕糠凤鸟歌， 瓦砾离骚篇。

已矣德既隐， 孔车为回旋⑦。

注释：

①三楚，秦汉时期，分战国楚地为三大部分。《史记·货值传》：淮北沛、陈、汝南、南郡为西楚；彭城以东，东滇、吴、广陵为东楚；衡山、九江、江南、豫章、长沙为南楚，合称"三楚"。秀士，品德优秀，且有才干的士人。

②然，这样。

③接舆、髡（kūn）首，《楚辞·涉江》："接舆髡首兮，桑扈嬴行。"接舆，春秋时楚国的隐士，与孔子同时。髡首，剃去头发，表示避世隐居不仕。桑扈，古代的隐士。裸行，光着身子赤膊而行，表示与世俗对立。

④三闾大夫，官名，战国时楚国设置。掌管昭、屈、景三姓贵族。屈原曾任此职。

⑤大屈，弓名。《左传·昭公七年》："楚子享公于新台，使长鬣者相，以大屈。既而悔之。"疏："大屈，弓名，即大曲也。"

⑥珩（héng），佩玉的一种，形似磬而小。

⑦孔子适赵，临河，听说赵国贤士窦鸣犊被杀害，于是回车不到赵国去了。

端午诗

刘攽

万里荆州俗①，今晨采药翁。

浴兰从忌洁②，服艾已同风③。

泛酒菖蒲细④，含沙蝘蜓红⑤。

沉湘犹可问⑥，角饭畏蛟龙⑦。

作者简介：

刘攽（1023—1089），攽（bān），字贡父，北宋史学家，临江新喻（今江西新余）人。庆历进士，为州县官二十年，迁国子监直讲，官至中书舍人。助司马光修《资治通鉴》，负责汉代部分。著作有《东汉刊误》《彭城集》《公非先生集》。

注释：

①荆州俗，楚地的风俗。

②浴兰，用兰草煮汤沐浴，可去秽毒。

③服艾，艾有香气，佩服在身上可除去秽毒。《楚辞·离骚》："户服艾以盈要兮。"要，同腰。

④泛酒句，楚浴，端午节饮菖蒲酒、雄黄酒，可以除秽去毒。

⑤蝘蜓（yǎn tíng），俗称壁虎。晋张华《博物志》言，壁虎以器养之以朱砂，体尽赤。唐·李贺《宫娃歌》："烛光高悬照纱空，花房夜捣红守宫。"蝘蜓又名守宫。

⑥沉湘，指屈原投江。

⑦角饭，即角黍，粽子。用五色丝缠着粽子，蛟最害怕。

屈原塔

苏 轼

楚人悲屈原，　千载意未歇①。

精魂飘何处②，父老空哽咽③！

至今沧江上④，投饭救饥渴⑤；

遗风成竞渡，哀叫楚山裂。

屈原古壮士，就死意甚烈。

世俗安得知，眷眷不忍决。

南宾旧属楚⑥，山上有遗塔；

应是奉佛人⑦，恐子就沦灭⑧。

此事虽无凭，此意固已切。

古人谁不死，何必较考折；

名声实无穷，富贵亦暂热；

大夫知此理⑨，所以持死节。

64

作者简介:

　　苏轼（1037—1101）字子瞻，四川眉山人。宋嘉祐进士，哲宗时任翰林学士，曾出知杭州，官至礼部尚书。后贬惠州、儋州，病死于常州。追谥（shì）"文忠"。与父苏洵，弟苏辙称"三苏"。为唐宋八大古文家之一。能诗、文、书、画，是一个多才多艺的作家。

注释:
　　①即千年以来，楚国人悲痛屈原的心情从来没有停歇。
　　②精魄，指屈原的魂魄。
　　③哽咽，悲痛到说不出话来。陆机《挽歌》："含言言哽咽，挥涕涕流离。"
　　④苍江，水色青苍，故称江为沧江。
　　⑤投饭，即投粽子。投粽子祭奠屈原。
　　⑥南宾，指忠州，此地楚人建屈原塔纪念屈原。
　　⑦奉佛人，信奉佛教的人。
　　⑧子，指屈原。
　　⑨大夫，指屈原。

屈原塔

苏 辙

屈原遗宅秭归山①，南宾古者巴子国②。

山中遗塔知几年， 过者迟疑不能识。

浮图高绝谁所为③，死生岂复持尔力。

临江感慨心自明， 南访重华讼孤直④。

世人不知徒悲伤， 虽为筑土高岌岌⑤。

作者简介:

　　苏辙（1039—1112），字子由，苏轼胞弟。嘉祐进士，官尚书右丞，门下侍郎。苏辙与父苏洵、兄苏轼合称"三苏"，为唐宋八大家之一，有《栾城集》。

①秭归山，即今湖北秭归县，相传秭归为屈原的出生地。
②南宾，即忠州。
③浮图，即宝塔，亦作浮屠。
④南访句，《楚辞·离骚》："济沅湘以南征兮，就重华而陈词。"重华，虞舜。舜南巡，崩于苍梧之野，葬九嶷山。即今零陵。讼，辩白。
⑤岌岌，高貌。《楚辞·离骚》："高余冠之岌岌兮。"

竞渡

苏辙

使君欲听榜人讴①，一夜江波拍岸流。

父老不知招屈恨②，少年争作弄潮游③。

长鲸破浪聊堪比④，小旗迎风殊未收⑤。

角胜争先非世事，凭栏赏目思悠悠⑥。

注释：

①使君，对州、郡长官的尊称。榜人，划船的人。讴，歌唱。
②招屈，指竞渡招屈仪式。
③弄潮，戏水。
④长鲸破浪，指龙舟破浪前进。
⑤小旗，竖立在江边的红旗，作为竞渡争夺的目标。
⑥悠悠，忧伤。《诗·邶风·终风》："悠悠我思。"

和端午

张 耒

竞渡深悲千载冤①，忠魂一去讵能还②。

国亡身殒今何有③，只留离骚在世间④。

66

作者简介：

张耒（1054—1114）字文潜，号柯山。祖籍亳州谯县（今安徽亳县），生长于楚州淮阴（今属江苏）。宋熙宁进士，迁著作郎、史馆检讨。曾任太常少卿等职，并出知颖、汝二州。为苏门四学士之一。有《张右史文集》。

注释：

①冤，指屈原蒙受的冤屈。
②忠魂，指屈原的魂。讵，岂，怎。
③国亡，指楚国灭亡。身殒，指屈原身死。
④离骚，指屈原所作《离骚》等辞赋。

屈 原

张 耒

楚国茫茫尽醉人，独醒惟有一灵均①。

餔糟更遣从流俗，渔父由来亦不仁②。

注释：

①独醒句，《楚辞·渔父》："屈原曰：'举世皆浊我独清，众人皆醉我独醒！'是以见放。"

②《楚辞·渔父》："……众人皆醉，何不餔其糟而啜其醨？何故深思高举，自令放为？"餔（bū），吃。啜（chuò），饮。醨，淡酒。因为渔父劝说屈原不必深思高举，要与世推移，即同流合污，所以说渔父不仁。

金沙堆庙有曰忠洁侯者，屈大夫也，感之赋诗

张孝祥

伍君为涛头①，妒妇名河津②。

那知屈大夫③，亦作水主神。

我识大夫公④，自托腑肺亲。

独醒梗群昏⑤，聚臭丑一薰⑥。

沥血摧心肝，怀襄如不闻⑦。

已矣无奈何，质之云中君⑧。

天门开九重⑨，帝曰哀汝勤⑩。

狭世非汝留，赐汝班列真。

司命驰先驱⑪，太一诹吉辰⑫。

翩然乘回风⑬，脱迹此水滨。

朱宫紫贝阙，冠佩俨以珍。

宓妃与娥女⑭，修洁充下陈。

至今几千年，玉颜凛如新。

楚人殊不知，谓公果沉沦。

年年作端午，儿戏公应嗔⑮。

作者简介：

　　张孝祥（1132—1170），字安国，别号于湖居士，历阳乌江（今安徽和县乌江镇）人。绍兴进士，南宋著名词人，唐代诗人张籍七世孙。其词风格豪迈，为"豪放派"代表之一。所作《六州歌头》最为有名，有《于湖居士文集》《于湖词》。

注释：

　　①伍君句，传说伍子胥被谗后，遭到杀害，并把他的尸体投到了江中，故而成了水神，化作惊涛以示愤怒。

　　②妒妇句，晋刘伯玉尝诵《洛神赋》，对其妻说："娶妇为此，吾无憾矣。"其妻闻之气愤，自投于津而死。后来妇女渡此津，必

坏衣毁妆，否则风波爆发，因称"妒妇津"。

③屈大夫，屈原。屈原曾任三闾大夫。

④大夫公，指屈原。

⑤梗，耿直，坚强。《楚辞·橘颂》："淑离不淫，梗其有理兮。"

⑥一薰，《左传·僖公四年》："一薰一莸，十年尚犹有臭。"杜预注："薰，香草，莸，臭草。十年有臭，言善易消，恶难除。"

⑦怀襄，楚怀王和楚顷襄王。

⑧云中君，《楚辞·九歌·云中君》中的云中君，即云神。质，问。

⑨九重，《楚辞·招魂》："君无上天些。虎豹九关"九关，指虎豹把守的九重天门。

⑩帝，指天帝。

⑪司命，即大司命和少司命。

⑫太一句，《楚辞·九歌·东皇太一》中的太一神，为天之善神，祠在楚东，以配东帝，故称东皇太一。诹（zōu），询问。辰，通晨或指东方。

⑬回风，《楚辞·九章·悲回风》："悲回风之摇蕙兮。"回风，一种回旋的风。

⑭宓妃句，《楚辞·离骚》："望瑶台之偃蹇（yǎn jiǎn）兮，见有娀（sōng）之佚女。"又："吾令丰隆乘云兮，求宓（fú，古通伏，姓）妃之所在。"宓妃，洛水女神，传说是伏羲之女。有娀，古国名。佚，美女。

⑮儿戏，指端午竞渡有时像儿戏一般，成为娱乐，很不严肃。公，指屈原。嗔，生气，不满。

林德久秘寄楚辞故训传

及叶音草木疏求序于余，

病中未暇，因以之寄谢

楼 钥

平时感叹屈灵均，　离骚三诵涕欲零①。

向来传注赖王逸②，　尚以舛陋遭讥评③。

河东天对最杰作④，　释问多本山海经⑤。

练塘后出号详备⑥，晦翁集注尤精明⑦。

比逢善本穷日诵⑧，章分句析无遁情。

林侯忽又示此帙⑨，正欲参考搴华英⑩。

属余近岁方苦疾，笔砚废堕几尘生。

尝鼎一脔已知味⑪，始知用工久已成。

况复身到荆楚地⑫，详究兰芷闻芳馨。

前此同朝幸相与⑬，锦囊诗文为我倾。

惜哉不早见此书，病中欲读神不宁。

年老耄及屡求去⑭，倘得挂冠早归耕⑮。

尚当一一为寻绎，期以爝火裨明星⑯。

谩挥斐语塞厚意，深愧所报非琼莹⑰。

作者简介：

楼钥（1137—1213）南宋大臣、文学家。字大防，又字启伯，号玫瑰主人，明州鄞县（今属浙江宁波）人。隆兴进士，官至参知政事。有《玫瑰集》《北行日录》。

注释：

①零，落下。

②王逸，东汉文学家，字叔师。南郡宜城（今湖北省）人。所作《楚辞章句》是《楚辞》最早的完整注本，颇为后世学者重视。

③舛陋，错乱，浅陋。

④河东，柳宗元。《天对》是柳宗元的一篇哲学著作。

⑤山海经，中国古代地理著作。作者不详，著作年代亦无定论。内容主要是民间传说中的地理知识。包括山川、道里、民族、物产、药物、祭祀、巫医等，保存了不少远古的神话传说，对中国古代的历史、地理、文化、交通、民俗、神话等方面研究，均具有参考价

值。本，根据。

⑥练塘，即晁补之。他著有《重编楚辞》十六卷。

⑦晦翁，朱熹，南宋哲学家，教育家。字子晦，号晦安，别号紫阳。徽州（今江西）人。著有《四书章句集注》《周易本义》《诗集传》《楚辞集注》等书。

⑧善本，凡古书严加校勘，错误较少者，称为善本。

⑨帙，出色的套子，这里的帙即一部书，指的是林德久写的《楚辞故训传》《叶音》《草木疏》。

⑩搴，选、拔取。

⑪鼎，古代用来煮饭的锅。一脔（luán），一块肉。

⑫身，指林德久。

⑬相与，相交往。《吕氏春秋·慎行》："为义者则不然，始而相与，久而相信，卒而相亲。"

⑭耄（mào），《礼记·曲礼》："八十九十曰耄。"

⑮挂冠，即辞去官职，告老还乡，退休。

⑯爝（jué）火，小火把。《庄子逍遥游》："日月出矣，而爝火不息，其于光也，不亦难乎？"裨（bì），补助。

⑰琼莹，玉石。《诗经·木瓜》："投我以木瓜，报之以琼琚，匪报也，永以为好也。投我以木桃，报之以琼瑶，匪报也，永以为好也。"报，答谢。

汨罗

袁说友

汨水出豫章境①，其阴为罗县，巴陵本春秋巴子国也②，罗水出焉。二水既合，故曰汨罗，其下屈潭，楚三闾大夫怀沙自沉之所也。

怀沙元不为逸嚣③，要与江山作美谣。

千载孤忠动神物④，三湖今向汨罗朝⑤。

作者简介：

袁说友（1140—1204），字起严，号东塘居士。建宁建安人，流寓湖州。孝宗隆兴元年进士，授溧阳主簿。历知池州、衢州、平江府，入为吏部尚书兼侍读。宁宗嘉泰三年，同知枢密院，进参知政事，罢以资政殿学士知镇江府。任四川安抚使时，尝命属官辑蜀中诗文为《成都文类》，有《东塘集》。

注释:

①豫章，江西。汨水源出江西修水县境。

②巴陵，岳阳。三国时名巴丘，后改为巴陵郡。春秋时期属巴子国。

③谗嚣，即谗佞嚣张。

④神物，人为万物之灵，故称之为神物神器。

⑤三湘，说法不一，今为湖南各水系的总称。朝，朝拜。

端午三首

赵 蕃

一

漫说投诗赠汨罗， 身今且尔奈渠何。

尝闻求福木居士①， 试向艾人成祝呵②。

二

年年端午风兼雨， 似为屈原陈昔冤③。

我欲于谁论许事， 舍南舍北鹁鸠喧④。

三

忠言不用竟沉死， 留得文章星斗罗。

何意更觞昌歜酒⑤， 为君击节一长歌⑥。

作者简介:

赵蕃（1143—？），字昌父，号章泉，原籍郑州。理宗绍定二年（1229），以直秘阁致仕，不久卒。谥"文节"。

注释：

①木居士，木制的神像，迷信的人奉祀以乞灵。

②艾人，以艾草束为人形。《荆楚岁时记》："五月五日……束艾以为人，悬门户上，以禳毒气。"

③陈，陈说，诉说。

④鹈鸠，亦作鹈鸹。天将雨，其鸣甚急。

⑤昌歜（chù）酒，《左传·僖公三十三年》："飨有昌歜。"杜预注："昌歜、昌蒲菹。"即菖蒲酒。

⑥君，指屈原。节，一种古乐器，此处为打节拍。

过屈大夫清烈庙下

魏了翁

鸾皇栖高梧①，那能顾鸱枭②。

椒兰自昭质③，不肯化艾萧④。

人生同一初，气有善不善。

一为君子归，宁受流俗变。

云何屈大夫，属意椒兰芳。

兰皋并椒丘⑤，兰藉荐椒浆。

骚中与歌首，兰必以椒对。

谓椒其不芳，谓兰不可佩。

此言混凡草，臭味自尔殊。

亡何岁时改，二物亦变初。

以兰为可恃，委美而从俗⑥。

椒亦佞且谄⑦，干进而务入。

椒兰信芳草，　气质自坚好。

胡为坏于廷⑧，晚节不可保。

意者王子兰⑨，与夫大夫椒⑩。

始亦稍自异，　久之竟萧条。

迨其成习性，　甘心受芜秽。

不肯容一原⑪，宁以宗国毙⑫。

禹皋于共鲧⑬，且封与鲜度。

同根复并生，　何尝改其故。

原非不知人，　观人亦多涂。

治朝中可上，　乱世贤亦愚。

况原同姓乡，　义有不可去。

所望于兄弟，　谓其犹可据。

我本兄弟女，　孰知胡越予⑭。

以是观离骚，　庶几原心乎。

或云芷蕙等，　岂必皆名氏。

骚者诗之余，　毋以词害意。

仲尼作春秋⑮，定哀多微词⑯。

楚之嬖小臣⑰，况亦有不知。

作者简介：
　　魏了翁（1178—1237），字华父，号鹤山，邛州蒲江（今属四川）人。南宋著名理学家、思想家、大臣。著有《鹤山全集》《九经要义》《古今考》《经史杂钞》《师友雅言》等，词有《鹤山长短句》。

注释：
①鸾皇，两种吉祥的鸟。
②鸱枭，两种恶鸟。
③椒兰，两种高贵而芳香的植物。昭质，光明正大的品质。
④萧艾，两种低劣的植物。
⑤兰皋，《楚辞·离骚》："步余马于兰皋兮，驰椒丘且焉止息。"兰皋，长满兰草的水边高地。椒丘，生有椒木的小山丘。
⑥以兰、委美二句，《楚辞·离骚》："余以兰为可恃兮，羌无实而容长，委厥美以从俗兮，苟得列乎众芳。"这里的兰有暗喻令尹子兰之意。
⑦椒，指大夫子椒。
⑧胡为句，意即椒兰本来是两种好的野生植物，可是一到朝廷就变坏了，这是暗指令尹子兰和大夫子椒。
⑨王子兰，指怀王的小儿子子兰。怀王死，长子顷襄王立，他以其弟子兰为令尹。
⑩大夫椒，即大夫子椒。
⑪原，指屈原。
⑫宗国毙，令尹子兰和屈原都是熊绎的后代，同祖同宗。故称宗国。毙，死去，灭亡。
⑬禹，夏禹。皋，皋陶。伊，伊尹。共，共工。鲧（gǔn），禹的父亲。
⑭孰知句，胡在北方，越在南方，比喻关系疏远。
⑮春秋，即鲁史，孔子所作。
⑯定，鲁定公。哀，鲁哀公。微词，含贬义的言词。
⑰嬖小臣，嬖，宫中受宠爱的婢女或妾妇。嬖小臣，即受宠幸的小臣。

湘潭道中即事二首（录一）

刘克庄

傩鼓咚咚匝庙门①，可怜楚俗至今存。

屈原章句无人诵②，别有山歌侑桂樽③。

作者简介：

刘克庄（1187—1269）字潜夫，号后村居士，福建莆田人。南宋豪放派诗人、词人、诗论家。以荫入士，淳祐间赐同进士出身，官至工部尚书兼侍读。以龙图阁学士致仕。咸丰五年卒，谥"文定"。为辛派词人重要代表，有《后村先生大全集》。

注释：

①傩（nuó），古代腊月驱逐厉鬼的仪式。《论语·乡党》："乡人傩。"匝，绕也。

②屈原章句，即屈原的作品。

③侑（yòu），旧指在宴席旁助兴，劝人吃喝。桂樽，指桂花酒。

乙卯端午十绝（录一）

刘克庄

餐菊饮朝露①，平生不啜醨②。

与龙争角黍③，无乃谤湘累④。

注释：

①餐菊句，《楚辞·离骚》："朝饮木兰之坠露兮，夕餐秋菊之落英。"

②醨（lí），薄酒。

③角黍（shǔ），即粽子。以箬叶或芦苇叶等裹糯米蒸煮制作而成的角状食物。古用黏黍，故称。

④湘累，指屈原。《汉书·扬雄传》："钦吊楚之湘累。"颜师古注："诸不以罪死曰累……屈原赴湘死，故曰湘累也。"

屈原

刘克庄

芈姓且为虏①，累臣安所逃②。

不能抱祭器③，聊复著《离骚》。

注释：

①芈姓，《史记·楚世家》："熊绎当周成王之时，举文武勤劳之后嗣，而封熊绎于楚蛮，封以子男之田，姓芈（mǐ）氏，居丹阳。"

②累臣，没有罪而被放逐的臣子。《左传》："不以累臣衅鼓。"这里的累臣，指屈原。

③抱祭器，商纣的庶兄微子，数谏纣王，纣王不听，见商朝快要灭亡，因抱着祭器出走。祭器，祭祀用的礼器。

次韵刘友鹤端午三首（录二）

高斯得

一

昔经屈原坂，　寒湍下悲鸣①。

又渡汨罗江，　往记曾输诚。

慨彼幽乱国②，成此湘累名③。

雕胡不受腻，　淯予膳膏腥。

离骚二十五④，往往言其清。

招汝千载后，　来乎不来灵。

二

桐江五月凉⑤，波上抟层飔⑥。

伤屈念已怆，　怀严濑逾兹⑦。

维彼不逢世⑧，如斯良遇时⑨。

怀沙与钓濑⑩，异节同光辉。

故人去奚伤， 宗国逃惧非。

精义贵有质⑪，圣远咨从谁！

作者简介：

　　高斯得，字不妄，亦名稼子。生卒年不详，宋邛州蒲江人。理宗绍定二年进士。李心传修四朝史，辟为史馆校阅，分修光、宁二帝纪。历福建路计度转运副使。恭帝德祐元年累官至参知政事。有《诗肤说》《耻堂存稿》等。

注释：

　　①湍，急流的水。
　　②彼，指屈原。
　　③湘累，指屈原。
　　④二十五即《离骚》《东皇太一》《云中君》《湘君》《湘夫人》《大司命》《少司命》《东君》《河伯》《山鬼》《国殇》《礼魂》《天问》《惜诵》《涉江》《哀郢》《抽思》《怀沙》《思美人》《惜往日》《橘颂》《悲沙风》《招魂》《卜居》《渔父》共二十五篇。
　　⑤桐江，在浙江省中部。
　　⑥抟（tuán），掀起，盘旋。飔（sī），凉风。
　　⑦严，严子陵。名光，东汉时期会稽余姚人。少有高名，与光武同游学。及光武即位，乃变姓名，隐身不见。后齐国上言：有一男子，披羊裘钓泽中。帝疑其光，乃备安车聘至。除为谏议大夫，不屈，乃耕于富春山，钓于富春江，后人名其钓处为严陵濑（lài），以示纪念。
　　⑧彼，指屈原。
　　⑨斯，指严子陵。
　　⑩怀沙，指屈原。钓濑，指严子陵。
　　⑪质，了解你的人。

端午日寄酒庶回都官

余 靖

龙舟争快楚江滨①，吊屈谁知独怆神。

家酿寄君须酩酊^②，古人嫌见独醒人。

作者简介：

　　余靖（1000—1064），字安道，韶州曲江（今广东韶关）人。仁宗天圣二年（1024）进士。初为赣县尉，累擢集贤校理。景祐三年（10366）以上疏论范仲淹谪官事，贬监筠州酒税，迁知英州。庆历间为右正言，三使契丹，以作蕃语诗出知吉州。皇祐四年（1052），知潭州，改桂州，后加集贤院学士。嘉祐六年（1061），知广州，官至工部尚书。谥"襄"。有《武溪集》二十卷。

注释：

　　①争快，争着快速前进，即竞渡。
　　②酩酊（mǐng dǐng），大醉的样子。韩愈《归彭城》诗："遇酒即酩酊，君知我为谁。"

端午

胡仲弓

画舸纵横湖水滨，　彩丝角黍斗时新^①。

年年此日人皆醉^②，能吊醒魂有几人^③？

作者简介：

　　胡仲弓，宋朝诗人。字希圣，清源人，胡仲参之弟。生卒年均不详，约宋度宗咸淳二年（1226）前后在世。登进士第为会稽令，老母适至，而已是黜。自后浪迹江湖以终。仲弓工诗，曾与戴复古（1167—1248）相唱和，著有《苇航漫游稿》。

注释：
　　①彩丝角黍，见宋祁《屈原祠》注③。
　　②此日，指端午这天。人皆醉，指人们此日都饮雄黄酒。
　　③能吊句，酒醉后，会有几个人去凭吊醒魂屈原呢？

端午次韵怀古

或疑屈原、曹娥死非正命,是不知杀身成仁者也。并为发之。

林景熙

葵榴入眼明,　得酒慰衰齿。

胡为浪自悲,　怀古泪纷委。

湘江沉忠臣①,　越江沉孝子②。

沉骨不沉名,　清风两江水。

或云非正命③,　是昧舍生理④。

归全岂发肤,　所惧本心毁。

哭父天为惊⑤,　忧君国将毁⑥。

于焉偷吾生,　何以立戴履⑦。

修短在百年,　芳秽垂千纪。

之人死犹生⑧,　滔滔真死矣⑨。

作者简介:

　　林景熙(1242—1310),字德旸(yáng),一作德阳,号霁山,温州平阳(今属浙江)人。南宋末期爱国诗人。度宗咸淳七年(1271),由上舍生释褐成进士,受泉州教官,历礼部架阁,转从政郎。宋亡后不仕,隐居于平阳县城白石巷。他教授生徒,从事著作,漫游江浙,名重一时,学者称"霁山先生"。著有诗《白石樵唱》六卷、文《白石稿》十卷,后人编为《霁山集》。卒葬家乡青芝山。

注释:

　　①忠臣,指屈原。

②孝子，指曹娥。曹娥，东汉时会稽郡上虞县人，相传其父五月五日迎神溺死江中尸骸流失，娥年十四，沿江号哭十七昼夜，投江而死，文见《故苑》十九，事见《后汉书》曹娥传。

③正命，寿终而死。孟子尽心上："尽其道而死者正命也，桎梏死者，非正命也。"注："尽修身之道为寿终者，得正命也。"

④昧，不明白，不了解。

⑤哭父，指曹娥。

⑥忧君，指屈原。

⑦戴，戴天。履，履地。即立身天地之间。

⑧之人，指屈原和曹娥。

⑨滔滔，形容时间的流逝。时间流逝，渺无踪迹，是谓真死。

端午思远楼小集

叶 适

凭高难为观，　楼居势尽倾。

思远地不远，　空复生遐情。

上惟山绕围，　下惟溪环萦。

此实擅清境，　岂以旷朗名。

土俗喜操楫①，五月飞骇惊②。

鼓声沉沉来，　起走如狂酲③。

不知逐臣悲④，但恃勇气盈。

衰翁荫帐卧，　南风吹作棱。

作者简介：

　　叶适（1150—1223），字正则，号水心居士，温州永嘉（今浙江温州）人。南宋著名思想家、文学家、政论家，世称水心先生。淳熙五年进士，授平江节度推官，后改武昌军节度判官。复诏为大学正，寻迁博士。嘉定十六年（1223），叶适去世，年七十四，赠光禄大夫，获谥"文定"。他所代表的永嘉事功学派，与当时朱熹的理学、陆九渊的心学并列为"南宋三大学派"。有《水心先生文集》《水心别集》《习学记言》等著作。

注释：

①操楫，划船。

②飞骇惊，指龙舟竞渡。

③醒（chéng），酒醒后神志不清犹如患病的感觉，《诗经·小雅·节南山》："忧心如醒。"

④逐臣，指屈原。

端午行

叶 适

仙门诸水会， 流下瓦窑沟。

中有吊湘客①，西城南北楼。

旗翻稻花风， 棹涩梅子雨②。

夜逻无骚音③，绛纱萦首去。

注释：

①吊湘客，作者自指。

②棹（zhào），划船的一种工具，形状和桨差不多。涩（sè）不润滑。梅子雨，夏初江淮一带长达一个月之久的连绵阴雨天气。时值梅子黄熟季节，故名。

③骚音，即杂音。

过弋阳观竞渡

杨万里

急鼓繁钲动地呼①，碧琉璃上两龙趋②。

一声翻倒冯夷国③，千载凄凉楚大夫④。

银碗锦标夸胜捷⑤，画桡绣臂照江湖⑥。

三年端午真虚过， 奇观初逢慰道涂。

作者简介：

　　杨万里(1124？—1206)，字廷秀，号诚斋，自号诚斋野客。吉州吉水(今江西吉水黄桥乡)人。 南宋文学家、官员，与陆游、尤袤、范成大并称为南宋"中兴四大诗人"。绍兴二十四年(1154年)举进士，授赣州司户参军。历任国子监博、漳州知州、吏部员外郎秘书监等。绍熙元年(1190年)，借焕章阁学士。后出为江东转运副使、反对以铁钱行于江南诸郡，改知赣州，不赴，乞辞官而归，闲居乡里。开禧二年(1206)卒于家中。谥号"文节"。今存诗四千二百余首。

注释：

　　①钲（zhēng），古代行军时使用的乐器，这里指锣。苏轼："岁上晴云披絮帽，树头落日挂铜钲。"
　　②碧琉璃上，指清碧的水面上。两龙趋，指两支龙舟在比赛。
　　③冯夷，即河伯，水神。
　　④楚大夫，指屈原。
　　⑤碗，有的版本作"椀"，碗的异体字。银碗、锦标，都是奖品。
　　⑥画桡，画上图案的桡。绣臂，绣上标志的手臂。

戏跋朱元晦《楚辞解》二首

杨万里

一

注易笺诗解鲁论①，一帆径度浴沂天②。

无端又被湘累去③，去看西川竞渡船。

二

霜后藜枯无可羡④，　饥吟长听候虫声⑤。

藏神上诉天应泣，　又赐江蓠与杜蘅⑥。

注释：
　①注易句，言朱熹著述有《周易本义》《诗集传》《论语集注》等。
　②浴沂（yí）天，《论语·先进》侍坐章："浴乎沂，风乎
舞雩（yú），咏而归。"　沂，水名，在山东曲阜南。
　③湘累，指屈原，
　④藜枯，藜草枯干了，无可食的野菜。
　⑤候虫，随节令鸣叫的昆虫。言饥吟如虫。
　⑥江蓠、杜蘅，屈原辞赋中所吟咏的香草。

玉笥山三闾宅①

彭　淮

玉壶清锁寒江色，　两岸菰蒲风索索。

白云红树古今愁②，　青山远水《离骚》国③。

瓣香来吊大夫魂④，　口不能言空啧啧。

魂之生兮世莫容，　肮脏一身天地窄。

修门一去不复返⑤，　正望椒兰在君侧⑥。

绵绵心绪漫多思，　恋逐彭城归楚国⑦。

魂之去兮二千载，　凛凛照人霜月白。

空令儿辈撷芳华，　吟到大招呼不得⑧。

依然欸乃听渔夫⑨，　愁杀三闾孤愤客。

当时黑白不可辨，　今日丹青犹有赫。

吴山烟锁子胥祠⑩，　汨罗水绕三闾宅⑪。

作者简介：

　　彭淮，宋代诗人，生平不详。

注释：

　　①玉笥山，在汨罗江北岸，三闾宅已不存在，现存有屈子祠。

　　②红树，枫树。《楚辞·招魂》："湛湛江水兮上有枫，目极千里兮伤春心。"

　　③离骚国，指玉笥山。

　　④瓣香，芳草花瓣的馨香。陈鹄《耆旧续闻》："敬授灵香一瓣。"大夫，指屈原。

　　⑤修门，郢都的一座城门。

　　⑥椒，大夫子椒。兰，令尹子兰。

　　⑦彭城，地名。古大彭氏国，春秋宋邑，秦置县，项羽曾都于此。

　　⑧《大招》，屈原作品。

　　⑨欸（ǎi）摇橹的声音。唐代民间渔歌有《欸乃曲》。

　　⑩子胥，伍子胥。

　　⑪三闾宅，即屈原宅。

端午帖子

欧阳修

楚国因谗逐屈原①，终身无复入君门。

愿因角黍询遗俗②，可鉴前王惑巧言③。

作者简介：

　　欧阳修（1007—1072），字永叔，自号六一居士，江西吉水人。天圣进士，曾任枢密副使，参知政事。为唐宋八大家之一，卒谥"文忠"。曾与宋祁会修《新唐书》，又独撰《新五代史》，有《欧阳文忠集》。诗风与其散文近似，语言流畅、自然，其词婉丽，有南唐遗风。

注释：

　　①楚怀，楚怀王。

　　②角黍，粽子。

　　③巧言，迷惑人的话，即谗言。惑巧言，即听信谗言。

早发周平驿过清烈祠下①

范成大

物色近人境，　喜欢严晓装。

山月鸡犬声，　野风麻麦香。

登岭既开豁，　入林更清凉。

三呼独醒士②，　傥肯釂吾觞③。

作者简介：

范成大（1126—1193），字致能，一字幼元，号石湖居士。平江府吴县（今江苏苏州）人。绍兴进士，工诗词，有《石湖词》《石湖居士诗集》等。

注释：

①清烈祠，即屈原祠。
②独醒士，指屈原。
③傥（tǎng），同倘，假使。釂（jiào），喝干杯中酒。《礼记·曲礼上》："长者举未釂，少者不敢饮。"郑玄注："尽爵曰釂。"觞，酒杯。

题刘志夫、严居厚潇湘诗卷后

朱 熹

潇湘门外水如天，说著令人意惨然①。

试问登高能赋客，个中何似汨罗渊②。

作者简介：

朱熹（1130—1200），行五十二，小名沈郎，小字季延，字元晦，一字仲晦，号晦庵，晚称晦翁，又称紫阳先生、考亭先生、沧州病叟、云谷老人、逆翁，谥"文"，又称朱文公。祖籍南宋江南东路徽州府婺源县（今江西省婺源）。出生于南剑州尤溪（今属福建三明市）。南宋著名的理学家、思想家、哲学家、教育家、诗人、闽学派的代表人物，世称朱子，是孔子、孟子以来最杰出的弘扬儒学的大师。朱熹著述甚多，有《四书章句集注》《太极图说解》《通书解说》《周易读本》《楚辞集注》，后人辑有《朱子大全》《朱子集语象》等。其中《四书章句集注》成为钦定的教科书和科举考试的标准。

注释：

①著，着。因为联想到屈原感到悲伤。
②汨罗渊，即屈原投水的罗渊。

戏答杨庭秀问讯《离骚》之句（二首）

朱 熹

一

昔诵离骚夜扣舷①，江湖满地水浮天。

只今拥鼻寒窗底， 烂却沙头月一船。

二

春到寒汀百草生， 马蹄香动楚江声。

不甘强借三峰面， 且为灵均作杜蘅②。

注释：

①舷，木船左右两侧的边沿。扣，敲，击。苏轼《前赤壁赋》："扣舷而歌之。"
②且为句，《楚辞·离骚》："畦留夷与揭车兮，杂杜蘅与芳芷。"意即作屈原的学生，给他的辞赋作《楚辞集注》。

哀屈原

司马光

白玉徒为洁，　　幽兰未谓芳。

穷羞事令尹①，　疏不怨怀王②。

冤骨锁寒渚，　　忠魂失旧乡③。

空余楚辞在，　　犹与日争光④。

作者简介：

司马光（1019－1086），字君实，号迂叟，陕州夏县（今山西夏县）涑（sù）水乡人，世称涑水先生。生于河南省信阳市光山县。北宋史学家、文学家。历仕仁宗、英宗、神宗、哲宗四朝，卒赠"太师""温国公"，谥"文正"。主持编纂了中国历史上第一部编年体通史《资治通鉴》，生平著作主要有史学巨著《资治通鉴》《温国文正司马公文集》《稽古录》《涑水记闻》《潜虚》等。

注释：

①令尹，指子兰。此句意为虽穷困，也不去巴结令尹子兰。

②疏不句，《史记·屈原列传》："上官大夫见而欲夺之，屈平不与，因谗之曰：'王使屈平为令，众莫不知。每一令出，平伐其功，曰：'以为非我莫能为也。'王怒而疏屈平。'"虽被疏远而不怨君。对怀王无限忠诚。

③失旧乡，指离开故地，放逐到异乡。

④犹与句，《史记·屈原列传》："屈平之作《离骚》，盖自怨生也。……推此志也，虽与日月争光可也。"

哀郢二首

陆游

一

远接商周祚最长①，北盟齐晋势争强②。

章华歌舞终萧瑟③，云梦风烟旧莽苍。

草合故宫惟雁起，盗穿荒冢有狐藏。

离骚未尽灵均恨，志士千秋泪满裳。

二

荆州十月早梅春，徂岁真同下阪轮④。

天地何心穷壮士，江湖从古著羁臣⑤。

淋漓痛饮长亭暮，慷慨悲歌白发新。

欲吊章华无处问⑥，废城霜露湿荆榛。

作者简介：

陆游（1125—1210），字务观，号放翁，越州山阴（今浙江绍兴）人。绍兴中，应礼部试，为秦桧所黜。孝宗即位，赐进士出身，曾任镇江、隆兴通判。后入蜀，投身军旅生活，作诗近万首，是一位爱国诗人。这首诗是他过荆州地界时，想到楚国灭亡和屈原《九章·哀郢》之作，所抒发的深沉的爱国情怀。

注释：

①祚（zuò），通"阼"。指君主的位置，即帝位。《楚辞·离骚》："帝高阳之苗裔兮。"熊绎，鬻熊曾孙，西周诸侯国楚国始封君。周成王时，在周都镐京的熊绎，受周天子分封南蛮之地，建立楚国。经过熊绎至熊渠数代君主的努力，使楚国疆域不断扩展，国力不断增强，由一个方圆仅五十里的小国发展成泱泱大国。所以说："远播商周祚最长。"

②北盟句，楚国曾与北面的齐、晋（韩、赵、魏）燕结盟，楚怀王为纵约长。

③章华，即章华台，楚灵王时建。

④下阪轮，形容时间过得很快。

⑤羁臣，放逐在外的臣子，这里暗喻屈原。

⑥章华，借指郢都。

乙丑重午

陆游

飞棹中流救屈平①，俚歌宁复楚遗声。

危冠更在门楣上②，但觉萧敷与艾荣③。

注释：

①飞棹句，今天的端午龙舟竞渡是由当年屈原投江时，楚民闻讯驾舟，在汨罗江上搭救屈原的传闻演化而来的。

②危冠，高耸的帽子。《楚辞·离骚》："高余冠之岌岌兮。"

③但却句，萧、艾都是恶草。敷，是涂抹。荣，指繁茂，意即小人昌盛。

归州重午

陆游

斗舸红旗满急湍①， 船窗睡起亦闲看。

屈平乡国逢重午②， 不比常年角黍盘③。

注释：

①斗舸，指竞渡的龙舟。急湍，即急流。

②乡国，指归州。秭归是屈原的家乡。

③角黍，粽子。

屈平庙

陆游

委命仇雠事可知①，章华荆棘国人悲。

恨公无寿如金石②，不见秦婴系颈时③。

注释：

①雠（chóu），校对文字。

②公，指屈原。

③不见句，《史记·高祖本纪》："汉元年十月，沛公兵遂先诸侯至霸上。秦王子婴素车白马，系颈以组，封皇帝玺符节，降轵道旁。"组，丝带。轵（zhǐ），车轴末端。

楚城

陆游

江上荒城猿鸟悲，隔江便是屈原祠。

一千五百年间事①，只有滩声似旧时。

注释：

①一千句，从屈原到作者生活的年代，约 1500 年。

候船难

文天祥

待船三五立江干①，眼欲穿时夜渐阑②。

若使长年期不至，江流便作汨罗看。

作者简介：

文天祥（1236—1283）初名云孙，字宋瑞，又字履善，道号浮休道人、文山。吉州庐陵（今江西省吉安市）人，南宋末年政治家、文学家、抗元名臣、民族英雄。与陆秀夫、张世杰并称为"宋末三杰"。宝祐四年（1256）中进士第一，成为状元，一度掌理军器监兼权直学士院。德祐元年（1275），元军南下攻宋，被任命为浙西、江东制置使兼知平江府。曾与张世杰、陆秀夫等在福州拥立益王赵昰为帝，后赴南剑州聚兵抗元。祥兴元年（1278），在五坡岭被俘，押至元大都，被囚达三年之久，屡经威逼利诱，誓死不屈。元至元十九年（1238）十二月从容就义，终年四十七岁。明代追赐谥号"忠烈"。他的著作经后人辑为《文山先生全集》。

注释：

①江干，江岸。《诗经·伐檀》："坎坎伐檀兮，寘之河之干兮。"
②阑，晚。夜渐阑，即临近夜晚。

端午即事

文天祥

五月五日午，　赠我一枝艾。

故人不可见，　新知万里外。

丹心照夙昔①，　鬓发日已改。

我欲从灵均②，　三湘隔辽海。

注释：

①夙昔，指往日。
②从，追随。

端午感兴

文天祥

当年忠血堕谗波①，千古荆人祭汨罗。

风雨天涯芳草梦②，江山如此故都何③！

注释：

①堕谗波，指屈原被谗人陷害而投江自尽。

②芳草梦，梦想祖国向春天一样蓬勃发展。谢灵运诗："池塘生春草，园柳变鸣离。"

③故都，郢都或燕京。

端午

文天祥

五月五日午，　薰风自南至①。

试为问大钧②，举杯三酹地③。

田文当日生④，屈原当日死。

生为薛城君④，死作汨罗鬼。

高堂狐兔游⑤，雍门发悲涕⑥。

人命草头露，　荣华风过尔。

唯有烈士心，　不随水俱逝。

至今荆楚人，　江上年年祭。

不知生者荣，　但知死者贵⑦。

勿谓死可憎，　勿谓生可喜。

万物皆有尽⑧，不灭唯天理。

百年如一日，　一日或千岁。

秋风汾水辞⑨，春暮兰亭记⑩。

莫作流连悲⑪，高歌舞槐翠。

注释：

①薰风，和暖的风。

②大钧，天。贾谊《鵩鸟赋》："大钧播物兮，块圠无垠。"

③酹（lèi），把酒洒在地上，表示祭奠。三酹，酒洒三次。

④田文，即孟尝君，齐国的贵族，袭其父田婴的封爵，封于薛，又称薛城君。《史记•孟尝君列传》："文以五月五日生。"

⑤高唐，楚国的一座台。传说楚怀王梦游高唐与神女相会，见宋玉《神女赋》。

⑥雍门，郢都的一座城门。

⑦死者，指屈原。

⑧尽，尽头，死亡。

⑨汾水辞，汾水又称汾河，黄河支流，汉武帝有《秋风辞》："泛楼舡兮济汾河，横中流兮扬素波。"

⑩兰亭记，即王羲之作《兰亭集序》。

⑪流连，谓沉溺于游乐而忘归。《孟子•梁惠王下》："流连荒芜，为诸侯忧。"

汨罗江

王十朋

大夫楚忠臣①，哀哉以谗逐。

遗庙在江滨②，醒清今古独③。

作者简介:

　　王十朋（1112—1171），字龟龄，号梅溪，南宋著名的政治家和诗人。出生于乐清四都左原（今浙江省乐清市）梅溪村。绍兴二十七年（1157），他以"揽权"中兴为对，中进士第一，被擢为状元，先授承事郎，兼建王府小学教授。王十朋以名节闻名于世，著有《梅溪集》。

注释:

　　①大夫，指屈原。
　　②遗，留下。滨，水边。
　　③醒清句，《楚辞·渔父》："举世皆浊我独清，众人皆醉我独醒，是以见放。"

题屈原庙

王十朋

自古皆有死，先生死忠清①。

故宅秭归江，前人熊绎城②。

眷言怀此都，不比异姓卿。

六经变离骚③，日月争光明④。

注释:

　　①忠，忠于祖国。清，《楚辞·渔父》："屈原曰：举世皆浊我独清。"
　　②熊绎城，楚子熊绎的始国。《舆地志》云："秭归县东有丹阳城，周回八里，熊绎始封也。"
　　③六经，六部儒家的经典，指《诗》《书》《礼》《乐》《易》《春秋》。言《离骚》是能与六经并列的经典。
　　④日月句，《史记·屈原列传》："推此志也，虽与日月争光可也。"

齐天乐·端午①

杨无咎

疏疏数点黄梅雨②，殊方又逢重午③。角黍包金④，菖蒲泛玉⑤，风物依然荆楚⑥。衫裁艾虎⑦。更钗枭朱符⑧，臂缠红缕⑨。扑粉香绵，唤风绫扇小窗午。

沉湘人去已远⑩，劝君休对酒，感时怀古。慢啭莺喉，轻敲象板⑪，胜读离骚章句。荷香暗度。渐引入陶陶，醉乡深处。卧听江头，画船喧叠鼓。

作者简介：

杨无咎（1097—1171），宋代著名画家，字补之，号清夷长者、紫阳居士。临江清江（今江西省樟树市）人。杨无咎一生刻苦学习，拜师交友，对诗词书画无一不精。高宗累征不至，乾道七年卒。今存《逃禅词》一卷，词多题画之作，风格婉丽。

注释：

①此词在唐圭璋编的《全宋词》中为杨无咎所作。《清真集》亦收有此词，为周邦彦作。作者为谁，待考。齐天乐为词牌。
②梅雨，夏初梅子黄时的雨。唐柳宗元《梅雨》："梅实迎时雨，苍茫值晚春。"
③殊方，异地。
④棕黄色，故云包金。
⑤菖蒲绿色，故云泛玉。
⑥风物，风俗习惯。
⑦艾虎，用艾制作的虎。
⑧枭，悬挂。
⑨红缕，手臂上缠着的红线。
⑩沉湘人，指屈原。
⑪象板，一种敲击发声的乐器。

水调歌头·泛湘江

张孝祥

濯足夜滩急，晞发北风凉①。吴山楚泽行遍，只欠到潇湘。买得扁舟归去，此事天公付我，六月下沧浪②。蝉脱尘埃外③，蝶梦水云乡④。

制荷衣⑤，纫兰佩⑥，把琼芳。湘妃起舞一笑，抚瑟奏清商。唤起九歌忠愤⑦，拂拭三闾文字，还与日争光⑧。莫遣儿辈觉，此乐未渠央⑨。

注释：
    ①晞发，晒干、晾干头发。《楚辞·九歌·少司命》："与女（汝）沐兮咸池，晞女发兮阳之阿。"
    ②下沧浪，即下到屈原与渔父相遇的地方，也就是屈原投江的地方。
    ③蝉脱句，《史记·屈原贾生列传》："蝉蜕于浊秽，以浮游尘埃之外。"即在污秽肮脏的尘世，像蝉一样脱壳而出。
    ④蝶梦，即庄周梦化为蝴蝶，翩翩起舞。意即到沧浪这个水云乡快乐一番。
    ⑤制荷衣，《楚辞·离骚》："制芰荷以为衣兮，集芙蓉以为裳。"
    ⑥纫兰佩，《楚辞·离骚》："扈江离与辟芷兮，纫秋兰以为佩。"
    ⑦九歌，《楚辞·九歌》，包括湘夫人等 11 篇。
    ⑧清商，古曲调，即清音，商调。
    ⑨央，尽。

沁园春·观竞渡

刘过

画鹢凌风①，红旗翻雪，灵鼍震雷。叹沉湘去国②，怀沙吊古③，江山凝恨，父老兴衰。正直难留，灵修已化，三户真能存楚哉。空江上，但烟波渺渺，岁月洄洄④。

持杯西眺徘徊，些千载忠魂来不来⑤。谩争标夺胜⑥，鱼龙喷薄，呼声贾勇⑦，地裂山摧。香黍缠丝，宝符插艾，犹有樽前儿女怀。兴亡事，付浮云一笑，身在天涯。

作者简介：

刘过（1154—1206），字改之，号龙洲道人。吉州太和（今江西泰和县）人，长于庐陵（今江西吉安），去世于江苏昆山。四次应举不中，流落江湖间，布衣终身。曾为陆游、辛弃疾所赏，亦与陈亮、岳珂友善。词风与辛弃疾相近，抒发抗金抱负，狂逸俊致。与刘克庄、刘辰翁享有"辛派三刘"之誉。又与刘仙伦合称为"庐陵二布衣"。有《龙洲集》《龙洲词》。

注释：

①画鹢（yì），画有鹢鸟的船。
②沉湘，指屈原沉湘离别故国。
③吊古，即祭怀沙沉江的屈原。
④洄，水流回旋。洄洄，即年复一年的意思。
⑤忠魂，指屈原的魂魄。
⑥争标，竞渡的龙舟争着夺标。
⑦贾勇，即余勇可贾。即现代高喊加油的意思。

满江红·端午

刘克庄

梅雨初收①，浑不辨、东陂南荡。清旦里②，鼓铙动地，车轮空巷。画舫稍渐京辇俗，红旗会踏吴儿浪。共葬鱼、娘子斩蛟翁③，穷劝赏。

麻与麦，俱成长。蕉与荔，应来享。有累臣泽畔④，感时惆怅。

纵使菖蒲生九节，争如白发长千丈⑤。但浩然、一笑独醒人，空悲壮。

注释：

①梅雨，见杨无咎《齐天乐》注②。
②清旦，清晨、早晨。
③共葬句，鱼食屈原之肉，要把他埋葬；蛟夺屈原之食，要把他斩杀。
④累臣，指屈原。
⑤长千丈，表示深愁。李白诗："白发三千丈，缘愁似箇长。"

贺新郎·端午

刘克庄

深院榴花吐。画帘开、練衣纨扇①，午风清暑。儿女纷纷夸结束，新样钗符②艾虎。早已有、游人观渡③。老大逢场慵作戏，任陌头年少争旗鼓④。溪雨急，浪花舞。

灵均标志高如许⑤。忆生平、既纫兰佩⑥，更怀椒醑⑦。谁信骚魂千载后，波底垂涎角黍⑧。又说是，蛟馋龙怒⑨。把似而今醒到了，料当年醉死差无苦。聊一笑，吊千古。

注释：

①練（shū）衣，《说文》："布属。"。《广韵》："練葛。"即用練葛制的衣服。
②钗符，端午佩戴的吉祥首饰。
③观渡，观看龙舟竞渡。
④争旗鼓，抢着挥旗击鼓。
⑤灵均句，屈原的高风亮节为人民所重视。
⑥纫兰佩，《楚辞·离骚》："纫秋兰以为佩。"
⑦怀椒醑，《楚辞·离骚》："怀椒醑而要之。"
⑧波底垂涎，在水下想食粽子。

⑨蛟馋龙怒，蛟龙因彩丝缠棕不能食用而发怒。

渔父词

王谌

离骚读罢怨声声，曾向江边问屈平。

醒还醉，醉还醒，笑指沧浪可濯缨①。

作者简介：

王谌（chén），字子信。宋嘉熙（1237—1240）前后人。

注释：

①笑指句，《楚辞·渔父》："歌曰：沧浪之水清兮，可以濯吾缨。"

渔父词

蒲寿宬

白首渔郎不解愁，长歌箕踞亦风流①，

江上事，寄蜉蝣②，灵均那更恨悠悠③。

作者简介：

蒲寿宬，名或作寿晟、寿峸。宋末阿拉伯人。与弟蒲寿庚至泉州贸易。度宗咸淳间，知梅州，后降元朝。有《心泉学诗稿》。

注释：

①箕踞，坐时两足伸直分开，形似簸箕，为一种轻漫的态度。

《国策·燕策》："轲自知事不就，倚柱而笑，箕踞以骂曰。"

②蜉蝣（fú yóu），一种生命很短的虫子。寄蜉蝣，表示人生短促，如寄生的蜉蝣一样。苏轼《前赤壁赋》："寄蜉蝣于天地，渺沧海之一粟。"

③悠悠，忧郁。《诗经·邶风·终风》："悠悠我思。"

沁园春·天问

陈人杰

我梦登天，尽把不平，问之化工①。似桂花开日，秋高露冷，梅花开日，岁老霜浓。如此清标②，依然香性，长在凄凉索寞中③。何为者，只纷纷桃李，点断春风。

一时列鼎分封。岂猿臂将军无寸功④。想世间成败，不关工拙⑤，男儿济否⑥，只系遭逢。天曰果然，事皆偶尔，凿井得铜奴得翁⑦。君归去，但力行好事，休问穷通⑧。

作者简介：

陈人杰（1218—1243），一作陈经国，字刚父，号龟峰，长乐（今福建福州）人。南宋词人，享年仅 26 岁。他现存词作 31 首，全用《沁园春》调，这是两宋词史上罕见的用调方式。此词效屈原《天问》，向天公申诉世间不平之事。借梅、桂、李将军的遭遇，隐喻屈原的不幸，写来极为含蓄，不露痕迹。

注释：

①化工，指造化或造物，也就是历来所谓的天。
②清标，清洁高尚的性格品德。
③索寞，寂寞。
④猿臂将军，指汉朝的李广。西汉名将李广，猿臂善射，故称猿臂将军。他在汉文帝景帝时，参加反击匈奴的战争，颇有功勋，人们称他为飞将军。虽有战功，但没有封侯。后随卫青反击匈奴，

因失道被责，自杀死。

⑤工，指有才华的人。拙，指笨拙的人。

⑥济，成功。济否，即成功与失败。

⑦凿井得铜奴得翁，典故出自《太平御览》卷四七二引汉应劭《风俗通》载：河南平阴庞俭，三岁遭世乱失其父。长大后客居中"凿井得铜，买奴得公"的故事。后指事出偶然，意外巧合的情形。

⑧穷，穷困。通，通达。

水调歌头·隐括楚词答朱实甫

马廷鸾

把酒对湘浦①，独吊大夫醒②。当年皇览初度③，饮露更餐英。服以高冠长佩④，扈以江蓠辟芷⑤，御气独乘清⑥。谁意椒兰辈⑦，从谀武关盟⑧。

哭东门⑨，哀郢路⑩，悄无宁。人世纷纷起灭⑪，遗臭与留馨⑫。一笑远游轻举⑬，三叹世道长短，晦朔自秋春⑭。洗眼看物变，朝菌共灵椿⑮。

作者简介：

马廷鸾(1222—1289)，廷鸾（luán）字仲翔，号碧梧，晚年又号玩芳病叟。饶州乐平（今江西乐平县）人。自幼甘贫苦读，工于文辞，淳祐七年进士。曾是两代帝王的词臣(为皇帝起草诏书等文稿)，官至右丞相兼枢密使。晚年辞官隐居乐平。流传后世的著作有《六经集传》《语孟会编》《楚辞补记》《洙泗裔编》《读庄笔记》《碧梧玩芳集》。

注释：

①浦，水边。湘浦，指湘水边上。

②大夫醒，即独醒的屈原。

③皇览初度，《楚辞·离骚》："皇览揆余初度兮。"皇，皇

考，父亲。览，观察。初度，初生时的气质。即父亲打量初生儿的气质。

④长佩，《楚辞·离骚》："长余佩之陆离。"即系上色彩光亮的佩带。

⑤扈（hù），即披上。

⑥御气，驾驭着空气。乘清，乘坐着清风。

⑦椒，大夫子椒。兰，令尹子兰。

⑧从谀句，指《史记·屈原列传》中所记怀王赴武关事。

⑨哭东门，《楚辞·哀郢》："孰两东门之可芜。"

⑩哀郢路，指《楚辞·哀郢》中的百姓离散，东迁流亡之路。

⑪起，起兴。灭，灭亡。

⑫遗臭，即遗臭万年。留馨，即流芳百世。

⑬轻举，即轻身高举。

⑭晦（huì），农历每月最后的一天称晦。朔（shuò），每月初一的那天称朔。春，春季。秋，秋季。

⑮朝菌，朝生暮死之虫，比喻极短的生命。《庄子·逍遥游》："朝菌不知晦朔。蟪蛄（huì gū）不知春秋。"

摸鱼儿·和中斋端午韵

刘辰翁

醒复醒，行吟泽畔，焉能忍此终古。招魂过海枫林暝①，招得魂归无处。朝又暮，但依旧，禁街人静冬冬鼓。画船沉雨。听欸乃渔歌，兴亡事远，咽咽未能记。

君且住，能歌吾不如尔，悠悠鼓枻而去。沧州揽结芳成艾，唤作张三李五。羌自苦，更闲却，玉堂端帖多多许。无人自语。把画扇鸾边，香罗雪底，题作午年午②。

作者简介：

刘辰翁（1232—1297），字会孟，别号须溪。庐陵灌溪（今江西省吉安市吉安县）人。南宋末年著名的爱国诗人。景定三年（1262）

登进士第。他一生致力于文学创作和文学批评活动，曾任濂溪书院山长。入元不仕，遗著《须溪集》《须溪词》由其子刘将孙编为《须溪先生全集》。

注释：

①暝，暗。
②午年午，即午年的端午。

金缕曲·五日和韵

刘辰翁

锦岸吴船鼓。问沙鸥、当日沉湘，是何端午？长恨青青朱门艾，结束腰身似虎。空泪落、婵媛婴女①。我醉招累②清醒否，算平生清又醒还误。累笑我，醉中语。

黄头舞棹临江处③。向人间，独竞南风，叫云激楚④。笑倒两崖人如蚁，不管颓波千屦。忽惊抱、汨罗无柱（闻两日竞渡有溺者）。欸乃渔歌斜阳外，几书生能辨投湘赋⑤？歌此恨，泪如雨。

注释：

①婵媛婴女，《楚辞·离骚》："女媭之婵媛兮。"婴女，一说是屈原的姊。婵媛，关心的样子。
②累，指屈原。
③黄头，黄头郎，指驾船人。
④激楚，楚地歌曲，其声调激昂。
⑤投湘赋，指贾谊所作《吊屈原赋》。

女冠子·竞渡

蒋捷

电旍飞舞，双双还又争渡①。湘漓云外，独醒何在②，翠药红蘅，芳菲如故。深衷全未语，不似素车白马③，卷潮起怒。但悄然、千载旧迹，时有闲人吊古。

生平惯受椒兰苦④，甚魄沉寒浪⑤，更被馋蛟妒⑥。结琼纫璐，料贝阙隐隐，骑鲸烟雾⑦。楚妃花倚暮，莫便琼箫吹了，溯波同步。待月明洲渚，小留旌节，朗吟骚赋。

作者简介：

蒋捷（约 1245—1305），字胜欲，号竹山，南宋词人，宋末元初阳羡（今江苏宜兴）人。先世为宜兴大族，南宋咸淳十年（1274）进士。南宋覆灭，深怀亡国之痛，隐居不仕，人称"竹山先生""樱桃进士"。长于词，与周密、王沂孙、张炎并称"宋末四大家"，其词多抒发故国之思，山河之恸。有《竹山词》。

注释：

①双双，指一对一对的龙舟。
②独醒，借指屈原。
③素车白马，丧事用的车马。《后汉书·范式传》。传说伍子胥死后，化作江涛，每当怒涛卷起，隐隐可见素车白马，犹伍子胥在焉。
④椒，一说是司马椒。兰，指令尹子兰。
⑤魄，指屈原的魂魄。
⑥馋蛟妒，指蛟龙与屈原争角黍。
⑦骑鲸，指隐遁或仙游。陆游《七月一日夜坐水涯戏作》："斥仙岂复尘中恋，便拟骑鲸返玉京。"

贺新郎·端午和前韵

勿翁

庭外潇潇雨。对空山再度端阳，悄无情绪。旧日文君今瘦损[1]，旧曲不成腔谱。更不用周郎回顾[2]。尚喜庭萱春未老[3]，捧蒲觞细细歌金缕[4]。儿女醉，笑还语。

醉余更作婆娑舞。又谁知，灵均心事，菊英兰露[5]。最苦当年哀郢意[6]，因甚夫君未许？却枉使、蛾眉见妒[7]。荏苒章台才十载[8]，笑关河失报应旁午。愁读到，楚辞句。

作者简介：
　　勿翁，宋代诗人，字号、生卒年无考。《全宋词》录词一首。

注释：
　　①文君，疑指卓文君。
　　②周郎，即三国时期的周瑜，他精音律，时有"曲有误，周郎顾"之语。
　　③庭萱，家母。
　　④金缕，曲调名称。
　　⑤菊英兰露，即秋菊落英，木兰坠露。
　　⑥哀郢，屈原的作品，即哀痛郢都的沦陷。楚襄王二十一年，秦将白起攻破郢都，屈原作《九章·哀郢》。
　　⑦蛾眉见妒，《楚辞·离骚》："众女嫉余之蛾眉兮，谣诼谓余以善淫。"
　　⑧章台，即章华台。

点绛唇·国香兰

王十朋

芳友依依，结根遥向深林外。国香风递，始见殊萧艾[1]。

106

雅操幽姿②，不怕无人采。堪纫佩③，灵均千载，九畹遗芳在④。

注释：
　①殊萧艾，谓国香兰不同于萧艾等恶草。
　②雅操句，即高雅的情操，幽闲的资质。
　③堪纫佩，《楚辞·离骚》："纫秋兰以为佩。"谓兰可以佩戴，而萧艾却使人憎恨。
　④出自《楚辞·离骚》："余既滋兰之九畹兮。"

望海潮

黄岩叟

梅天雨歇，柳堤风定，江浮画鹢纵横①。瀛（yíng）女弄箫②，冯夷伐鼓③，云间凤咽鼍（tuó）鸣。波面走长鲸。卷怒涛来往，搅碎沧溟④。两岸游人，笑语罗绮间簪缨⑤。

灵均游魄无凭⑥。但湘沅一水，到底澄清。菰黍万家⑦，丝桐五彩，年年吊古情深。锦帜片霞明。使操舟妙手，翻动心旌。向晚鱼龙戏罢，千里浪花平。

作者简介：
　黄岩叟，宋四明人，生卒不详。为绍兴三十年（1160）进士。《全宋词》收有作品，署名"岩叟"。

注释：
　①画鹢，画有鹢鸟的船，指竞渡的龙舟。
　②弄箫，吹箫。
　③冯夷，水神。伐鼓，击鼓。
　④沧溟，沧江、东海，指竞渡的水面。
　⑤罗绮，穿着丝绸的富家子弟。簪缨，头上插有玉簪，帽上系

有丝带的达官贵人。

⑥游魂，谓死在外面的人的魂魄。屈原死在外面，故称其魂为游魂。

⑦菰黍（gū shǔ），用菰叶包的粽子。

贺新郎

许及之

旧俗传荆楚。正江城梅炎藻夏，做成重午。门艾钗符关何事①，付与痴儿呆女②。耳不听湖边鼍鼓③。独炷炉香熏衣润，对萧萧翠竹都忘暑。时展卷，诵骚语④。

新愁不障西山雨。问楼头、登临倦客，有谁怀古。回首独醒人何在⑤，空把清尊酹与⑥。漾不到、潇湘江渚。我又相将湖南去，已安排吊屈嘲渔父。君有语，但分付。

作者简介：

许及之（？—1209），字深甫，温州永嘉（今浙江温州）人。孝宗隆兴元年（1163）进士。淳熙七年（1180）知袁州分宜县，以荐除诸军审计，迁宗正寺簿。光宗受禅，除军器监、迁太常少卿。绍熙元年（1190）除淮南东路运判兼提刑。宁宗即位，除吏部尚书兼给事中。嘉泰二年（1202）拜参知政事，进知枢密院兼参政。有《涉斋记》。

注释：

①门艾钗符，门上挂艾，钗上挂符，为荆楚人驱病辟邪节俗。
②呆（ái），傻、痴。
③鼍（tuó），俗称猪婆龙，即扬子鳄。皮可张鼓。鼍鼓，即用鼍皮制的鼓。
④诵骚语，即读《离骚》。
⑤独醒人，指屈原。

⑥酹（lèi），把酒洒在地上祭奠。

念奴娇·重午次丁广文韵二首(录一)

张榘

三闾何在，把《离骚》细读，几番击节①。荪蕙椒兰纷江渚，较以艾萧终别②。清浊同流，醉醒一梦，此恨谁能说。忠魂耿耿③，只凭天辨优劣。

须信千古湘流，彩丝缠黍，端为英雄设④。堪笑儿童浮昌歜⑤，悲痛翻为娱悦⑥。三叹灵均，竟罹馋网，我独中情切。薰风窗户⑦，榴花知为谁裂。

作者简介：

张榘（jǔ），字方叔，号芸窗，南徐（今江苏省镇江市）人。淳佑（1241—1252）间，任句容令。宝祐中，为江东制置使参议。著有《芸窗词稿》一卷，载《四库总目》传于世。

注释：

①节，一种用竹制的古代乐器，亦指节拍。
②较以句，此言荪蕙椒兰与萧艾毕竟是有区别的。
③忠魂，指屈原的忠心。耿耿，光明正直。
④端为句，端、专。英雄指屈原，即专门为屈原设置。
⑤昌歜（chù），《左传·僖公三十年》："乡食有昌歜。"杜预注："昌歜，菖蒲葅。"
⑥悲痛句，意思是，重午本来是个悲痛的日子，可小孩子却玩着菖蒲，很是高兴。
⑦薰风，和暖的风，薰同熏。

江城子·重午书怀

陈著

年年端午又今朝。鬓萧萧^①，思摇摇^②。应是南风，湘浦正波涛。千古独醒魂在否^③，无处问，有谁招^④？

何人帘幕倚兰皋^⑤？看飞桡^⑥，夺高标^⑦。饶把笙歌，供笑醉陶陶^⑧。孤坐小窗香一篆^⑨，弦绿绮^⑩，鼓《离骚》^⑪。

作者简介：

陈著（1214—1297），字子微，小字谦之，号本堂，晚年号嵩溪遗耄。明鄞（yín）县（今浙江宁波）人。宝祐四年（1256）进士，官著作郎，出知嘉兴府。忤贾似道，改临安通判。累迁秘书监，宋亡不仕。宋代词人，为白鹭书院山长。著有《本堂文集》九十四卷。另有《历代纪统》。

注释：

①萧萧，形容头发花白稀疏。苏轼《次韵韶守狄大夫见赠二首》："华发萧萧老遂良，一身萍挂海中央。"
②摇摇，不安定的样子。
③独醒魂，指屈原的魂。
④招，招魂。
⑤兰皋，《楚辞·离骚》："步余马于兰皋兮。"王逸注："泽曲曰皋"。亦指近水边的高地。
⑥桡（ráo），船桨。龙舟竞渡桡举如飞，故称飞桡。
⑦标，锦标。
⑧陶陶，快乐的样子。
⑨香一篆，古人静坐时，常烧香一柱，香烟袅袅，有如篆文，故称篆香。
⑩绿绮，古琴名。傅玄《琴赋序》言及古琴四名，分别是号钟、绕梁、绿绮、焦尾，后世都用作琴的代称。李白《听蜀僧睿弹琴》："蜀僧抱绿绮，西下峨嵋峰。"
⑪鼓《离骚》，即读《离骚》。

第四篇 元代诗词

过洞庭

欧阳玄

白沙隐隐见金鳌①，殿阁凭虚结构牢。

天水浑融浮太极②，神人幽显隔秋毫③。

龙堂深閟灵栖冷④，象纬低垂客枕高⑤。

欲作庙堂迎送曲⑥，杜红蘅碧尽离骚⑦。

作者简介：

　　欧阳玄(1283—1358)，字元功，号圭斋，湖南浏阳(今湖南浏阳市)人，是欧阳殊之后裔，元代文学家。延佑年间(1314—1320)，任芜湖县尹三年，清理积案，严正执法，注重发展农业，深得百姓拥戴。元顺帝赠"大司徒""柱国"等称号，追封为"楚国公"，谥号"文公"。著有《圭斋文集》。

注释：

　　①金鳌（áo），传说是海里的大鱼。
　　②天水句，天水浑融，指水天混同一体。太极，《易·系辞上》认为太极是万物的本源。本诗中的太极，指的是天象，即指苍天。
　　③幽，暗；显，明。指神和人明暗相隔只有秋毫之差。
　　④深閟（bì），閟通"秘"，幽深。
　　⑤象纬，象，天象。纬，古时各行星的总称。指星空垂象。
　　⑥欲作句，庙，宗庙，帝王的家庙。堂，朝堂。庙堂，即朝廷。范仲淹《岳阳楼记》："居庙堂之高，则忧其民。"迎送曲，指迎送在朝廷受到贬谪的官员。
　　⑦杜红句，《楚辞·离骚》："杂杜蘅与芳芷。"杜蘅、芳芷都是一种香草。意即作庙堂迎送之曲，有杜蘅、芳芷这类《离骚》中的诸多香草就够了。

夜坐弹《离骚》①

耶律楚材

一曲离骚一碗茶， 个中真味更何加②。

香消烛尽穹庐冷③， 星斗阑干山月斜④。

作者简介：

耶律楚材(1190—1244)，字晋卿，汉化契丹族人，号玉泉老人、湛然居士。自蒙古军攻占金中都始，先后辅弼成吉思汗父子三十余年，担任中书令十四年之久。提出以儒家治国之道并制定了各种施政方略，为蒙古帝国的发展和元朝的建立奠定了基础。乃马真后称制时，遭到排挤，渐失信任，他因此抑郁而死。后赠"太师""上柱国"，追封广宁王，谥号"文正"。有《湛然居士集》。

注释：

①元代创作的以《离骚》为题的曲子。
②个中，此中。
③穹庐，蒙古包。
④阑干，横斜。

屈原卜居图

王恽

用舍行藏圣有余①，却从詹尹卜攸居②。

乾坤许大无容处， 正在先生见道疏③。

作者简介：

王恽(1227—1304)，恽（yùn），字仲谋，号秋涧，卫州路汲县(今河南卫辉市)人。元朝著名学者、诗人兼政治家。一生仕宦，刚直不阿，清贫守职，好学善文，成为元世祖忽必烈、元裕宗真金和元成宗皇帝铁穆耳三代著名谏臣。其书法遒婉，与东鲁王磐、渤海王旭齐名。著有《秋涧先生全集》。

注释：

①用舍句，《论语·述而》："子谓颜渊曰：用之则行，舍之则藏，唯我与尔有是乎。"用，指被任用。舍，指不被任用。行，指出仕。藏，指退隐。谓见用即出仕，不见用就退隐。蔡邕《陈太丘碑》："其为道也，用行舍藏，进退可度。"

②卜攸居，即《楚辞·卜居》。攸，助词，无义。《诗·大雅·文王有声》："四方攸同。"

③正在句，道，指用舍、行、藏处世之道。先生，指屈原。疏，有版本为"疎"，本意为疏导、开通、忽略的意思。

屈原对渔父

王恽

国既无人不我知①，秋风泽畔一湘累②。

君臣大义明如镜， 抵用渔翁辨啜醨③。

注释：

①国既句，《楚辞·离骚》："国无人莫我知兮，又何怀乎故都？"不我知，不了解我。

②秋风句，《楚辞·渔父》："屈原既放，游于江潭，行吟泽畔。"湘累，即屈原。

③抵用句，《楚辞·渔父》："渔父曰……众人皆醉，何不餔其糟而啜（chuò）其醨。"抵用，何用。醨，味不浓烈的酒。意即随波逐流，同流合污。

读《离骚》

王旭

诗到东周雅颂亡①，辞兴南国自流芳②。

天门日暮灵修远③，瑶草春深佩服香④。

奸骨百年尘共朽⑤，忠名千古日月光⑥。

呼儿掩卷还倚枕， 风雨无边夜正长。

作者简介:

　　王旭,字景初,元东平(今属山东)人。与王恽、王磐(1270—1330)等词人齐名,世称"三王"。家贫,力学,教授四方。尝寓安阳、峪城、鲸川,又至泰山、长沙,游迹几半天下。著有《兰轩集》十六卷。

注释:

　　①诗到句,西周时期,有采之官。传至东周,王室衰败,此风渐退,故云:王者之迹息,而后诗亡。

　　②辞,楚辞。南国,指荆楚。

　　③天门,指帝阙,宫殿的大门。灵修,指楚怀王。远,疏远。

　　④佩服,指穿戴衣裳和饰物。

　　⑤奸骨,指上官大夫令尹子兰等人。

　　⑥忠名,指屈原忠于楚国的声誉。

吊屈原

侯克中

怀襄为主子兰卿^①,何必逢人话独醒^②。

长恨忠良多坎坷^③,颇伤辞语太丁宁^④。

致君自合宗三代^⑤,作法谁能过六经^⑥。

千载英魂招不得^⑦,楚江如练楚山青^⑧。

作者简介:

　　侯克中(约1225—1315),元代戏曲作家,字正卿,号艮(gèn)斋,真定(今河北)人。稍长习词章,精心读《易》,著《大易通义》一书。元初散曲家史天泽、胡祇遹(yù)、徐琰等,皆相友善,时有诗文往还。杂剧作家白朴,与之为总角交。汴、杭各地,都有其踪迹。所撰杂剧《关盼盼春风燕子楼》,惜已佚,另有《艮斋诗集》。

注释:

　　①怀,怀王。襄,顷襄王。子兰,令尹子兰。卿,即卿相。

　　②独醒,指屈原所说的"众人皆醉我独醒"。

　　③坎坷,道路不平。意即忠良之辈总是遇到艰险不能得志。

④颇伤句，《史记·屈原列传》："一篇之中，三致志焉。"屈原在《离骚》中，再三地希望怀王觉悟过来，使楚国兴复，重振雄风。故云"辞语太丁宁"。

⑤致君，即辅佐君王，使君王能够像禹、汤、文武那样。三代，即夏、商、周三个朝代。

⑥六经：诗、书、礼、乐、易、春秋，合称"六经"。

⑦英魂，指屈原。

⑧练，白布。

读《反离骚》①有感

侯克中

言出于心见所操②，玄潮未解《反离骚》③。

一从草出扬雄赋④，泽畔灵均价转高⑤。

注释：

①《反离骚》，汉，扬雄著。这篇作品历来褒贬不一。其基本思想是同情屈原，"怪屈原以彼其材，游诸侯，何国不容，而自令若是"。他对屈原的忠贞爱国，没有深刻的理解，而只是怜惜屈原的怀才不遇而已。

②言出句，指出扬雄的操守很差。

③玄，指扬雄写的《太玄经》。

④赋，指扬雄写的《反离骚》赋。

⑤价转高，指屈原的身价转而提高了。

重午日客中雨三首（录一）

袁易

往恨湘累远①，他乡楚俗同②。

流传存吊祭③，汨没见英雄④。

竹叶于人绿，榴花此日红。

未须嗟旅泊，吾道岂终穷。

作者简介：

袁易（1262—1306），字通甫，号静春，元代理学家。平江长洲(今江苏苏州)人。力学不求仕进，为石洞书院山长。居吴淞筑堂名静春，聚书万卷，精于阐发朱程理学。有《静春堂诗集》。

注释：

①远，久远。

②楚俗同，指竞渡、包粽子等风俗相同。

③吊祭，指吊祭屈原。

④汨（gǔ）没，沉沦、埋没。出自宋代苏辙的《上枢密韩太尉书》"恐遂汨没"意谓屈原不为时代所埋没，他才是真英雄。

为题马竹所《九歌图》

虞集

屈子去国久①，行吟山泽秋②。

思君不复见③，婆娑感巫讴④。

仰瞻贵神远⑤，俯慨深篁幽⑥。

冲波起浩荡⑦，玄云黯绸缪⑧。

初阳翳扶桑⑨，莽苍荡海沤。

渺渺君夫人，遗玦在中洲⑩。

寿夭乘阴阳，孰知制命由⑪。

慨然长太息，悲歌写离忧。

想象以惝恍⑫，开卷令人愁。

作者简介：

虞集(1272—1348)，字伯生，号道园，世称邵庵先生。祖籍成都仁寿，为临川崇仁(今江西省抚州市崇仁县)人。历任国子助教、博士等。元仁宗时，迁集贤殿修撰，除授翰林待制。元文宗时，累官至奎章阁侍书学士、通奉大夫。元宁宗驾崩后，称病返回临川，至正八年去世。获赠江西行中书省参知政事、护军、仁寿郡公，谥号"文靖"。曾领修《经世大典》，著有《道园学古录》《道园遗稿》等。

注释：

①国，指都城、郢都。去国，即离开都城。

②行吟，边走边吟诵。

③思君，谓思念怀王。

④感巫讴，即有感于楚巫的歌唱，而写下了《九歌》。

⑤仰瞻句，即仰望离人间很远的天神。

⑥俯慨句，俯视山鬼，慨叹她处于幽深的篁竹丛中。

⑦冲波句，指水神戏波于江湖。

⑧玄云，指的是云神，即云中君。

⑨初阳，指东君。《九歌·东君》："照吾槛兮扶桑。"

⑩渺渺、遗玦二句，指湘水二神。

⑪寿夭、孰知二句，写主人类生死寿夭之神。

⑫恍悦（huǎng）有的版本作"恍恍（huǎng）"，失意貌。《楚辞·远游》："怊惝恍而乖怀。"怊惝恍，惆怅失意。

题《屈原渔父图》

王沂

屈原水之仙①，妙在远游赋②。

餐霞饮沆瀣③，所述非虚语。

孰云葬鱼腹，聊以辞渔父。

眷眷乡国心④，靳尚终莫悟⑤。

沅湘流不极，鼓枻竟何处。

日暮悲风多，萧萧满枫树。

作者简介：

王沂（？—1362），字师鲁，元真定（今河北正定）人。延佑二年（1315）进士，历任临淮县尹、嵩州同知。元文宗至顺间为翰林编修，后历国子博士、翰林待制。元顺帝至正初，任礼部尚书，曾主持元统元年（1333）科举，以"总裁官"的身份编定辽、金、宋三朝史。诗文集《伊滨集》早佚，清修《四库全书》时，从《永乐大典》

辑出《伊滨集》二十四卷，其中诗文各十二卷。

注释：

①水之仙，晋·王嘉《拾遗记》："屈原以忠见斥，隐于沅湘……被王逼逐，乃赴清泠之水，楚人思慕，谓水之仙。其神游于天河，精灵时降湘浦，楚人为之立祠，汉末犹在。"

②远游赋，即屈赋《楚辞·远游》。

③沆瀣，夜间的水气。司马相如《大人赋》："呼吸沆瀣兮，餐朝霞。"

④眷眷，爱恋的心情，即爱故乡爱祖国的心情。

⑤靳尚，奸佞之徒，楚国大臣。

题《离骚·九歌》图

柳贯

紫贝东皇席①，青霓北斗旗②。

究观神保意，遑恤放臣悲③。

有客传芭舞④，何人执龠吹⑤。

楚巫千载恨⑥，凭向画中窥⑦。

作者简介：

柳贯（1270—1342），字道传，婺州浦江（今浙江省金华市）人，元代著名文学家、诗人、哲学家、教育家、书画家。博学多通，工于书法，精于鉴赏文物，经史、百氏、数术、方技、释道之书，无不贯通。官至翰林待制，兼国史院编修。与元代散文家虞集、揭傒斯、黄溍并称"儒林四杰"。有《传荆文集》。

注释：

①紫贝句，东皇太一享用的紫色贝壳编成的席子。

②青霓句，东君身披青云衣，坐的车子插着北斗旗。

③遑恤，忧虑。放臣，指屈原。

④传芭舞，《九歌·礼魂》："成礼兮会鼓，传芭兮代舞。"仪式结束，执芭击鼓而舞。

⑤龠（yuè），一种竹制的吹奏乐器。

⑥楚巫，楚地的巫师。
⑦画，指《九歌图》。

端午漫题

胡助

老罢离骚读，青铜雪鬓双①。

久贫交易绝， 多病酒难降。

节物薰风馆②，归心夜雨窗。

当时萧艾盛③，吾欲驾涛江。

作者简介：

胡助（1278—1355），字履信，一字古愚，自号纯白老人，婺州东阳（今浙江省东阳市）人。有文集《纯白斋类稿》传世，后残缺，明朝由六世孙胡淮整理其诗文，重编为二十卷，附录两卷，仍沿用原名。其中赋一卷，诗十六卷，其余各类文体共三卷，合计约八百余篇。

注释：

①青铜，镜子，即对着镜子，已觉双鬓雪白。
②节物，指端午节。
③萧艾，都是恶草，《楚辞·离骚》："何昔日之芳草兮，今直为此萧艾也。"萧艾盛，指当时奸佞小人很多，非常猖狂。

读《离骚经》

张昱

三闾楚同姓①，怨生于所爱②。

谗人在君侧， 绳墨日偭背③。

虞兹宗社陨④，繁辞冀收采⑤。

反覆三致忠⑥，九死犹未悔⑦。

灵修终不察⑧，遂投汨罗内⑨。

斯文幸未丧⑩，风雅接三代⑪。

岂惟南国士⑫，汲汲仰沾溉⑬。

作者简介：

　　张昱（yù），生卒年不详。元明间庐陵（今江西省）人，字光弼，号一笑居士，又号可闲老人。历官江浙行省左右司员外郎，行枢密院判官。晚居西湖寿安坊，屋破无力修理。明太祖征至京城，厚赐遣还，卒时享年八十三。有《庐陵集》。

注释：

　　①《史记·屈原列传》："屈原者，名平，楚之同姓也。"三间，即屈、景、昭三姓，这三姓都是楚国的贵族，且与楚怀王同姓，出自同一个祖先。

　　②所爱，指怀王、顷襄王、令尹子兰等。因这些人和屈原都出自同一个祖先。

　　③绳墨句，《楚辞·离骚》："偭规矩而改错；背绳墨以追曲兮。"绳墨，木工用的工具，用以画直线，比喻法度是非标准。偭，违背。谓违背法度，改变措施，追求邪曲。

　　④虞兹句，虞，忧虑。宗社，指楚国。陨，坠落。即忧虑楚国的灭亡。

　　⑤繁辞，指繁华的辞藻，耿耿的忠言。冀收采，希望改变，采纳。

　　⑥三致意，指屈原在《离骚》中再三致意君王，冀幸君之一悟，俗之一改。

　　⑦《楚辞·离骚》："亦余心之所善兮，虽九死其犹未悔。"

　　⑧《楚辞·离骚》："荃不察余之中情兮，反信馋而齌怒。"灵修、荃都指楚怀王。

　　⑨汨罗内，指汨罗江内。

　　⑩斯文，指《离骚》等屈原赋。

　　⑪风雅居句，指《离骚》继承了风雅的优良文学传统。

　　⑫南国士，指荆楚的士人。

　　⑬汲汲，心情急切的样子。《汉书·扬雄传》："不汲汲于富贵，不戚戚于贫贱。"沾溉，沾润，灌溉。引申为使人受益。

题郑所南画兰①

倪瓒

秋风兰蕙化为茅，南国凄凉气已消②。

只有所南心不改， 泪泉和墨写离骚。

作者简介：

倪瓒(1301—1374)，初名倪珽，字泰宇，别字元镇，号云林子、荆蛮民、幻霞子。江苏无锡人，元末明初画家、诗人。倪瓒与黄公望、王蒙、吴镇合称"元四家"。元顺帝至正初年，散尽家财，浪迹太湖。存世作品有《渔庄秋霁图》《六君子图》《容膝斋图》《清閟阁集》《倪林先生诗集》。

注释

①郑所南，原名思肖，字忆翁，福建连江人，南宋诗人、画家，曾以太学生应博学鸿词科试。宋亡，隐居苏州。坐卧必向南，自号所南，以示不忘宋室。这首诗高度赞美了所南的爱国情怀，同时也赞美了屈原的爱国思想。

②南国，指南宋，谓南宋的气运已经消逝得很凄凉了。

重五日吊古

廖大奎

楚国大夫去①，彭咸从所居②。

只今浮水马③，何处问江鱼④。

异俗悲遗事⑤，离骚读旧书。

一杯觞上酒， 斜日雨疏疏。

作者简介：

廖大奎，生卒年不详。字恒白，泉州晋江人。博览群书，尝曰：不读东鲁论，不知西来意。为文简严古雅，诗尤有风致。自号"梦观道人"，著《梦观集》及《紫云开士传》。

　①大夫指屈原。
　②《楚辞·离骚》："吾将从彭咸之所居。"彭咸，殷代的贤臣，曾以死谏君，以身殉国。
　③水马，指龙舟。
　④何处句，指屈原投水而死，其尸体被鱼咬坏。
　⑤遗事，指遗传下来的风俗，如竞渡、包粽子等。

水龙吟

李纯甫

　几番冷笑三闾①，算来枉向江心堕。和光混俗②，随机达变，有何不可。清浊从他，醉醒由己③，分明识破。待用时即进，舍时便退，虽无福，亦无祸。

　你试回头觑我，怕不待、峥嵘则个。功名半纸，风波千丈，图个甚么。云栈扬鞭，海涛摇棹，争为闲坐④。但尊中有酒，心头无事，葫芦提过。

作者简介：

　李纯甫（约 1177—1223），金代文学家。字之纯，号屏山居士，弘州襄阴（今河北阳原县）人。承安二年进士，喜谈兵，屡上疏论时事。尝三入翰林，深得皇帝赏识，后卒于京兆府判官任上，时年四十七岁。工于散文，文风雄奇简古。

注释：

　①三闾，屈原。
　②和光句，即和光同尘，与世俗同好恶。
　③清浊、醉醒二句，即众人皆醉我也醉，举世皆浊我也浊。
　④争，怎么。

江城子

元好问

众人皆醉屈原醒。笑刘伶①，酒为名。不道刘伶，久矣笑螟蛉②。死葬糟丘珠不恶④，缘底事，赴清泠④。

醉乡千古一升平⑤。物忘情，我忘形。 相去羲皇⑥，不到一牛鸣。 若见三闾凭寄语，尊有酒⑦，可同倾。

作者简介：

元好问（1190—1257），字裕之，号遗山，世称遗山先生。太原秀容（今山西忻州）人。金宣宗兴定五年（1221），元好问进士及第。金哀宗正大元年（1224）又以宏词科登第后，授权国史院编修，官至知制诰。金亡后，元好问被囚数年。晚年重回故乡，隐居不仕，于家中潜心著述。元宪宗七年（1257）逝世。有《元遗山先生全集》《中州集》等作品传世 。

注释：

①刘伶，西晋人，字伯伦，"竹林七贤"之一。性嗜酒，作《酒德颂》。蔑视礼法，宣扬老庄思想，生活放任。

②螟蛉（míng líng），指养子。《诗·小雅·小宛》："螟蛉有子，蜾蠃（guǒ yíng）负之。"古人误以为蜾蠃养螟蛉为子，固把螟蛉作为养子的代称。

③糟丘，《韩诗外传》卷四："桀为酒池，可以运舟，糟丘足以望十里，而牛饮者三千里。"

④赴清泠，见王沂《题屈原渔父图》注①

⑥醉乡，喝醉后神志不清的状态。聂夷中《饮酒乐》诗："安得阮步兵，同入醉乡游。"

⑦羲皇，指伏羲氏。

⑧尊，即樽，酒杯。

浪淘沙·竞渡

姚燧

楚俗至今朝，服艾盈腰①。喧江铙鼓节兰桡。士女踏歌巫觋舞，鱼腹魂招②。

去古既云遥，馋毁言消。修名立与日昭昭③。免向重华敷衽跪④，来直皋陶⑤。

作者简介：

姚燧(1238—1313)，字端甫，号牧庵，洛阳人，祖籍营州柳城(今属辽宁朝阳)。三岁丧父，由伯父姚枢抚养成人。至大元年燧入为太子宾客，进承指学士。寻拜太子少博，官翰林学士承旨、集贤大学士。能文，与虞集并称，所作碑志甚多，大都为歌颂应酬之作。原有集，已散失，清人辑有《牧庵集》。

注释：

①盈腰，《楚辞·离骚》："户服艾以盈要兮，谓幽兰其不可佩。"要同腰。

②鱼腹句，屈原投江，葬身鱼腹，故云鱼腹招魂。

③修名句，《楚辞·离骚》："老冉冉其将至兮，恐修名之不立。"修名，美名，谓修名已立，与日昭明。

④敷衽跪，《楚辞·离骚》："跪敷衽以陈词兮，耿吾既得此中正。"敷（fū），铺开。衽（rèn），衣服的前襟。

⑤皋陶，相传为虞舜掌管刑法的官。

过秦楼·客中端午

朱晞颜

水碧纱橱，月圆纨扇，悄悄午窗曾共。祛（qū）愁楚艾，照眼安榴，节物把人传送。无奈长昼如年，莺趁吟情，蝶迷乡梦。怅归期多误，暮云凝望，乱愁如葑①。

谁念我闷对骚经，慷寻遗谱，冷落湘琴弄。醒魂正渴②，筒碧初乾，买健听人呼粽。不似归来故国，同泛香蒲③，频倾春瓮④。任痴儿呆女，齐唱湖楼兴动。

作者简介：

朱晞颜(1132—1200)，字子渊、子囤，休宁（今安徽休宁）人。宋孝宗隆兴元年(1163)进士，曾知靖州永平县，政绩颇好，当地为他立了生祠。隆兴元年调当阳尉，历知永平、广济县，通判阆州，知兴国军、吉州，广南西路、京西路转运判官。光宗绍熙四年，除知静江府。宁宗庆元二年除太府少卿，总领淮东军马钱粮。后迁权工部侍郎，俄兼实录院同修撰，兼知临安府。庆元六年卒，著作已佚，仅《两宋名贤小集》卷二一七存《桂岩吟藁》一卷，另有《瓢泉吟稿》。

注释：

①葑（fèng)即茭百根，其须根杂乱无章。
②醒魂，指屈原的魂灵。
③香蒲，即香蒲酒。
④春瓮，装在瓮中的春酒。

水调歌头·端午

王旭

京州四重午，岁月若飘风。诗书万卷，何事白首课儿童。试把楚词高咏①，更取清尊细酌，醒醉竟谁同。俯仰百年了，求足不求丰。

槐吾身，犹未脱，世尘中。还丹有诀谁悟？回首忆仙翁。我欲乘云归去，独与山灵晤语②，修道倘成功。笑谢醯鸡瓮③，白日看长空。

作者简介：

王旭，字景初，东平（今属山东）人。以文章知名于时，与同郡王构、永年王磐并称"三王"。早年靠教书为生，主要活动于至元到大德(1264—1297)年间。有《兰轩集》二十卷，原本已不传。清乾隆年间修《四库全书》，从《永乐大典》中辑出王旭诗文若干篇，重编为《兰轩集》十六卷。

注释：

①高咏，高声朗诵，高吟。

②山灵，指的应是山鬼，即巫山女神。

③醯（xī），醋。《礼记·内则》："和用醯。"陆德明释文："醯，酢（酢）也。"醯鸡，古人误以为酒醋上的白霉可变小虫为醯鸡。

摸鱼儿·登安陆白云楼

宋褧

至元六年二月望日，登安陆白云楼。楼今为宪公廨。城中有楚大夫，宋玉故宅与池。其井名琉璃，井边有兰台故基。

屹危阑、郢都西北①，滔滔汉水南去。兰台陈迹何从访②，废宅芳池凝伫。愁绝处，空只有、琉璃瞀井蛙声聚③。千年遗绪。邈白雪宫商④，雄风襟量⑤，恍惚可神遇⑥。

英灵在，应念诸孙卤莽，斯文微福如许。蕙肴兰藉椒浆奠，屈景幽魂同赴⑦。惊节序、却邂逅、春深不识悲秋苦⑧。抚今怀古。漫醉墨淋漓，狂歌凄惋，和者应无数。

作者简介：

宋褧(1294—1346)，褧（jiǒng）， 字显夫，大都宛平(今属北京市)人。泰定元年(1324)进士，授秘书监校书郎，改翰林编修。至元三年(1337)累官监察御史，出佥山南宪，改西台都事，后入为翰林待制，迁国子司业，擢翰林直学士，兼经筵讲官。卒赠范阳郡侯，谥"文清"。著有《燕石集》。

注释：

①郢都，楚国的都城。

②兰台，楚国的宫苑，旧址在今湖北省钟祥县。

③眢（yuān）井，枯井。
④白雪宫商，曲调名称。
⑤雄风，宋玉《风赋》："楚襄王游于兰台之宫，宋玉景差侍。有风飒然至，王乃披襟而当之。曰：快哉此风，寡人所与庶人共者邪。宋玉对曰：此独大王之风耳，庶人安得而共之……此所谓庶人之雄风也。"
⑥神遇，想象中遇见。
⑦屈景，即屈原和景差。
⑧悲秋，宋玉《九辨》："悲哉！秋之为气也。"

宴清都·端午

梁寅

带恨湘江水。无奈①远、楚云天际千里。灵均一去，芳荪翠减，香蓠青死。龙舟鼍鼓声沸，叹旧俗、空夸水戏②。乐少年、越女吴姬，戏弄王孙公子。

曾记南浦芙蓉，东湖杨柳，斜日歌吹。彩舟载酒，纶巾挥扇，胜友同醉。而今白头蓬卷，但谙惯、独醒滋味③。好只把、兰佩荷衣，从今料理。

作者简介：

梁寅（1303—1389），字孟敬，新喻（今江西省新余市下村镇）人，明初学者。元末累举不第，后征召为集庆路（治所在今江苏南京市）儒学训导。元末兵起，明太祖朱元璋征天下名儒修述礼乐时，他被征任，时年已六十有余。在礼局中，讨论精审，诸儒皆为推服。书成后，将就官，他以老病辞，归里。晚年结庐石门山，著有《石门词》。

注释：

①奈（nài），通"奈"，奈何，如何，怎么办。《荀子·强国》："然则奈何？"
②水戏，竞渡。
③独醒，不同流合污。

小重山·端午

舒頔

碧艾香蒲处处忙①。谁家儿共女、庆端阳。细缠五色臂丝长②。空惆怅，谁复吊沅湘③。

往事莫论量。千年忠义气④、日星光⑤。《离骚》读罢总堪伤。无人解，树转午阴凉。

作者简介：

舒頔(1304—1377)，頔（dí），字道原，绩溪(今属安徽省)人。擅长隶书，博学广闻，曾任台州学正，后时艰不仕，隐居山中。入朝屡召不出，洪武十年(1377)终老于家。归隐时曾结庐为读书舍，其书斋取名"贞素斋"。著有《贞素斋集》《北庄遗稿》等，《新元史》有传。

注释：

①碧艾香蒲，端午节每家门上挂艾和菖蒲的习俗。
②细缠句，端午节人们在臂上缠着五彩丝带，用作辟邪。
③吊沅湘，指吊屈原。
④忠义气，指屈原的高风亮节。
⑤指屈原忠义的气节，同日星一样，发出光芒。

浪淘沙·重午

韩奕

细雨折红榴，花满枝头。客边相对思悠悠①。 欲换金泥题帖子②，无复风流。

蓬鬓老堪羞，节去难留。一尊重午与谁酬③。 歌罢楚辞新月上，曲影如钩。

128

作者简介：

　　韩奕（1269—1318），子仲山，元绍兴路萧山人，后徙钱塘。武宗至大元年授杭州人匠副提举，迁江浙财赋副总管。仁宗延祐四年进总管。现存诗词曲文六十九篇。

注释：

　　①思悠悠，忧思的样子。

　　②帖子，即帖子词。古代臣子于节日献给皇宫的词。

　　③一尊重午，即一杯端阳酒。

第五篇 明代诗词

谒三闾祠

夏原吉

先生见放事何如①，薪视椅桐梁栋樗②。

忍使清心蒙浊垢， 宁将忠骨葬江鱼。

西风楚国情无限， 落日沧浪恨有余。

我拜遗祠千古下③，摩挲石刻倍欷歔④。

作者简介：

夏原吉(1366—1430)，字维喆。湖广长沙府湘阴(今湖南省汨罗市)人，祖籍江西德兴。明洪武二十三年(1390)举人，以乡荐入太学，选入禁中书省制诰。建文帝时任户部右侍郎，后充采访使，任内政治清明，百姓皆悦服。明成祖即位后，夏原吉升任户部尚书，主持浙西、苏、松治水事务，被委以重任，与蹇义齐名。之后又辅助明仁宗、宣宗，成"仁宣之治"。宣德五年(1430)夏原吉逝世，享年六十五岁，获赠"太师"，谥号"忠靖"。有《夏忠靖集》六卷传世。

注释：

①先生，指屈原。放，放逐。

②薪，木薪的总称。椅、桐，木名。《诗·鄘风·定之方中》："树之榛栗，椅、桐、梓、漆。"梁栋，房屋的大梁，比喻担负国家重任的人。樗(chū)，又名臭椿，是一种无用的恶木。这句的意思是说：树木分为有用之和无用之材，像屈原这样的大夫是栋梁之材，而上官大夫等佞臣则是像臭椿一样的"恶木"。

③遗祠，遗留下来的祠宗，指三闾祠。

④摩挲，抚弄。古乐府《琅琊王·歌辞》："新买五尺刀，悬著中梁柱，一日三摩挲。"大意为：新买了一把长刀，悬挂在堂中梁柱上。一天要抚摸很多次。石刻，祠宗内的碑刻。欷歔，叹气。

130

端午招沉灵

夏原吉

五月五日天气晴，古罗士庶思屈平①。

金声伐鼓集画舰②，浩歌竞渡招沉灵③。

沉灵不返知何往，楚国萧萧空草莽。

聊将一滴菖蒲浆④，洒向清波寄遥想。

注释：

①古罗，原古罗子国，故称古罗，即今汨罗。士，一般文士。庶，普通的老百姓。

②金声，敲打锣鼓的声音。伐鼓，击鼓。画舰，龙舟。

③沉灵，沉水而死的灵魂，指屈原的魂灵。

④菖蒲浆，即菖蒲酒。

金台午日

夏原吉

黄金台下值端阳①，榴雨初收昼景长②。

抛却《离骚》寻枕簟③，作成清梦入潇湘④。

注释：

①黄金台，又称金台、燕台，在今河北省，相传为战国时燕昭王所筑，作者夏原吉时在燕京，故云"黄金台下值端阳"。

②榴雨句，五月石榴花开放，又是多雨天气，故云榴雨。初收，即雨刚刚停下。

③寻枕簟（diàn），即去睡觉。

④梦入潇湘，作者是湖南汨罗人，言在梦中回到自己的家乡，观看竞渡，凭吊屈原。潇湘，代指自己的家乡汨罗。

汨罗江怀古

夏弘济

汨罗江上吊斯人①，凛凛英风庙貌新②。

忠似比干全大节③，义为豫让作孤忠④。

乾坤遗憾吞鱼腹⑤，草树笼烟泣暮津。

惟有高名应不泯⑥，离骚万古倍精神。

作者简介：

夏宏济，夏元吉之曾孙，不乐士进，甘守贫困，隐居民间，以诗名于时。

注释：

①斯人，指屈原。

②庙，指三闾庙。

③比干，商纣王时的谏臣。

④豫让，春秋战国时期晋国人，是晋卿智瑶（智伯）的家臣。前453年，赵、韩、魏共灭智氏。豫让用漆涂身，吞炭使哑，暗伏桥下，谋刺赵襄子未遂，后为赵襄子所捕。临死时，求得赵襄子衣服，拔剑击斩其衣，以示为主复仇，然后伏剑自杀。

⑤鱼腹，葬身鱼腹，即淹死。

⑥高名，指屈原的名字。泯，灭。

读史有感

刘基

千古怀沙恨逐臣①，章台遗事最酸辛。

可怜日暮高唐梦③，绕尽行云不到秦④。

作者简介：

刘基（1311—1375），字伯温，浙江青田（今浙江文成）人。元末明初政治家、文学家，明朝开国功臣。武宗时赠太师，谥号"文成"。刘基精通天文、兵法、数理等，尤以诗文见长。诗文古朴雄放，不乏抨击统治者腐朽、同情民间疾苦之作。与宋濂、高启并称"明初诗文三大家"。著作均收入《诚意伯文集》《郁离子》。

注释：
　　①恨逐臣，即逐臣恨。
　　②高唐梦，传说楚怀王游高唐，梦见巫山神女，见宋玉《神女赋》。
　　③行云，宋玉《神女赋》："朝为行云，暮为行雨。"

汨罗谒三闾大夫祠

易先

缠绵宗社子身扶①，岂作当年小丈夫。

蔓草尤牵亡国憾②，清流堪洗谮臣诬③。

志同微比风偏古④，身近彭咸影不孤⑤。

樽酒招魂江渚上，　愁看杜宇对人呼⑥。

作者简介：
　　易先（1365—1428），字太初，湖南湘阴（今汨罗市）人。以国子监生授谅山知府，有善政。岁满还朝时，当地百姓乞留。后下诏进秩三品，还任。越南后黎朝开国君主黎利率兵攻占谅山后，易先自缢身亡。易先殉国后，他在凉山的家人和随从共十八人也投井尽忠。明宣宗得知此事后，大为感慨，遣进士张纯谕祭奠，赐易先广西布政司右参政，谥"忠节"。

注释：
　　①缠绵句，缠绵，爱。社，社稷，即国家。屈原与楚同宗，故称宗社。孑（jié），单独。指屈原孤身奋战，扶持宗社。
　　②蔓草，蔓生植物，这种草蔓延、滋长，为害甚大。《左传·隐公元年》："无使滋蔓，蔓难图也。"
　　③谮臣，毁谤陷害忠良的臣子。
　　④微比，即微子、比干。《论语·微子》："微子去之，箕子为之奴，比干谏而死。孔子曰：'殷有三仁焉。'"殷商末年，为治国理政冒死谏君的忠臣。
　　⑤彭咸，王逸《楚辞章句》说："彭咸，殷贤大夫，谏其君不听，自投水而死。"
　　⑥杜宇，一种鸟，亦名杜鹃，子规。啼时常流血。唐诗："子

规夜半犹啼血。"

谒三闾祠

李廷龙

新祠再拜古宗臣①，生气于今尚凛人②。

属草本图安社稷③，行吟非是怨君亲④。

楚襄独醉生何益⑤，湘水膏鱼死亦仁⑥。

却忆武关成往事⑦，可怜漂泊在西秦⑧。

作者简介：

    李廷龙，字近麓，又字麓南，明湖广湘阴（今湖南省汨罗市）人。嘉靖三十二年（1553）进士。授徽州府推官，历任直隶闽蜀监察御史至江西廉使，累迁四川巡按、福建布政使参政、江西按察使。所至皆有善政，入大梁名宦，湘阴士民立祠祀为乡贤。著有《公余漫稿》《还朴约》《三巡疏议》。

注释：

    ①宗臣，和帝王同宗的臣子，屈原为楚宗臣。

    ②凛，严厉、严肃。凛人，即使人感到凛然。

    ③属草，《史记·屈原列传》："怀王使屈原造为宪令，屈原属草稿未定。"属，即撰写。宪令，国家的法令，即撰写国家的法令。

    ④行吟，边走边吟唱诗歌。

    ⑤楚襄，即楚顷襄王。

    ⑥膏，动词，即投湘水而死，让尸体喂鱼。

    ⑦却忆句，指《史记·屈原列传》所载秦昭王与楚怀王会于武关之事。

    ⑧西秦，秦在西部，故称。

屈原像

沈周

逐迹遑遑楚水长①，重华虽远未能忘②。

鲁无君子斯当取③，殷有仁人莫救亡④。

鱼腹何胜载忧怨，　凤笯终不蔽文章⑥。

忠贞那得消磨尽，　兰芷千年只自芳⑦。

作者简介：

　　沈周（1427—1509），明代杰出书画家，字启南，号石田、白石翁、玉田生、居竹居主人等，长洲（今江苏苏州）人。不应科举，专事诗文、书画，是明代中期文人画"吴派"的开创者，与文徵明、唐寅、仇英并称"明四家"。传世作品有《庐山高图》《秋林话旧图》《沧州趣图》。著有《石田集》《客座新闻》等。

注释：

　　①遑遑，匆忙不安定的样子。陶潜《归去来辞》："胡为乎遑遑欲何之。"

　　②重华，虞舜。传说舜目重瞳（tóng），即眼球有两个瞳子，故曰重华。《楚辞·离骚》："济沅湘以南征兮，就重华而陈词。"

　　③鲁无句，《论语·子贱章》子谓子贱："君子哉若人！鲁无君子者，斯焉取斯？"斯，此。斯焉取斯，指子贱此人是怎么获得此种君子品德的？

　　④殷有仁人，指《论语·微子》所载："孔子曰：'殷有三仁焉。'"即微子、箕子、比干。

　　⑥凤笯句，笯（nú），鸟笼。意即凤凰虽然关闭在笼中，它那美丽的羽毛，还是遮蔽不了。

　　⑦兰芷，暗喻屈原。

过洞庭

管讷

湖上东风水接天，　渚花红白共春妍。

苍梧二女坟前路①，青草三闾庙下船②。

鲛室绡机声札札③，龙宫珠佩影娟娟④。

官闲更遂南游兴，　借榻君山寺里眠⑤。

作者简介：

　　管讷，字时敏，明松江府华亭人。洪武（1368—1398）中征拜楚王府纪善，迁左长史，事王二十余年，以忠谨闻。年七十余致仕，楚王请留居武昌，禄养终身。有《蚓窍集》。

注释：

①苍梧，今湖南江永、江华以南等地。传说大舜南巡死于此地，他两个妃子娥皇、女英洞庭君山闻讯泪尽而亡，泪珠染竹成斑。君山有二妃墓。

②青草，指洞庭湖。杜甫《夜宿青草湖》诗："洞庭犹在目，青草续为名。"

③鲛室句，张华《博物志》："鲛人从水出，寓人家积日，卖绡将去，从主人索一器，泣而成珠满盘，以与主人。"

④龙宫，指洞庭龙君的宫殿。

⑤君山，洞庭湖中的一座小山。

五日感怀①

蔡道宪

桂楫兰舟桃叶肥②，石梁余地葬罗衣③。

肯教汨水龙争饮④，未忍钟山鹤入帷⑤。

李广生还谁裂土⑥，王嫱西嫁不成妃⑦。

中原何处无鼙鼓⑧，共向江头买醉归。

作者简介：

蔡道宪（1615—1643），字元白，号江门。福建晋江人，明崇祯十年进士。初授大理推官，后补长沙推官。张献忠破长沙被执，拒降被杀，时年二十九岁，卒谥"忠烈"。著有《诲后诗集》。

注释：

①五日，指五月五日端阳节。

②桂楫，用桂树做的楫。兰舟，用木兰造的舟。

③石梁，石桥。余地，指桥边空地。葬罗衣，穿着绫罗做的衣服。

④肯教句，且让水底蛟龙争食人们投祭屈原的祭品。

⑤未忍句，钟山，即北山。周彦伦曾隐居此地，后又应诏出山去做海盐令，孔稚圭曾写文讽刺他，说他见到皇帝的诏书就去做官了。文中有："鹤书赴陇""蕙帐空兮夜鹤怨，山人去兮晓猿惊"

等句。鹤书，即诏书。

⑥李广，西汉名将。功多，却没有封侯，后因作战失败，被责，遂自杀，人们称他"飞将军"。

⑦王嫱（qiáng），即王昭君。西汉南郡秭归（今湖北兴山县）人，晋避司马昭讳，改昭君为"明君"，或称"明妃"。汉元帝时，被选入宫。后匈奴入朝求和，朝廷把她嫁给了匈奴呼韩邪单于。

⑧鼙（pí）鼓，古代军中的乐器，后来借代指战争。白居易《长恨歌》："渔阳鼙鼓动地来。"文天祥《平原》诗："一朝渔阳动鼙鼓，大江以北无坚城。"

罗渊

朱之宣

洞庭南畔逼汀洲①，渺矣予怀帝子邱②。

清绝长沙鸥得地， 萧条泽国壑藏舟③。

蜃楼避雪光初敛， 渔市停云网未收。

记得昔年芳草路， 于今羞涩悔重游。

作者简介：

朱之宣，字伯昭，湖南汨罗人，南明隆武（1645—1646）时举人。

注释：

①洞庭南畔，汨罗江在洞庭湖以南。屈原沉江处"罗渊"，亦称"河泊潭"即在汨罗江下游。逼，逼近。

②渺矣句，苏轼《赤壁赋》："渺渺兮予怀，望美人兮天一方。"

③壑藏舟，《庄子》："藏舟于壑，藏山于泽。"意思是说，道物的耗损，生命的夭折，随时都会发生，那是你根本不能预料，也无法抗拒的。

濯缨台

霍桐

监利千山风雨多①，濯缨台下涨寒波②。

停舟细问灵均迹， 更有清流是汨罗。

作者简介：

崔桐（1478—1556），字来凤，号东州。南直隶通州海门县（今江苏南通海门）人。正德十二年（1517）中进士，在翰林院与张邦奇齐名。世宗即位，"大礼"议起，又与杨慎等切谏，遭廷杖并被逮入诏狱，降为湖广参议。后提调武当山，累提升为国子监祭酒，终礼部右侍郎。著作有《东洲集》《东州续集》行于世。

注释：

①监利句，该县在长江北岸，气候受长江影响。

②濯缨台，在监利县北七十里，古时这里有沧浪之水，相传屈原曾经在这里洗涤衣帽腰带。

午日沙市龙舟

袁中道

旭日垂杨柳，　倾城出岸边。

黄头郎似马①，青黛女如仙②。

龙甲铺江丽③，神装照水鲜。

万人齐着眼，　看取一船先。

作者简介：

袁中道（1570—1623），字小修、一字少修，湖北公安人。明代文学家、官员。"公安派"领袖之一，与兄长袁宗道、袁宏道称为"三袁"。万历四十四年（1616年）进士，授徽州府教授、国子监博士，官至南京吏部郎中。有《珂雪斋集》《游居柿录》集。

注释：

①黄头郎，驾船的人。这里指划龙舟的桡手。

②黛，一种青黑色的颜料，古代女人多用来画眉。青黛女，即用青黛画眉的妇女。

③龙甲，指画有龙鳞的龙舟。

宋玉宅

孔自来

其一

秦陇亦戎狄①，何独无楚风。

谁知江汉篇， 已在二南中②。

其二

屈子奋飞兰江浒③，骚经不复数邹鲁④。

景差唐勒续后尘⑤，楚辞遂作文章祖。

更有宋玉称高足⑥，郢中独唱阳春曲。

招魂九辨忧愁多⑧，容与思君及其屋⑨。

其三

短墙遥映东邻花，梦绕阳台谁是家。

过客忍看秋草白，风流何处空咨嗟。

作者简介：

孔自来（约1610—约1670），原名朱俨靡，字启宇，辽简王八世孙。明亡前夕，易姓名为孔自来，字伯靡，自号"句曲山人"。在荆州三湖（今湖北省国营三湖农场）时，作诗《宗炳宅怀古》，写成《江陵志余》，是湖北地方志中一部重要的私修志书。

注释：

①戎狄，秦地偏西北，故称戎狄。

②二南，《诗经》十五国风中的周南、召南。

③屈子奋飞，刘勰《辨骚》："固已轩翥诗人之后，奋飞辞家之前。"

④邹鲁，古时邹、鲁在今山东省境内，是孔子、孟子出生的地方。

⑤景差句，《史记·屈原列传》："屈原既死之后，楚有宋玉、唐勒、景差之徒者，皆好辞而以赋见称，然皆祖屈原之从容辞令。"

⑥高足，高等级学生。

⑦招魂九辨，《招魂》《九辨》，都是宋玉的作品。

⑧君，指宋玉。屋，指宋玉宅。

己酉端午

贝琼

风雨端阳生晦冥，　汨罗无处吊英灵①。

海榴花发应相笑②，无酒渊明亦独醒③。

作者简介：

贝琼（1314—1378），初名阙，字廷臣，一字廷琚、仲琚，又字廷珍，别号清江，浙江崇德（今桐江）人。元末客游江浙间，张士诚据吴，累征不就。贝琼从杨维桢学诗，取其长而去其短，其诗论推崇盛唐而不取法宋代熙宁、元丰诸家。著有《中星考》《清江贝先生集》《清江稿》《云间集》等。

注释：

①英灵，指屈原。因为下雨，故云无处吊英灵。
②海榴，海，海棠。榴，石榴。
③渊明，即陶渊明，生性嗜酒。

湘南怀古

苏平

江山摇落独登临①，草色湖南入望深。

万古空留湘女恨②，九歌谁识屈原心。

霜清楚畹兰香歇③，云暗巴陵雁影沉。

正是客怀消不得，　竹枝声里断猿吟④。

作者简介：

苏平，字秉衡，元海宁人。永乐（1403—1424）中，举贤良方正，不就。景泰中，与弟正游京师，并有诗名。常与刘溥、汤允绩等唱和，称"景泰十才子"。诗词有《送张景归四明》《塞上曲·战马闻笳鼓》《和玉山侄侗生紫凤曲》等。

注释:

①江山摇落,摇落指花叶飘零落下,此指国家危亡。

②湘女,指的是舜的两个妃子娥皇、女英。

③楚畹,《楚辞·离骚》:"余既滋兰之九畹兮。"

④竹枝,即竹枝词,本巴、渝民歌,唐代刘禹锡将其变为诗歌体裁,对后世影响很大,其作品大体可分为三类,一类是由文人搜集整理保存下来的民间歌谣;二类是由文人吸收、融会竹枝词歌谣精华而创作的诗歌;三类是借竹枝词格调而写的七言绝句。

五绝

边贡

龚文选

一生抱鲠骨①,九死等鸿毛②。

独恨峨眉妒③,汨罗涌怒涛④。

作者简介:

龚文选,巴蜀人。万历二十四年任应天府(南京)巡抚,历经荥泽,勒石以表彰纪信。

注释:

①鲠骨,鲠,直。鲠骨即忠直。

②九死,《楚辞·离骚》:"虽九死其犹未悔。"九死,即九死一生之意。"九死等鸿毛",把死亡看得很轻。

③峨眉妒,《楚辞·离骚》:"众女嫉余之峨眉兮。"

④怒涛,传说伍子胥死后,他的灵魂化为怒涛。这里引伍子胥为喻。

午日观竞渡

边贡

共骇群龙水上游①,不知原是木兰舟。

云旗猎猎翻青汉②,雷鼓嘈嘈殷碧流③。

屈子怨魂终古在,楚乡遗俗至今留。

江亭暇日堪高会,醉讽离骚不解愁④。

　　边贡（1476 —1532），字庭实，因家居华泉附近，自号"华泉子"，历城（今山东济南市）人。明代著名诗人、文学家。弘治九年（1496）进士，官至太常丞。以诗著称于弘治、正德年间，与李梦阳、何景明、徐祯卿并称"弘治四杰"。后来又加上康海、王九思、王廷相，合称为明代文学"前七子"。著有《华泉集》。

注释：

　　①群龙，指龙舟。

　　②云旗句，云旗，绘有云彩的旗子。猎猎，风吹旗子飘动发出的声音。青汉、天汉，即湛蓝的天空。

　　③雷鼓句，雷鼓，即雷鸣般的鼓声。殷，众多，盛大。即碧流之上，盛况空前。

　　④讽，吟诵。

湘竹箧子①

汤显祖

细纹如浪翠匀黄，远寄精莹亦大方。

遇有楚骚文字贮，屈平终不负潇湘。

作者简介：

　　汤显祖(1550-1617)，中国明代戏曲家、文学家。字义仍，号海若、若士、清远道人。祖籍临川县云山乡，后迁居汤家山(今抚州市)，三十四岁中进士。在其多方面成就中，以戏曲为最，作品《还魂记》《紫钗记》《南柯记》和《邯郸记》合称"临川四梦"，《牡丹亭》是他的代表作。其诗集有《玉茗堂全集》《红泉逸草》《问棘邮草》。

注释：

　　①箧（qiè）子，小箱子。

颜神山中见橘

顾炎武

黄苞绿叶似荆南[①]，立雪凌云性自甘。

但得灵均长结伴，颜神山下即江潭[②]。

作者简介：

　　顾炎武（1613—1682），明朝南直隶苏州府昆山（今江苏省昆山市）人。本名绛，乳名藩汉，别名继坤等。南都败后因仰慕文天祥学生王炎午的为人，改名炎武。学者尊为亭林先生。明末清初杰出的思想家、经学家、史地学家和音韵学家，与黄宗羲、王夫之并称为明末清初"三大儒"。著有《日知录》《天下郡国利病书》《肇域志》《音学五书》《亭林诗文集》等。

注释：

　　①荆南，楚南，暗指汨罗。屈原曾作《九章·橘颂》。作者见橘树而想到荆南的橘，想到屈原和他的《橘颂》。

　　②颜神山，在山东博山城西，以齐国孝妇颜氏得名。江潭，指屈原在汨罗沉江的地方。

楚僧元瑛谈湖南三十年来事作四绝句（录一）

顾炎武

共对禅灯说楚辞，国殇山鬼不胜悲。

心伤衡岳祠前道，如见唐臣望哭时[①]。

注释：

　　①唐臣，指朱昂等人。《宋史·朱昂传》："父葆光，当梁氏篡唐，与唐旧臣颜芜、李涛辈挈家南渡，寓潭州，每正旦冬至，必序立南岳祠前，北望号恸，殆二十年。"

读《离骚》二首

金铉

一

灵均岂骚人^①，生为当骚世^②。

迹彼珍重言^③，皋伊可尔逮^④。

臣敢仇所尊，深媚如相戾^⑤。

诵数动我钦，不暇助之涕。

助之以霡霂^⑥，天听不忍霁。

中夜深余怀，容以昏冥替^⑦。

二

济济者嘉禾^⑧，芒芒混荆榛^⑨。

所嘉胡不荣，华侈无坚真。

纫蕙者谁子，宁知周与秦。

哀乐时易方，此情非昏晨。

持以自强励，无与轻为邻^⑩。

作者简介：

金铉（1610—1644），字伯玉，北直隶大兴（今北京大兴）人，祖籍南直隶武进（今江苏武进）。崇祯戊辰（1628）进士。累官兵部主事。李自成大顺军攻陷北京，崇祯帝自缢景山，金铉闻讯投金水河而死。南明朝廷追赠为太仆寺少卿，谥"忠节"。

注释：

①岂骚人，难道只是一位诗人吗？
②骚世，动乱，不安定之时世。
③迹彼句，指推究屈原宝贵而重要的主张。
④皋伊句，皋陶，相传曾被舜任为掌刑法的官。伊，即伊尹，商初大臣，曾佐商汤攻灭夏桀。此句言皋伊二人可以达到屈原之境界。
⑤相戾，即相互违背。
⑥霡霂（mài mù），小雨。

144

⑦容以句，可能会因昏庸而废弃？容，可能。替，废弃。

⑧嘉禾，生长特别茁壮的稻子，古人称为祥瑞，称为嘉禾。

⑨荆榛，两种植物，人们常用荆榛来表示荒芜。

⑩轾（zhì），车前低后高叫轾，古人以轩轾比喻高低轻重。即不以高下为然。

谒三闾祠

李盛春

大夫祠庙枕江门①，有客飞凫吊古魂②。

汨水九迴还自逝③，武关一会不堪论④。

乾坤气肃人千载，日月光浮酒一樽⑤。

野鹤孤猿啼不住，夜深风露满芳荪⑥。

作者简介：

李盛春，生卒年不详，明湖广湘阴（今湖南汨罗市）人。天启（1621—1627）年间拔国子监贡生，官广东乳源知县。

注释：

①大夫祠庙，指屈原庙。枕，引申为坐落在。江门，指汨罗江出口的磊石山，汨罗江与湘江在山下交汇，山上有磊石庙，祭祀屈原。《旧五代史·晋书·高祖纪》载："磊石庙旧封昭灵侯，进封威显公。"

②飞凫，指作者乘小船前来凭吊屈原。古魂，指屈原。

③逝，消失。这里指流失。《论语·子罕》："逝者如斯乎，不舍昼夜。"

④武关，为秦四塞之一，在陕西商县东。武关一会，指秦昭王与楚怀王之会。

⑤樽，酒杯。

⑥芳荪，香草。荪，亦称荃。

次韵唐懋淳大令三闾祠二律

谭绍琬

一

荒洲作庙草离离①，古迹能牵过客思②。

唳鹤愁闻哀郢日③，啼猿冷对放湘时④。

芙蓉浥露秋裳桂，杜若迴风杂佩垂。

剩有空庭堆落木，山僧认是洞庭枝。

二

古庙霜红带雪看⑤，丛梅夹岸一溪寒。

三湘碧浪终难浊，千载惊涛渐欲安。

沙鸟迷烟吞郢恨，江鱼唼雨吐忠肝⑥。

悲秋子弟招魂泪⑦，拭入骚中恨未干。

作者简介：

谭绍琬，生卒不详，字琰卿，湖南茶陵县人。明崇祯（1628—1644）时贡生。康熙四年（1665）为唐知县协修湘阴县志，并作跋。清《长沙府志》称其为"逸民"。年八十九岁卒，著有《涉园集》。

注释：

①离离，繁茂。

②古迹，泛指屈原的遗迹。

③哀郢日，指郢都沦陷的那天。

④放湘时，指屈原放逐到湖湘的时候。

⑤古庙，指屈原庙。

⑥唼（shà），水鸟、鱼类吞食声，

⑦悲秋句，宋玉《九辨》："悲哉秋之为气也。"因有此句，故云悲秋弟子。据说《招魂》是宋玉写的，是弟子招屈原的魂。

吊屈左徒

夏完淳

江汉有美人①，泛舟游极浦。

缓歌发清商②，萧瑟悲激楚。

药房辛夷室③，冥冥湘灵语④。

渺渺苍梧间， 帝子空延伫⑤。

弦绝响更悲， 曲罢泪如雨。

作者简介：

夏完淳（1631—1647），乳名端哥，别名复，字存古，号小隐，又号灵首。松江府华亭县（今上海市松江区）人，祖籍浙江会稽。明末诗人、民族英雄。十四岁从父夏允彝师陈子龙起兵抗清，允彝兵败自杀，又与陈子龙倡议，受鲁王封为中书舍人，参谋太湖吴易军事。易败，他仍为抗清奔走。被捕后，在南京痛骂洪承畴，被杀害，故称名于世。有《狱中上母书》等。

注释：

①美人，指屈原。

②商，五音之一。《礼记·月令》："孟秋之月，其音商。"秋气清，故曰清商。

③辛夷，木兰花的花蕾入药名辛夷。

④湘灵，神明。《楚辞·远游》："使湘灵鼓瑟兮，令海若舞冯夷。"王逸《楚辞·章句》注，以湘灵为百川之神。唐章怀太子李贤注为湘夫人。

⑤帝子，指虞舜的妃子娥皇、女英。《九歌·湘夫人》："帝子降兮北渚，目眇眇兮愁予。"延伫，久立，引颈而望。《离骚》："悔相道之不察兮，延伫乎吾将反。"

吊屈原

薛纲

宗臣义与国同休①，谁谓先生可九州②。

死恨张仪曾相楚③，生惭微子独归周④。

两间正气沉湘骨⑤，千载人心竞渡舟。

欲吊忠魂何处所，寒泉一勺奠中流⑥。

作者简介：

薛纲，字之纲，浙江山阴人。明朝天顺八年（1464）进士，拜监察御史，巡按陕西，于边防事多有建言，官至云南布政使。有《三湘集》《崧荫蛙吹》。

注释：

①休，喜庆，美善，福禄。同休，即与国家共患难，同安乐。
②先生，指屈原。可九州，即可游列国诸侯之意。
③相楚，《史记·张仪列传》："秦欲伐齐，齐楚从亲，于是张仪往相楚，楚怀王闻张仪来，虚上舍而自馆之。……乃以相印授张仪，厚赂之。"
④微子，微子谏纣王，纣不听，遂抱着祭器奔往周国，辅佐周武王。
⑤沉湘骨，指屈原沉湘水。一湘水代指汨罗。
⑥寒泉一勺，指酒。

秋兴

蔡毅中

木落江空天气清，　西风萧飒雁南征。

浮云暗逐年华变，　歧路虚怜短鬓生。

千里关河悬客梦，　万家砧杵动秋声①。

崇兰芳芷依然在，　何处江潭吊屈平。

作者简介：

蔡毅中（1548-1631），字宏甫，号濮阳，人称"中山先生"。明光山（今河南光山县）人。万历进士，改庶吉士，授检讨。天启间迁国子监祭酒，擢礼部右侍郎。杨涟劾魏忠贤，被严旨切责，他率部属抗疏继之，极言阉党之害。忠贤大怒，嗾使其党弹劾，罢职归。此诗为作者罢免南归时所作。

注释：
　①砧，捣衣的石块。杵，捣衣的木棒。这里的砧杵，指捣衣时发出的声音。

题屈平祠

王鼎

此间亦有屈原祠 ，　此老真为百世师①。

一点精忠悬白日，　半江风浪打残碑。

江蓠绿遍骚人怨，　猿鹤归来楚客悲③。

扰扰到今浑是醉，　为公惆怅独醒时。

作者简介：
　王鼎，明末，曾任平江参议。

注释：
　①此老，指屈原。
　②猿鹤归来，是指丁令威化鹤归辽的故事。晋陶潜《搜神后记》："丁令威，本辽东人，学道于灵虚山。后化鹤归辽，集城门华表柱。时有少年，举弓欲射之。鹤乃飞。"

三闾大夫祠

腾毅

儋帷褰薄暮①，　回飙吹白云②。

下有栖神宇③，　惨淡临江濆④。

行吟既不远，　遗响宁再闻。

绿荣并丹彩⑤，　婉尔含清芬。

沐芳正冠佩，　酌水炷夕熏。

长歌灵谷应，　春思何纷纷。

愿言卜琼茅⑥，巫咸不可群⑦。

渚宫望仪羽⑧，再拜云中君。

作者简介：

滕毅，字仲弘，生卒不详。元明间镇江人。朱元璋征吴，以儒士见，留徐达幕下。洪武元年，擢吏部尚书，不久改任江西行省参政。

注释：

①儋（"担"的古字。dān，用肩挑）帷，古时车子的帷幔。车前的叫儋（dān），车旁的叫帷。儋帷指车子。王勃《滕王阁序》："儋帷暂驻。"褰（qiān），撩起，揭起（衣服、帐帷等）。

②飙（biāo），暴风。这里指狂风暴雨。

③栖神宇，指三闾大夫祠。

④濆（fén），水崖，水边。诗中指江边的高地。

⑤绿荣，指茂盛的绿叶；丹彩，指朱红的色彩。用绿色的粽叶和彩色的线包缚祭奠屈原的粽子。

⑥琼茅，占卜用的茅草。《楚辞·离骚》："索琼茅以筳篿兮，命灵氛为余占之。"

⑦巫咸，传说人名。一说黄帝时人。一说为唐尧时人，晋郭璞《巫咸山赋》序："盖巫咸者，实以鸿术为帝尧医。"一说殷中宗的贤臣。

⑧渚宫，不是指楚成王建的渚宫，应该是水宫。仪羽，等于今天的仪仗队。

湘江怀古

罗洪先

秋风江上易生悲，　　寂寞寒流去欲迟。

汉室几人怜贾傅①，　　楚狂今日吊湘累②。

长沙地近家谁识，　　渔父歌残舟自移。

纵为天涯多往事，　　至今斑竹尚低垂③。

作者简介：

罗洪先（1504—1564），字达夫，号念庵，江西吉安府吉水（今吉水县）人。明代学者。他退官隐居山间，专心考究王阳明心学。他也是杰出的地理制图学家，一生致力于地理学研究，以计里画方之法，创立地图符号图例，绘成《广舆图》。罗洪先堪称与墨卡托同时代的东方最伟大的地图学家。著有《念庵集》。

注释：

①贾傅，即贾谊，因曾官长沙王太傅，故称。

②楚狂，春秋时的隐士，与孔子同时，这里的楚狂，是作者自指。湘累，一指屈原；一借指因罪被贬黜的人。

③斑竹，传说娥皇女英闻舜帝已崩，抱竹痛哭，泪水滴竹成斑，形成"泪竹"，亦称"湘妃竹"。

端阳

朱一是

烟净风微渚水清，　龙舟羯鼓动哀声①。

只今楚国无三户②，　还有遗民吊屈平③。

作者简介：

朱一是，字近修，浙江海宁人。明崇祯十五年（1642）举人。甲申（1644）后，避地梅里，以诗文雄视一世。入清不士，工诗，有史论《为可堂集》。

注释：

①羯鼓，据称南北朝时，由西域传入内地的一种乐器。借指竞渡敲的鼓。

②三户，指楚之昭、屈、景三大姓。

③遗民，劫后遗留下来的楚民。亦指先朝遗留下来的人民。这里是作者自指。

七言古诗

秦良

三闾死节重当时，千载湘人尚惜之。

渡口龙舟争奋楫，庙前鼍鼓闹陈辞①。

孤魂不与江流在，清誉应从汗简垂②。

欲吊英灵无觅处，断碑荒冢草离离。

作者简介：

秦良，明代进士，湖南湘阴人。此诗录自明代梁汝璧《悲原录》。

注释：

①门前句，指人们在庙前打着鼓祭奠屈原并致悼词。

②汗简，古人用竹削成简，要经过杀青流汗，故称汗简。

竞渡谣

李东阳

湖南人家重端午，　　大船小船竞官渡①。

彩旗花鼓坐两头，　　齐唱船歌过江去。

丛牙乱桨疾如飞，　　跳波溅浪湿人衣。

须臾欢声动地起，　　人人争道得标归。

年年得标好门户，　　舟人相惊复相护。

两舟睥睨疾若仇②，　　戕肌碎首不自谋③。

严词力禁不得定，　　不然相传得瘟病。

家家买得巫在船，　　船船斗捷巫得钱。

屈原死后成遗事，　　千古讹传等儿戏。

众人皆乐我独愁，　　莫遣地下彭咸知。

作者简介：

李东阳（1447—1516），字宾之，号西涯，湖南茶陵人。天顺八年进士。立朝五十年，以台阁大臣领袖缙绅文章，门生满天下。其诗格律严整，典雅宏丽，影响所及，形成茶陵诗派，著有《怀麓堂集》。

注释：

①官渡，大型的渡口。

②睥睨，斜视，一种看不起别人的表情。

③戕（qiāng），残杀。

七言古诗

梁汝壁

湘山兀兀瘴烟起，	老蛟吐沫弄湘水。
怀王如醉却如痴，	甘信佞臣六百里。
原兮原兮楚骨肉①，	不忍家邦轻划除。
仰天大叫进忠言，	兰茝山椒引和穆。
青蝇玷玉何周章，	忍使美人向幽谷。
苍龙俨辔白虎悲，	波翻岸坼珊瑚披。
佞言如饧浓如臣，	博来大印悬金斗。
忠言如戟怒如仇，	吁吁逐向湘江头。
湘江渔父鼓双棹，	一见原兮生大笑。
尔清世浊何徘徊，	人醉尔醒何颠倒。
原兮长揖向渔父，	人自浇漓我自古。
一泓湘水许知心，	跳水此中探龙薮。
张仪昨去今还来②，	眼见狼秦废全楚。
楚人痛哭秦人欢，	不见当时旧蓝缕。
原兮怒发气甫甫，	不 斩佞臣有黄土。
土兮覆面终成羞，	何如投向湘江流。
湘波百尺自汩汩③，	原魂万丈光离陆④。
秦人霸业今成灰，	湘江犹有三闾台。
剪蒲挝鼓龙舟开，	江头儿女歌声哀。

153

原兮一死真雄哉，　我来奠汝椒浆杯。

崭新庙貌惊风雷，　昂昂峙峙无倾颓。

海边精卫石崔巍⑤，　忠魂天地相周回⑥。

吁嗟乎！　　　　　忠魂天地相周回。

作者简介：

　　梁汝壁（1522—1566），四川江津（今成都市江津区）人。明嘉靖进士，官南京户部主事。后出任湘阴知事，曾修葺屈原庙，编辑《悲原录》诗集。

注释：

　　①楚骨肉，屈原与楚同姓，故云骨肉。

　　②张仪句，《史记·屈原列传》："张仪闻，乃曰：以一仪而当汉中地，臣愿请往如楚。如楚，又因厚币用事者臣靳尚，而设诡辩于怀王之宠姬郑袖。"

　　③汩汩（gǔ），水流声。

　　④陆离，形容色彩繁杂，如"光怪陆离"。

　　⑤精卫，神话中的鸟名，亦称"冤禽"。相传为炎帝女。陶渊明《读山海经》诗："精卫衔微木，将以填沧海。"

　　⑥周回，周围。即长留天地之间。

题罗渊

李勋

清清汩水映芳荪，　次取椒香荐酒樽。

去国卜居江上问①，　遭馋被逐曲中论②。

独醒人逝应空楚，　未死奸回几断魂③。

寥落不堪悲往事④，　好将云雨渡祠门。

作者简介：

　　李勋，生卒年不详。明湖广湘阴人。万历（1573—1620）间选贡，官浙江富阳知县。

注释：

①去国，离开国都，放逐到江南汨罗江畔。卜居，指屈原向郑
詹尹问卜，见《楚辞·卜居》。江上问，指渔父问。

②曲中论，屈原有所顾忌，以笔论指之。

③奸回，奸恶、邪僻之人。《左传·襄公二十三年》："奸回
不轨。"

④寥落，冷落、寂寞。

和程奕先长沙怀古三首（录一）

王夫之

渺渺枫林树，屈子悲神弦。

云中君不见①，意志如孤烟。

引声动清歌，幽细咽湘川。

六代徒仿佛，三唐空流连。

君子掇其微②，不取羽毛妍。

悠悠江潭水，千载重昭鲜。

长佩纤缱绻③，兰芷相周旋。

作者简介：

王夫之（1619—1692），字而农，号姜斋，又号夕堂，湖广衡
州府衡阳县（今湖南衡阳）人。他与顾炎武、黄宗羲并称明清之际
三大思想家。其著作有《周易外传》《黄书》《尚书引义》《永历
实录》《春秋世论》《噩梦》《读通鉴论》《宋论》等书。晚年隐
居于石船山著书立学，自称"船山病叟""南岳遗民"。

注释：

①云中君，《楚辞·九歌》中的云神。即《离骚》所言"丰隆"。

②掇（duō），拾取，选取。沈括《梦溪笔谈·采草药》："但
二月草已芽，八月苗未枯，采掇者易辨识耳。"

③缱绻（qiǎn quǎn），形容情意缠绵，难舍难分。

前雁字诗十九首（录二）

王夫之

一

碧浪今逡巡^①，萧条接迹亲。

三苍言外旨^②，七日句中春。

避暑疑秦火^③，怀沙吊楚臣^④。

云林添画笔， 中土不无人。

二

活谱赋秋声， 音容共一清。

空顽难转语， 天老未忘情^⑤。

羽调悲寒水^⑥，行吟倦汨征^⑦。

芦干悽怨急， 绝笔意谁平。

注释：

①逡巡，进退不前的情形。

②三苍，字书。秦李斯撰《仓颉篇》，赵高撰《爰历篇》，胡母敬撰《博学篇》，合称三苍。

③秦火，指焚书。

④楚臣，指屈原。

⑤天老句，李贺《金铜仙人辞汉歌》云："天若有情天亦老。"此是反其意。

⑥羽调，中国古代把乐器分为五个调子，即宫、商、角、徵、羽。羽调最为悲凉。

⑦征，远行。汨征，即远赴汨罗。

题芦雁绝句十八首（录一）

王夫之

秋心万古此潇湘，汉苑胡关带恨长。

谁道灵均哀思绝，唯将鹈鴃怨年芳①。

注释：

①鹈鴃，《楚辞·离骚》："恐鹈鴃（tí jué）之先鸣兮，使夫百草为之不芳。"鸟名，在暮春时节啼叫的鸟，叫声很悲切。

三闾祠

苌燧

荒祠落落枕空江①，千古沅湘姓字芳②。

楚国孰知皆醉梦③，先生独肯为纲常④。

可怜疑冢非初意⑤，却信首丘是故乡⑥。

兀坐青毡怀往事，寒鸦几点下斜阳。

作者简介：

苌燧（suì），生卒年及事迹不详。明湖广湘阴人，与夏原吉同时代。

注释：

①荒祠，三闾祠。落落，冷落衰败，枕，靠近。

②姓字，即姓名。言屈原虽然远去，却在沅湘一带流芳千古。

③醉梦，即醉生梦死，指楚国君臣醉生梦死，不思强国，终被秦所灭。

④先生，指屈原。纲常，指三纲五常。三纲即君臣、父子、夫妇。五常，即仁、义、礼、智、信，儒家认为三纲五常是不能改变的。

⑤疑冢，指屈原墓十二疑冢。

⑥首丘，《哀郢》："鸟飞返故乡兮，狐死必首丘。"屈原被

放，无法回到郢都，便将汨罗秭归山认作自己的故乡。

三闾祠

吴孟芳

直谏数言斯悟主， 连馋见放赴湘流①。

潺湲水咽忠贞憾， 惨淡烟疑今古愁。

自是骚经能续雅， 那堪宋赋亦悲秋。

我侯崇祀应怀古②， 千载令人仰德休③。

作者简介：

　　吴孟芳，生卒不详。明湖广湘阴（今湖南省汨罗市）人，嘉靖中岁贡，官光禄寺丞。《湘阴县图志》录诗多首。

注释：

　　①连馋见放，指屈原遭谗被贬被放。

　　②侯，指邑侯，即县令。

　　③休，美。德休，即品德高尚。隋·王通《止学》："势莫加小人，德休与小人。"

罗渊

戴家猷（yóu）

一

古庙荒烟水渺茫①，我来五日奠蒲觞②。

沧波落魄千年憾， 青史标名万古香。

宥死何能徼大惠③，偷生焉敢借余光。

临流不尽怀贤意， 孤鹤横空叫夕阳。

二

青青孤冢远祠堂④， 过客临风欲断肠。

鸟亦枝头含夙恨， 花于水面带余香。

骚经续雅星辰焕⑤， 正气惭奸宇宙光⑥。

死有完名何足惜， 岁时赢得荐椒浆⑦。

作者简介：

戴嘉猷，字献之，明嘉靖进士，知乌程县。曾撰写《重修汨罗庙记》。

注释：

①古庙，指屈原庙。

②五日，五月五日端阳日。蒲觞，蒲酒。

③宥（yòu），宽容，饶恕。徼（jiǎo），求。

④冢（zhǒng），指屈原墓。祠堂，指屈原庙。

⑤骚经句，刘勰《辨骚》："自风雅寝声，莫或抽绪，奇文郁起，其离骚哉。"离骚兼风雅之长，故称与星辰焕发，同日月争光。

⑥正气句，指屈原的正气使奸佞惭愧，光照宇宙。

⑦岁时，节日。椒觞，用椒制作的酒。

汨罗怀古

施昱

汨罗祠下水滔滔①，鱼腹忠魂恨未消②。

霸业已随煨烬灭③，孤名常并斗山高④。

乾坤无地投谗佞， 今古何人续楚骚。

谩向江头时极目， 不堪风物转萧条。

作者简介：

施昱（yù），明广南人，字子贞。嘉靖进士，由刑部侍郎历官贵州佥事，官至光禄寺少卿。

注释：

①祠，指屈原祠。

②忠魂，指屈原。

③霸业句，楚庄王时期，国势大盛，曾派人询问象征天子权威的九鼎的轻重。后又大败晋军，陆续使鲁、宋、郑、陈等国归附，称为霸主。楚怀王也曾一度为纵约长。煨烬（wēi jìn），火灰。

④孤名，指屈原个人名声。斗山，指高山。

濯缨桥

范奭

子兰旧事不堪论①，匹马迢迢吊古村。

啼鸟路边泥滑滑，　宿云天外月昏昏②。

多情莫怨王孙草，　有酒难销客子魂。

可惜濯缨桥下水，　至今犹向故宫奔③。

作者简介：

范奭（shì），明湖广人，生活于弘治（1488—1505）前后。

注释：

①子兰，即怀王的小儿子令尹子兰。旧事，指子兰劝怀王入秦的事。

②宿云，晚云。

③故宫，指郢都的宫殿。是诗人对"鸟飞反故乡"的联想。

汨罗屈子祠

吴邦大

千载忠贞去不还①，空留精爽在人间②。

悠悠怨逐湘江水，　黯黯云迷楚望山③。

宗室谁能通子意④，　奸谀犹自厚渠颜⑤。

瓣香端拜新祠下⑥，　却恨怀王会武关⑦。

作者简介：

吴邦大，明代诗人，生平不详。

注释：

①忠贞，指屈原。

②精爽，精神、神明。《左传·昭公七年》："用物精多，则魂魄强。是以有精爽至于神明。"孔颖达疏："精亦神也，爽亦明也。"

③望，指门族，兴望的门族。这里指楚地。

④宗室，指和楚王同宗的人。通，了解。子，指屈原。

⑤渠，他。犹自厚渠颜，即厚颜无耻，不知羞愧。

⑥瓣香，一炷香。新祠，指屈子祠。

⑦会武关，秦昭王曾致书楚怀王"愿与君会武关而约结盟"。楚怀王应约到武关，被心怀叵测的秦昭王扣作人质，从此一去不复返，终生被囚禁。后忧郁成疾，病逝于秦国。

灵均遗庙

孙本

灵均遗庙在湘江①，老树参差伴夕阳。

千古忠魂招不得，渚江兰芷百年芳②。

作者简介：

孙本，明代诗人，生平不详。

注释：

①屈原庙在汨罗江下游，江未改道前，自磊石山南流入湘江。唐宋时期，此山有屈原庙，故以湘江代指。

②渚，《尔雅·释水》："水中可居者曰洲，小洲曰渚。"《诗经·召南》："江有渚。"

独醒亭怀屈平

萧泽

众人皆醉正茫茫，醒者那堪共此觞。

千载清风山斗并①，一溪流水芷兰香。

忠魂不逐轻烟散，浩气常增古庙光②。

独为君王怀旧恨，岂知角黍荐巫阳③。

萧泽，明代诗人，生平无考。

注释：

①清风，指屈原那种志洁行廉的高尚品德。山，泰山。斗，北斗星。

②古庙，指屈原庙。

③巫阳，《楚辞·招魂》："帝告巫阳曰。"巫阳，神巫名。

祠前吊孤魂

罗奎

祠前烈日照晴空，　祠外洪涛号晚风。

报主自甘埋骨鲠^①，沉沙应不负孤忠^②。

百年天地谁无死，　万古纲常自有公^③。

为写新诗招皓魄^④，三湘烟雨泣鱼龙^⑤。

作者简介：

罗奎，明代诗人，生平无考。

注释：

①报主，指报答楚王。骨鲠（gěng），尸骨。

②沉沙，指屈原投江。

③公，指公平的议论。

④皓魄，指屈原的魂魄。

⑤泣鱼龙，即鱼龙都为忠魂哭泣。

卜算子·潇湘夜雨

李齐贤

暗淡青枫树^①，萧疏斑竹林，篷窗夜雨冷难禁，欹枕故乡心。

二女湘江泪，三闾楚泽吟，白云千载恨沉沉，沧海未为深^②。

作者简介：

李齐贤（1287—1367），字仲思，号益斋、栎翁。生于高丽京开城（开城）。为忠宣王王璋赏识，1315 年曾侍从来中国，后多次往返，广交中国名流儒士，所到之处多有诗赋，五十四岁才回国。著有《益斋乱稿》《益斋长短句》《栎翁稗说》等。

注释：

①暗淡句，化用《楚辞·招魂》"湛湛江水兮上有枫"句。
②沧海句，即屈原与二妃的恨，比沧海还深。

舟过湘江怀古

苏奈

湘江烟水正茫茫，　午日忠魂鉴祀觞^①。

抗疏只图宗社固^②，殒身岂意姓名香^③。

精英太岳山同老^④，　心事寒潭月共光。

人到九原那可作，　西风惆怅立斜阳^⑤。

作者简介：

苏奈，明代诗人，生平无考。

注释：

①午日，五月五日端阳节。祀觞（shāng），祭祀的酒杯。
②抗疏，上疏，杜甫《秋兴》诗：有"匡衡抗疏"之说。宗社，宗国的社稷。
③殒身，杀身。
④精英，指屈原的灵魂。太岳，泰山。
⑤惆怅，失意、伤感。

第六篇 清代诗词

江上午日

尤侗

梅雨萧萧五月寒[①]，寂寥佳节滞江干[②]。

齐眉菖叶绿堪结，　照眼榴花红欲残。

旧俗纷挐传解粽[③]，古人哀怨想纫兰[④]。

年年此际成漂泊，　酒入愁肠醉亦难。

作者简介：

尤侗（1618—1704），字侗人，号晦庵，又称艮斋，西堂老人。江苏苏州人。顺治三年（1646）副榜贡生，康熙时，举博学鸿词科。授翰林院检讨。著有《西堂全集》《余集》共一百三十五卷。

注释：

①梅雨，农历立夏后数日便入梅，这时梅子成熟，梅色黄，故曰黄梅。这时，江南进入雨季，天气尚寒。赵师秀《有约》诗云："黄梅时节家家雨。"

②佳节，指端午节。滞，停留。江干，江岸。

③纷挐(ná)，众多、纷乱、错杂，挐，搏斗，执拿之意。东汉王逸《九思·悼乱》："嗟嗟兮悲夫，殽乱兮纷挐。"旧俗，五月五日划龙船、包粽子，挂菖蒲、挂艾叶、饮雄黄酒、扎艾虎等等。

④《离骚》："扈江离与辟芷兮，纫秋兰以为佩。"

三闾大夫庙

宋琬

屈子湛身后[①]，凄凉石屋存。

青山怀梓里[②]，白日暗湘沅[③]。

悱恻彭咸意[④]，殷勤渔父言[⑤]。

问天怀侘傺⑥，哀郢泣烦冤⑦。

竟掩重华袂⑧，难招万古魂。

九歌悲帝子⑨，三秀忆王孙⑩。

小雅兼骚体⑪，长江与泪痕。

切云冠岌岌⑫，绁马辔翻翻⑬。

春雨兰荪长⑭，秋原桂树繁。

有时乘赤豹⑮，归去媵文鼋。

巫觋吹新籥⑯，椒浆飨故园⑰。

传芭闻楚些⑱，击汰向夔门⑲。

终愧长沙贾⑳，神其饮桂樽㉑。

作者简介：

　　宋琬（1614—1674）字玉叔，号荔裳，山东莱阳人。顺治进士。官浙江、四川按察使，著有《安雅堂集》《二乡亭诗》。

注释：

　　①湛(chén)，通沉。《汉书·沟洫志》："搴长茭兮，湛美玉。"
　　②梓里，故乡，与"桑梓"同义。
　　③沅，沅江。湘，湘江，都在湖南境内。
　　④悱恻，内心悲苦凄切。裴子野《雕虫论》："若悱恻芳芬，楚骚为之祖。"彭咸，见前。
　　⑤渔父，见前。
　　⑥问天，见前。侘傺(chà chì)，失意。《离骚》："忳郁邑余侘傺兮。"《九章·惜诵》："心郁邑余侘傺兮。"王逸注："楚人谓失意，怅然伫立为侘傺也。"
　　⑦哀郢，见前。
　　⑧重华，虞舜。
　　⑨九歌，见前。帝子，指舜帝的妃子，即娥皇、女英。
　　⑩三秀，芝草的别称。芝草每年开花三次，故称三秀。《九歌·山鬼》："采三秀兮於山间。"
　　⑪小雅，见前。
　　⑫一种名为切云的帽子。《九章·涉江》："冠切云之崔嵬。"

汲汲，形容心情急切的样子，《礼记·问丧》："其往送也，望望然，汲汲然，如有追而弗及也。"孔颖达疏："汲汲然者，促急之情也。"

⑬绁（xiè）马，系马、拴马。《离骚》："登阆风而绁马。"翻翻，飞翔貌，形容马在疾驰，《九章·悲回风》："漂翻翻其上下兮，翼遥遥其左右。"

⑭兰、荪，香草。

⑮《九歌·山鬼》："乘赤豹兮从文狸。"

⑯古代称女巫为巫，男巫为觋，合称巫觋。《后汉书·张衡传》："或察龟策之占，巫觋之言。"籥（yuè），古代一种吹奏乐器。

⑰椒浆，见前。飨，祭奠。

⑱传芭，《九歌·礼魂》："传芭兮代舞，姱女倡兮容与。"楚些，见前。

⑲击汰，用桨击着水波，即划船。《九章·涉江》："齐吴榜以击汰。"夔门，今重庆市奉节县长江瞿塘峡西口，因水势波涛汹涌，呼啸奔腾，素有"夔门天下雄"之称。

⑳长沙贾，即贬谪到长沙作赋吊屈原的贾谊。

㉑桂，指桂花酒。

题乔孝廉崇烈①书《离骚》

朱彝尊

伯时图九歌， 和仲书九辨②。

昔贤爱楚辞， 重之若笙典③。

舍人工楷书④， 法在去肥软。

三真六草间， 用意带章篆⑤。

年来日临池， 真迹满巾衍⑥。

离骚思所寄⑦， 一写一百卷。

吾思屈子才， 妙思恣抽演。

美人与芳草⑧， 发兴义微显。

灵修美始合⑨， 改路忽他践⑩。

蕙兰磐石阿， 终憾托根浅。

166

一旦化为茅⑪，遂为莸竖鬎⑫。

冶容非不工⑬，其奈出辞謇⑭。

扬娥众女前，谣诼讵能免⑮。

水流岂复回，石烂不可转。

斯人久沉湘⑯，心事尔能阐。

想当怀伯庸⑰，以兹费藤茧。

纸长三过读，令我极称善。

冷笑书洛神⑱，取义毋乃舛⑲。

作者简介：

朱彝尊（1629—1709）字锡鬯，号竹垞，浙江嘉兴人，康熙十八年(1679)，举博学鸿词科，授检讨。曾参加纂修《明史》，著有《经义考》《日下旧闻》《曝书亭集》编有《词综》《明诗综》等。

注释：

①乔孝廉崇烈，即乔崇烈，字无功，号学斋，江苏宝应人，康熙四十五年（1706）进士，长于文学与书法，优选为庶吉士。孝廉，明、清时对举人的雅称。

②"伯时"，李公麟(1049—1106)，字伯时,北宋画家。图，画。即把《九歌》绘成图画，指李公麟所绘《九歌图》。和仲，即苏东坡。书，写。即把宋玉的《九辨》抄写出来。

③笙，是民间乐器中最重要的乐器，属"东方之乐"。《诗·小雅·鹿鸣》："我有嘉宾，鼓瑟吹笙。"典，重要的乐教经典。

④舍人，官名。从战国时起，历代都设有此官，但官的大小和职务，各个朝代都不相同。明、清时于内阁中的中书科，也设有中书舍人。其职责仅为缮写文书。这里的舍人，以指工于楷书的乔孝廉。

⑤真，真书，即楷书，由隶书演变而来。草，即草书。章，即章草。篆，篆书。

⑥笥，箱笼之类的盛器。《庄子·天运》："夫刍狗之未陈也，盛以箧衍。"衍，即用丝巾裹起藏在筐中。

⑦寄，寄托。

⑧美人指楚王或自己。芳草，指自己或弟子。

⑨灵修，指楚王。美，美人，指自己。

⑩这两句即指楚王开始跟他合作得很好，后来又改变路子，不

167

合作了。《离骚》："初既与余成言兮，后悔遁而有他。余既不难乎离别兮，伤灵修之数化。"

⑪《离骚》："兰芷变而不芳兮，荃蕙化而为茅。"

⑫荛（ráo），樵夫。竖，牧童。翦，同剪。

⑬冶客，妖艳的客饰。

⑭謇，口吃。这里是指不够通达。

⑮谣诼，见前。

⑯斯人，指屈原。沉湘，投江。

⑰伯庸，屈原的父亲。《离骚》："朕皇考曰伯庸。"

⑱书洛神，指王羲之书写曹植的《洛神赋》。

⑲舛，错误，谬误。《梁书·陶弘景传》："言无烦舛。"

三闾祠

查慎行

平远江山极目回，古祠漠漠背城开。

莫嫌举世无知己，未有庸人不忌才。

放逐肯消亡国恨？岁时犹动楚人哀①。

湘兰沅芷年年绿，想见吟魂自往来②。

作者简介：

查慎行（1650—1728），字悔余，浙江宁海人，康熙四十二年（1703）赐进士出身，官翰林院编修，著有《敬业堂诗集》等。

注释：

①岁时，指旧时的节日，此指端午节。

②吟魂，指屈原吟哦之魂。想见，即怀念。

题三闾大夫庙（四首录二）

王士禛

一

怀沙千古恨①，弭楫吊灵均②。

眇眇思公子③，依依问楚人④。

招魂龙贝阙⑤，遗恨虎狼秦⑥。

愁绝涔阳浦， 年年杜若春。

二

湘累哀怨地⑦，自昔有遗音。

晓日空舻岸， 孤帆枫树林⑧。

数穷詹尹策⑨，魂断女媭砧⑩。

欲问离骚意， 巴东猿夜吟⑪。

作者简介：

王士禛（1634—1711），死后因避雍正（胤禛）讳，又称士正。乾隆时，诏命改士祯，字子贞，一字贻上，号阮亭，又号渔洋山人。山东桓台人。顺治进士，官至刑部尚书，谥"文简"，为诗主张神韵之说 ，在清初诗坛上影响甚大，著有《带经堂集》《渔洋山人精华录》《池北偶谈》等。

注释：

①怀沙，指屈原投江。

②弭，止息、停。楫是划船的桨，这里是说停住桨不划，即停船。灵均，屈原。

③眇眇，远望貌。《九歌·湘夫人》："帝子降兮北渚，目眇眇兮愁予。"苏轼《赤壁赋》："渺渺兮予怀，望美人兮天一方。"公子，指湘水男神。

④依依，留恋。

⑤贝阙，《九歌·河伯》："鱼鳞屋兮龙堂，紫贝阙兮朱宫，灵何为兮水中。"紫贝阙，即用紫贝做的宫阙，指华丽的龙宫。屈原投水殉国，作者想象他会住在水中的龙宫。

⑥《史记·屈原列传》："时秦昭王与楚婚，欲与怀王会，怀王欲行，屈平曰：秦虎狼之国，不可信，不如无行。"怀王受稚子子兰的蛊惑，贸然赴秦，被囚三年客死于秦，故曰"遗恨"。

⑦湘累，见前。

⑧枫树，见前。

⑨詹尹策，见前。

⑩女媭，传说女媭是屈原的妹妹。砧，捣衣的石块。

⑪巴东，屈原故里秭归在巴山的东边。

萧尺木《楚辞》图画歌①

王士禛

大江秋老歌离骚，　江波瑟瑟风刁刁。

怪石巃嵸压崩涛②，　猩猩啸雨悲猿猱。

楚累一去二千载，　使我后死心劳忉③。

啮桑败盟西帝骄④，　商于六百横相要⑤。

武关一入不复返⑥，　章华台殿生蓬蒿⑦。

生蓬蒿！

江潭憔悴子兰怒⑧，　蛾眉谣诼羌安逃⑨。

长楸龙门望不见⑩，　木兰桂树栖鸱枭⑪。

骐骥不御愁踯跳⑫，　菉葹蒯藂糅申椒⑬。

呵壁荒唐罢天问⑭，　沅湘西逝魂难招。

萧梁王孙笔诡僪⑮，　攀挈顾提僧口翛⑯。

丹黩粉默写此本⑯，　墨花怒卷湘江潮。

湘君夫人降荒忽⑰，　国殇山鬼来萧骚⑱。

青枫斑斑染啼血⑲，　灵风神雨纷飘摇。

酒阑歌罢老蛟泣，　星辰迸落江天高。

注释：
①萧尺木(1596—1673)，名云从，号默思，安徽芜湖人。明末清初画家，绘有《楚辞图》。
②巃嵸(lóng zǒng)，高耸貌，欧阳修《秋怀二首寄圣谕》："群木落空原，南山高巃嵸。"
③后死，作者自谓。劳忉(dāo)，忧愁。《诗经·齐风·甫田》："无田甫田，维莠骄骄。无思远人，劳心忉忉。"
④啮桑，《史记·楚世家》："秦使张仪与楚、齐、魏相会，盟啮桑。"战国时啮桑在今江苏丰县和沛县之间。

170

⑤商于六百，注见前。

⑥武关一入不复返，注见前。

⑦章华台，注见前。

⑧子兰，注见前。

⑨蛾眉谣诼，注见前。

⑩长楸龙门，《哀郢》"顾龙门而不见。"

⑪鸱枭，一种恶鸟。

⑫骐骥，良马。

⑬菉葹，均为恶草。屦絮（jì rú），杂乱的绒毛和麻絮，泛指不被人珍视的野草。

⑭呵壁、天问，见前。

⑮萧梁，南朝梁武帝萧衍时，东宫通事舍人刘勰（后出家为僧）写有《辨骚》一文，对屈原的《离骚》作了极高的评价。

⑯丹，红色。黮（dàn）黕（dǎn），黑色，指的是绘画的颜料。

⑰湘君夫人，即湘君和湘夫人，注见前。

⑱国殇、山鬼，注见前。

⑲青枫，见前。枫叶至秋变红，故云斑斑。

五更山行之屈沱谒三闾大夫庙

王士禛

斜月楚山外， 寒江初上潮。

左徒遗庙在①，未惜马蹄遥。

国破怜哀郢②，魂归赋大招③。

云旗空怅望， 回首木兰桡④。

注释：

①左徒、遗庙，均见前。

②哀郢，见前。

③大招，见前。

④云旗，画有猛兽云纹的战旗，《九歌·少司命》："乘回风兮载云旗。"木兰桡，用木兰做的桨，《九歌·湘君》："桂棹兮兰枻。"

午日观竞渡寄怀家兄

兼答辟疆感旧之作①

王士禛

风景芜城画扇时, 轻荫漠漠柳丝丝。

三年京洛无消息, 五日乡关有梦思。

空对鱼龙怀楚俗, 谁将蘅芷吊湘累。

故人不见东皋子②, 骚此吟成但益悲。

注释:

①辟疆,即冒辟疆,(1611—1693),名襄,字辟疆,号巢民,江苏如皋人,"明末四公子"之一,清兵入关,他隐居山林,不仕于清,全节而终。

②东皋子,隋末唐初著名隐逸诗人王绩(589—644 年),著有《五斗先生传》《酒经》等。因隐居之地叫"东皋",故名东皋子。

划龙船

蔡云

胜会山塘看水嬉①, 大船几处插红旗。

絜瓶人向波心跳②, 苦忆汨罗怀古时③。

作者简介:

蔡云,生卒不详,字立青,号铁耕,江苏元和人。清嘉庆九年（1804）贡生。著有《借秋亭诗草》六卷,《吴歈百绝》一卷。

注释:

①看水嬉,即看划龙船。

②絜(jié),古通洁,絜瓶人,喻指屈原。

③怀古,即怀念屈原的沉江。

夜读《番禺集》①，书其尾（二首）

龚自珍

一

灵均出高阳， 万古两苗裔②。

郁郁文词宗③，芳馨闻上帝。

二

奇士不可杀④，杀之成天神。

奇文不可读⑤，读之伤天民⑥。

作者简介：

龚自珍（1792—1841）字瑟人，号定盦，浙江杭州人。道光九年（1829）进士，官内阁中书。这首诗是他赞扬遗民屈大均而作，虽赞大均，也赞颂了屈原。著有《龚定庵全集》。

注释：

①《番禺集》，反清义士屈大均诗文集，雍正、乾隆年间遭查禁。屈大均(1630—1696)，字骚余，号菜圃，广东番禺人。著有《广东文集》《广东文选》等．

②调出《离骚》："帝高阳之苗裔兮。"灵均，屈原。两苗裔，指屈原、屈大均两人均为颛顼后裔。

③郁郁，很有文采。屈原为辞家始祖，故称词宗。

④奇士，指屈原和屈大均两人。

⑤奇文，指屈原和屈大均的作品。

⑥伤天民，屈原和屈大均的文章充满着爱国思想，洋溢着爱国情怀，读了使人们感到心伤。

岳麓山屈子祠①

郭嵩焘

楚臣余憾到江村②，一径烟芜昼掩门。

遗构山川仍故国， 满庭兰芷黯归魂。

惊鸦坠叶随高下，　暮岭孤云自吐吞③。

乱后楼台知几在，　坏墙销尽旧题痕④。

作者简介：

郭嵩焘（1818—1891），字伯琛，号筠仙，湖南湘阴人，道光进士，清末外交官。1875 年首任出使英国大臣。1878 年，兼任驻法国大臣，主张改革，兴办洋务。著有《养知书屋遗书》《史记札记》《礼记质疑》等。

注释：

①岳麓山屈子祠,在湖南大学岳麓书院内,始建于清嘉庆元年(1796)。

②楚臣,指屈原。作者上书兴办洋务,遭到当权者反对,革职还乡,在长沙城南书院和思贤讲舍讲学,与屈原有着同样的遭遇,怀着遗憾的心情来此悼念屈原。

③暮岭,指暮色中的岳麓山。

④指壁上的题记,因墙坏而销尽。

谒屈公祠有怀李次青①

郭嵩焘

生长江潭屈子乡，　罗渊疑塚久荒凉②。

一笻白发寻遗迹③，万壑苍烟隔夕阳。

长佩高冠骚意在④，抽思惜诵楚风长⑤。

昌江独揽湘流胜⑥，洄溯蒹葭水一方⑦。

注释：

①李次青(1821—1887),即李元度,湖南平江人,官贵州布政使,著有《国朝先正事略》《天岳山馆文钞》等。与郭嵩焘交谊深厚。

②作者是湖南湘阴人,当时汨罗市属湘阴县管辖。故云："生长江潭屈子乡。"罗渊,屈原投江处,汨罗江尾闾北岸凤凰山下,1958年汨罗江尾闾围垦工程劈开凤凰山,直入洞庭湖,这段河道围入垸内。疑塚,即屈原墓十二疑塚,在汨罗江北岸烈女岭上,今存十一

座。此时作者被革职还乡，与李同游玉笥山屈子祠，协助李在玉笥山西侧的凤凰山新建屈子庙。并为屈子庙撰联："骚可为经，倬然雅颂并传，俨向尼山承笔削；风原阙楚，补以沅湘诸什，不劳太史采輶轩。""《哀郢》矢孤忠，三百篇中，独宗变雅开新格；《怀沙》沉此地，两千年后，唯有涛声似旧时。"

③筇，筇竹杖。"一筇白发"作者自谓。遗迹，屈原的遗迹。

④长佩高冠，指屈原的形象。《离骚》："高余冠之岌岌兮，长余佩之陆离。"

⑤《抽思》《惜诵》都是屈原的作品。因为这些作品所反映的人物有浓厚的楚风。

⑥昌江，平江县古称昌江县，与作者家乡毗邻，一在汨罗江上游，一在汨罗江下游，所以最后说："洄溯蒹葭水一方。"这里代指李元度。

⑦《诗经·秦风·蒹葭》："蒹葭苍苍，白露为霜，所谓伊人，在水一方。溯洄从之，道阻且长，溯游从之，宛在水中央。"这首诗是写一个人在河边追寻他的心上人，但未得会面，这里指诗人在汨罗江畔寻访屈原遗迹。

河泊潭①

郭嵩焘

酹酒澄潭吊屈原②，一江曲折出罗源③。

奔腾九派湘江水④，汩没千秋楚客魂⑤。

河伯罢官从置信，人家依水自成村。

水经湄水分明在，终古贻讥郦道元⑥。

注释：

①河泊潭，即罗渊。《说文》："长沙汨罗渊，屈原所沉水。"

②酹，把酒洒在地上，表示祭奠。

③一江，指汨罗江。汨罗江的上游为汨江和罗江。二水在汨罗山下会合后，称汨罗江。

④《水经注》："以湘水流洞庭、九江，宜分九派。汨、罗二水，并自为一派。"

⑤汩没，即埋没。《庄子》："与齐俱入，与汩皆出。"郭象注："回洑而涌出者，汩也。"汩（gǔ），意为湍急的水流声。

⑥汨罗渊实为罗水。今自小江口以西，江水南出挽船步，罗水北出半步滩。二水时分时合，而凡汨水所经行，一皆罗水故道也。道元《水经注》混二而一之。夺汨水之名以与罗水，而罗水之名遂隐矣，故曰："贻讥郦道元。"贻，即贻笑大方，讥，受到嘲讽。

正月二十一日浩园小住

为屈子作生日

郭嵩焘

沾丐芳馨屈子乡①，生时原系楚兴亡。

一尊潋潋寒将尽②，万卉萋萋日载阳③。

倚托风骚哀怨在④，发挥谣俗事功长⑤。

诸君等是逢衰晚⑥，相对萧疏鬓发苍⑦。

注释：

①指屈原的流放地——汨罗。沾丐，同沾溉，浸润浇灌，谓使人受益，元·柳贯《送补叔谠赴潮州韩山山长》："泛除蛮风清，沾溉时雨足。"

②一尊，一杯酒。潋潋，满满的样子。

③卉，花木。萋萋，草长得很茂盛的样子。载阳，始阳，春日载阳，谓春日开始回阳。

④倚托句，把哀怨寄托在风骚里面。此时作者被革职赋闲，常以屈原自况。

⑤发挥句，即发展民间歌谣形式，在文章的体裁方面，很有功劳。

⑥诸君句，谓同行诸位都到了晚年，已经衰老了。

⑦鬓发苍，头发灰白。

题独醒亭

郭嵩焘

浮世纷纷醉到今①，千年看得几人醒。

九歌哀怨孤臣泪②，三户销沉半角亭③。

生死江鱼终磊砢④，废兴秦鹿总沉冥⑤。

赖有贤侯知此意⑥， 遗祠烟雨满沙汀。

注释：

①浮世，指人世，谓人生一世，到处漂浮,诗人曾任驻英法大使，写成《使西纪程》,主张中国应研究、学习西方民主政治以及教育和科学状况，遭到顽固派的攻击、漫骂，以至革职还乡，故云"浮世纷纷醉到今"。

②九歌，见前。孤臣，见前。

③三户，见前。

④生死，指死。谓身葬江鱼，其名声却非常壮大。磊砢，壮大的样子。

⑤废兴，指废。秦鹿，"逐鹿中原"。

⑥贤侯，似同行者,有人认为"贤侯"是指洋务派代表人物之一左宗棠。

江潭

周嘉湘

楚客怀沙赋远游①，波深千尺半含愁。

忍看五日船争渡，不见三湘水逆流②。

夹岸云烟沈去鹭， 绕行风雨起飞鸥。

美人南浦何时返③，冷落寒潭月一钩。

作者简介：

周嘉湘，生卒年不详，字书城，湖南汨罗人。嘉庆七年（1802）岁贡，著有《宅心斋文集》《地山诗集》等。

注释：

①《怀沙》《远游》，见前。

②五日，指五月五日端午节。船争渡，指龙舟竞渡。水逆流，汨罗江一带传说，屈原投江后，其尸体顺流到洞庭湖，洞庭龙君被屈原爱国、爱民、爱君、不惜以身殉国的精神感动，紧急调湘、资、沅三水注入洞庭湖，使洞庭湖水涨倒灌汨罗江，将屈原的遗体送回

生前居住的玉笥山下。

③美人句，《九歌·河伯》："子交手兮东行，送美人兮南浦。"王逸《楚辞章句》注："愿河伯送己南至江之涯。"

屈原墓①

周嘉湘

女萝薜荔长山隈②，凭吊秋风曳杖来。

冢土未销江介憾③，渚宫长媵劫余灰④。

黑鱼岭上寒猿泣，　狮子滩头杜宇哀⑤。

二十四坟何处是⑥，残碑无字蚀苍苔。

注释：

①屈原墓，在汨罗江北岸汨罗山上，汨罗山又叫黑鱼岭、烈女岭，明、清《一统志》载："屈原墓在汨罗山上。"

②女萝，又称松萝，寄生在阴暗潮湿的松林或针叶树枝上。薜荔，俗称凉粉坨，常绿攀援匍匐灌木，《九歌·山鬼》："若有人兮山之阿，被薜荔兮带女萝。"隈，山、水等的弯曲处。山隈，山边弯曲的地方。

③江介，介，侧畔。《九章·哀郢》："哀州土之平乐兮，悲江介之遗风。"

④渚宫，春秋时楚之别宫，《左传·文公十年》："王在渚宫，下，见之。"媵，本指随嫁相送的人或物，引申为送或相送，《九歌·河伯》："波滔滔兮来迎，鱼隣隣兮媵予。"

⑤黑鱼岭，亦称烈女岭，屈原墓十二疑塚在此岭上。狮子滩在汨罗山西侧汨罗江边，今仍存地名狮子口，今屈子文化园东门附近，对岸是屈原流放汨罗时居住地南阳里，今属汨罗江湿地。

⑥二十四坟，屈原疑塚十二，今存十一。二十四坟，民间传说平江还有屈原墓十二疑冢，误。

汨罗怀古

左逢霖

楚王宫殿付西风，名著三闾万古通①。

赢得丹心扶正气，一身砥柱乱流中^②。

作者简介：

左逢霖,生卒年不详,湖南汨罗人,乾隆庚辰年(1760)恩科举人,官郴州正学。

注释：

①三闾,即三闾大夫屈原。楚王宫殿早已不复存在,只有屈原及其诗作万古流传。

②砥柱,河南省三门峡有砥柱山。为黄河急流中的石岛,因山在水中若柱,故名砥柱,现已炸毁。由于此岛屹立中流,不怕洪水冲击,因此人们就以中流砥柱来比喻在国家危亡时能抗击敌寇的坚强人物。《晏子春秋·谏下》："吾尝从君济于河,鼋衔左骖,以入砥柱之中流。"

汨罗吊古

吴顺焘

怀襄朝政已尨茸^①,同姓相关恨莫容^②。

廿五篇成山鬼哭^③,漫云志行过中庸^④。

作者简介：

作者生平无考。

注释：

①尨(méng)茸,亦作蒙戎,蓬松散乱。这里是指楚怀王、楚襄王朝政非常紊乱。《左传·僖公五年》："狐裘尨茸,一国三公,吾谁适从？"

②同姓,屈原与楚同姓。详见前注。

③廿五篇,指屈原的二十五篇作品。

④中庸,儒家经典之一,相传为战国时子思作。中庸,即不偏不倚的态度。

独醒亭

王文训

亭子水之浒^①,　　独醒人千古^②。

君醉龙为鱼,　　臣醉鼠为虎。

商于之地皆糟醨, 咸阳人来有酒贾^③。

楚王关外自号呶, 郑袖宫中妙歌舞^④。

左徒醒眼看醉人, 解醒不能泪如雨^⑤。

爰祖宾之初言诗, 变作离骚二十五^⑥。

作者简介:

王文训,生卒年无考,字同书,湖南汨罗人。

注释:

①浒,水边。历史上汨罗江各渡口均为义渡,渡口岸上建有亭子,供修理船只和过往行人候渡歇息,屈原常在这些亭子中与乡民交谈,后人为纪念屈原,将玉笥山下的渡船亭命名为"独醒亭",语出《渔父》:"举世皆浊我独清,众人皆醉我独醒。"今独醒亭在玉笥山上屈子祠西南角处,为玉笥八景之一。

②独醒人,指屈原。

③咸阳句:指从咸阳来的人都是卖酒的商人,重利轻义之徒。这里指张仪赴楚,以归还侵占楚的六百里商於之地为诱饵,拆散了楚齐联盟之事。

④郑袖,怀王的宠姬,曾劝怀王放走张仪。

⑤左徒,屈原。面对秦的种种阴谋,只有屈原的头脑是清醒的,醒,喝醉了神志不清,屈原无法唤醒这些醉人。

⑥变作句,指屈原写的二十五篇作品,屈原被这些醉人流放,只能把自己满腔忧国忧民的情怀倾注在自己的诗篇中。

玉笥怀古^①

王立槐

屈子怀忠留古迹, 行吟泽畔何憔悴^②。

180

丹心一寸誓沉沙③，　血泪千年埋玉笥。

岳岳峰低湘垒高，　洞庭波壮愁魂积。

诗坛自昔锁烟岚，　磐石至今遗薜荔。

漫写离骚继国风，　谁忧王事犹家事。

天风飒飒吹寒松，　山鬼啾啾啼古寺。

汨水无情空独醒，　怀王有恨终为醉。

问天呵壁天无权④，　指点名山空寄思。

作者简介：

　　王立槐，生卒年不详，字荫庭，湖南湘阴人，乾隆十七年（1752）
举人，官江西万年县知县。

注释：

　　①玉笥，即玉笥山，在汨罗江边北岸，山上有屈子祠，独醒亭，
招屈亭，骚坛，濯缨桥等纪念屈原的遗迹，史称"玉笥八景"。唐
沈亚之《屈原外传》云："（屈）原因栖玉笥山，作《九歌》。"

　　②行吟、泽畔，见前。

　　③沉沙，即沉江、投江。

　　④问天呵壁，王逸云："天问者，屈原之所作也。何不言问天？
天尊不可问，故曰天问也。屈原放逐，忧心愁悴，彷徨山泽，经历
陵陆。嗟号昊旻，仰天叹息，见楚有先王之庙及公卿祠堂，图画天
地山川神灵，琦玮僪佹，及古贤圣怪物行事，周流罢倦，休息其下，
仰见图画，因书其壁，呵而问之，以泄愤懑，舒泻愁思，楚人哀惜
屈原，因共论述，故其文义不次序云尔。"

汨罗江（二首）

邓旭

一

屈平遗庙树迷离①，　一水徒牵万古思。

兰泽人空冰泮后②，　枫林家眺雁归时③。

荒田漠漠寒江绕，　　断岸凄凄暮霭垂。

山鸟不知凭吊意，　　飞来啼向碧潭枝。

二

日落重湖弥棹看④，朔风吹面汨江寒⑤。

澄潭色可孤忠鉴，滞魄愁难七庙安⑥。

死谏宁同烈士血，生憎徒剖世臣肝。

椒醑荐罢祠前立，江水虽沽泪未干⑦。

作者简介：

　　邓旭（1609—1683），字元昭，安徽寿县人，顺治四年（1647）进士，官甘肃洮岷道副，著有《林屋诗集》。

注释：

　　①迷离，模糊不明。

　　②冰泮，融解，分散，《诗·邶风·匏有苦叶》："士如归妻，迨冰未泮。"

　　③枫林，见前。

　　④弥，通"弭"，止息。《周礼·春官·小祝》："弭灾兵。"孙诒让正义："汉时，通用弭为弥。……凡云弥者，并取安息御止之义。"弥棹，即停棹，也就是停舟。

　　⑤朔风，北风，阮籍《咏怀》："朔风厉严寒，阴气下微霜。"

　　⑥滞魄，指屈原滞留在此的魂魄。七庙，古时天子设七庙，这里指的是楚先王的宗庙，代指楚国，此句指屈原虽被流放，仍时时担心祖国的安危。

　　⑦椒醑，美酒。人们将永远怀念屈原，纪念屈原。

汨罗江（二首）

唐懋淳

一

屹屹高冠佩陆离①，怀沙赋罢复抽思②。

石鲸甲敛秋残日③，渚鸟声凄木落时。

树蕙成丛随滴翠④，滋兰满畹听芳垂。

萧森古干凌霜立， 当许香禽借一枝。

二

痛饮吟骚带醉看， 森沉庙貌望江寒。

清流激浊谗何极⑤，盛服蒙尘愤未安⑥。

赋压卿云成独调⑦，忠期逢比作同肝⑧。

龙门流涕枯秋草⑨，吹落湖湘万壑干。

作者简介：

　　唐懋淳，生卒年不详，字盛际，江苏南京人，举人，清康熙初任湘阴县（含今汨罗市）知县，有政声，擢工部都水司主事。

注释：

　　①屹屹句，《离骚》："高余冠之岌岌兮，长余佩之陆离。"陆离，色彩绚丽繁杂，屈原佩剑装饰绚丽，称陆离剑。

　　②怀沙句，《怀沙》屈原作。一说是怀念长沙，此说不妥。《抽思》屈原作，内容是把心里的话向怀王倾诉，希望怀王醒悟过来。

　　③石鲸，杜甫《秋兴八首》："石鲸鳞甲动秋风。"

　　④树蕙，《离骚》："余既滋兰之九畹兮，又树蕙之百亩。"树蕙、滋兰，表示为国家培养人才。

　　⑤清流激浊，即在清流中激起一股浊水，指屈原时代楚国的朝政风气。

　　⑥盛服蒙尘，即在清洁美好的衣服上面，蒙上一层灰尘。这两句指屈原遭谗被谤，蒙冤被逐。

　　⑦赋，指屈原的辞赋。压，压倒。卿，司马长卿，即司马相如，西汉的大辞赋家。云，即扬子云、扬雄。扬雄是西汉的大辞赋家、哲学家、文学家、语言学家。

　　⑧逢，关龙逢。夏桀大臣，夏桀无道，他多次进谏，被桀囚禁杀害。比，比干，详注见前。

　　⑨龙门流涕，龙门，指司马迁。龙门，古山名，跨黄河两岸，在今陕西省韩城县北。司马迁即生于此，世世代代住在龙门。《史记·屈原列传》："适长沙，观屈原所自沈渊，未尝不垂涕，想见其为人。"司马迁到汨罗江凭吊屈原，痛哭流涕，汨罗至今流传"昔日子长流涕处，至今无草怆江潭"。司马迁字子长。

汨罗（二首）

吴宜振

一

彭咸往事定何如①，因拜灵均几度歔②。

今古忠魂莫谩问，徒依霜月看高檩③。

二

三户亡秦恨未忘④，长摅香怨泻潇湘。

宁知仪尚沉烟后⑤，不断梡枪横帝乡⑥。

作者简介：

　　吴宜振，生卒不详，湖南汨罗人，明末廪生，清乾隆初以孙吴翼行（河南信阳州知州）赠文林郎。

注释：

　　①彭咸，见前。

　　②灵均，见前。歔，哭泣时抽噎。

　　③檩（yùn），树木的纹理，《玉篇·木部》：“檩，木纹。”

　　④三户亡秦，《史记·项羽本纪》：“楚虽三户，亡秦必楚也”。三户，有两解：一指楚国三大姓即屈、昭、景。一指地名，在今河南省丹江口水库一带。

　　⑤仪，张仪。尚，靳尚。

　　⑥梡（wǎn）枪，彗星，俗名扫把星。旧时认为这是最坏的星，彗星出现，天下大乱，这里指靳尚、张仪、子兰、郑袖等祸国之臣。

吊屈子

江皋

楚骚千古怨，难尽屈原心。

泽畔人何处，江流水自深。

旅魂招不返，天问亦空沉①。

漠漠荒祠下②，堪悲渔父吟③。

184

作者简介：

　　江皋（1634—1715），字在湄，号磊斋，安徽桐城人，顺治十八年（1661）进士，官福建布政司参政，著有古文三十卷，诗四十一集。

注释：

　　①天问，指屈原问天，没有回答，亦石沉大海。
　　②荒祠，指三闾祠。
　　③渔父吟，见前。

游玉笥山

蒋常泰

屐折玉笥路①，沿溪访薜萝。

苔痕新雨合，　窄径懒云多。

寺隐人声阒②，碑残篆迹磨③。

一丘叹观止④，千仞意如何⑤！

作者简介：

　　蒋常泰，生卒不详，湖南汨罗人，乾隆甲子（1744年）举人。

注释：

　　①屐，雨天穿的鞋子，木底，底呈倒凹字形，四角有铁钉，牛皮鞋面，外抹桐油，俗称木屐。
　　②寺，指屈子祠。隐，指隐藏在浓密的树林中。阒（qù），寂静。刘献廷《广阳杂记》卷四："曾梦至一处，见禅床几杖肃然，而阒无一人。"
　　③碑，石碑。残，残缺。磨，磨灭。指屈子祠内的碑刻，因年代久远，字迹已不清晰。
　　④丘，小山，这里指的是玉笥山。
　　⑤千仞，指高山。玉笥山虽为一小丘，因为有屈原，比千仞高山还要著名，正所谓"山不在高，有仙则名"。仞，古代长度单位，成人两臂平伸时两手之间的距离，大约相当现在1.6米左右。

汨罗怀古（八首录六）

戴文炽

一

爱佩香兰九畹滋①，芙蓉菌桂服尤奇②。

美人袅袅秋风别③，公子翩翩极浦思④。

虑乱欲将凶吉卜⑤，凝神还与泰初期⑥。

远游载魄王乔遇⑦，闻道丹邱不死时⑧。

二

羽人揖别望江南⑨，遥漱朝霞正气寒⑩。

节弨阆风骐骥骖⑪，旌迴悬圃凤鸾骖⑫。

临渊极目抽思并⑬，绝笔终篇致意三。

千载史公流泪处，至今无草怆江潭⑭。

三

武关旧事已千秋⑮，云雨巫山尽古邱⑯。

怅望雄风三户邈⑰，时闻竞渡九歌讴⑱。

揭车露浥芝兰圃⑲，嘉橘霜寒杜若洲⑳。

家在汨罗江上住，每寻芳草每低头。

四

享祀春秋黍稷馨㉑，鹧鸪啼处草青青㉒。

金棺自有天神护㉓，玉笥还占地气灵㉔。

只许贾生悲造讬㉕，那堪扬子辱清醒㉖。

祠前一望秋江杳，木叶年年下洞庭㉗。

五

读罢离骚节扣舷㉘，猿啼虎啸更凄然㉙。

党人若听肠应断㉚，山鬼无情泪亦涟㉛。

役使风雷宜动地^㉜，争光日月直参天。

一声欸乃沧浪赋^㉝，水上如闻二五弦^㉞。

六

激烈悲歌旷代师，　篇章反复著哀辞。

捐躯未雪三闾愤^㉟，抱石长留万古思^㊱。

花落峯头春寂寂，　魂招水面影离离。

极知风雅云亡后，　祇有骚存四始诗^㊲。

作者简介：

戴文炽，生卒不详，湖南汨罗人，雍正乙卯科（1735 年）举人，官山东富国场盐大使，致仕后充湘阴龙湖书院山长，著有《秋潭草》。

注释：

①爱佩句，《离骚》："扈江离与辟芷兮，纫秋兰以为佩……余既滋兰之九畹兮，又树蕙之百亩。"

②芙蓉句，《离骚》："矫菌桂以纫蕙兮，索胡绳之纚纚……制芰荷以为衣兮，集芙蓉以为裳。"

③美人，指湘夫人，《九歌·湘夫人》："帝子降兮北渚，目眇眇兮愁予。袅袅兮秋风，洞庭波兮木叶下。"

④公子，《九歌·湘夫人》："沅有芷兮醴有兰，思公子兮未敢言。"

⑤凶吉卜，《卜居》："（屈原）竭知尽忠，而蔽鄣于谗。心烦虑乱，不知所从。往见太卜詹尹曰：'余有所疑，愿因先生决之……此孰吉孰凶？何去何从？'"

⑥泰初，道家指天地未分之前的混沌之气。《远游》："超无为以至清兮，与泰初而为邻。"也作太初。

⑦王乔，即仙人王子桥，见《后汉书·王乔传》。《远游》："轩辕不可攀援兮，吾将从王乔而娱戏！"

⑧丹邱，《远游》："仍羽人于丹邱兮，留不死之旧乡。"陈子展《楚辞直解》释丹邱为不夜之国。

⑨羽人，神话中的飞仙。道家学仙，亦称道士为羽人。

⑩遥漱句，《远游》："餐六气而饮沆瀣兮，漱正阳而含朝霞。"

⑪节驲，停车。阆风，仙山。《离骚》："朝吾将济于白水兮，

登阆风而绁马。"

⑫悬圃，仙境，在昆仑山上面。《离骚》："朝发轫于苍梧兮，夕余至乎悬圃。"

⑬《抽思》，有人认为《抽思》是屈原绝笔之作，此说尚有争议。

⑭至今句，《史记·屈原列传》："适长沙，过屈原所自沈渊，未尝不垂泪，想见其为人。"

⑮武关，注见前。

⑯云雨巫山，注见前。

⑰宋玉和襄王游于兰台，有风吹来，王曰快哉此风。宋玉说：这是大王的雄风。三户，见前。

⑱九歌，见前。

⑲揭车、芝兰，皆为香草。

⑳屈原有《橘颂》，赞扬了橘树"受命不迁，生南国兮。深固难徙，更壹志兮"的高贵品格，故称"嘉橘"。杜若，香草。

㉑即享受到春秋祭祀。黍稷馨香奠祭。《唐会要》记载：唐玄宗天宝七年（748）朝廷颁诏，对屈原等圣贤忠臣"春秋二时择日致祭"。清光绪《湘阴县图志》记载，至清初，官方除每年端午到汨罗江边屈子祠祭祀屈原外，每年阴历正月和七月逢丁日要在县城的三闾行祠祭祀屈原。

㉒鹧鸪，见前。

㉓传说屈原死后，其遗体十日方捞起，被鱼虾吃了一边脸，其女女婴为其配了一边金脸，故称"金棺"，为防盗墓，女婴用罗裙兜土，欲筑疑冢以乱真假，其精神感动了天神，助其一夜之间筑起疑冢十一座。

㉔玉笥，即玉笥山。地气灵即地灵人杰。

㉕贾谊《吊屈原赋》："仄闻屈原兮，自沉汨罗，造托湘水兮，敬吊先生。"

㉖扬子，即扬子云、扬雄。扬雄曾写有《反离骚》一文。乍堪似反，实则同情。

㉗《九歌·湘夫人》："袅袅兮秋风，洞庭波兮木叶下。"

㉘节扣舷，有节奏地敲打着船舷。《渔父》："渔父莞尔而笑，鼓枻而去。"枻，即船舷。

㉙猿啼虎啸，范仲淹《岳阳楼记》："薄暮冥冥，虎啸猿啼，登斯楼也，则有去国怀乡，忧谗畏讥，满目萧然，感极而悲者矣。"

㉚党人，在政治上结成朋党的人。《离骚》："惟夫党人之偷乐兮，路幽昧以险隘。"

㉛山鬼，见前。

㉜役使风雷，《离骚》："前望舒（为月亮驾车的神）使先驱

兮，后飞廉（风神）使奔属。鸾皇为余先戒兮，雷师（雷神）告余以未具。"

㉝欸（ǎi）乃，象声词，摇橹划桨的声音。沧浪赋，即沧浪之歌。

㉞二五弦，二五，指屈原的二五篇的作品。弦，指有人在弹奏唱诵二十五篇作品。

㉟三闾，屈原，详见前。

㊱抱石，指屈原抱石沉江。

㊲四始，指诗经中的风雅颂。《史记·孔子世家》："关雎之乱以为风始，鹿鸣为小雅始，文王为大雅始，清庙为宋始。"白居易《与元九出》："岂六义四始之风，天物破坏，不可支持耶。"骚存，存即保全，指《离骚》保存延续了《诗经》的风格。儒家学者将屈原的诗歌纳入儒学的范畴，始于东汉王逸，他在《楚辞章句》中就称《离骚》为"经"。

骚 坛

周韫祥

一卷离骚万古心，千秋坛坫此登临[①]。

江声北控荆门壮，云气西连峡口深[②]。

三户兴亡空慨叹，九歌哀怨未消沉。

我来欲续沧浪曲，坐对烟波思不禁。

作者简介：

周韫祥，生卒不详，字辉久，号石帆，湖南汨罗人，著有《石帆遗稿》《看楼杂俎》。

注释：

①坛、坫，土台，此处指的是坛骚，即屈原写离骚的地方。在玉笥山西南角，玉笥八景之一。

②峡口，即三峡出口的地方，屈原故里秭归所在地。

招屈亭

徐柱

巀嶪摩空绝俗尘^①，晓登亭坐更精神。

骚魂郁结思公子，　醒眼高悬看醉人。

呵壁顿成千古憾，濯缨讵爱一时新^②。

近无憔悴行吟客，　渔父何劳问水滨。

作者简介：

徐柱，生卒不详，字砥海，湖南汨罗人，治八家文，每一艺成，吭声吟诵，旋投于火，已而饮酒大醉。

注释：

①巀嶪（xiānyè），高峻貌，指玉笥山。招屈亭在玉笥山上，传为屈原投江后第二年宋玉、景差来玉笥山给屈原招魂，后人在其址建招屈亭。始建年代不详，毁于清末，1990 年重建。

②讵，文言副词，难道；岂，表示反问。

江　潭

戴开浚

风雨萧萧芦荻洲，龙门千载憾悠悠^①。

当年自洒孤臣泪，不为灵均泪始流^②。

作者简介：

戴开浚，生卒不详，湖南湘阴人，咸丰间（1851—1861）诸生，著有《淡秋水斋诗》四卷，《山阳闻笛章》三卷。

注释：

①龙门，指司马迁，注见前。悠悠，即忧愁思虑。

②《史记·屈原列传》："适长沙，观屈原所自沉渊，未尝不垂涕，想见其为人。"传说司马迁到汨罗江屈原行吟处江潭凭吊屈原，有感自己的遭遇，痛哭流涕，汨罗至今流传"昔日子长流涕处，

至今无草怆江潭。"即司马迁凭吊屈原的地方，连草也不长了。

沉沙港（屈原投江处）

郭家镛

灵均此去竟安归①，楚至怀王已式微②。

衰老君臣难契合③，至今日月有光辉。

离骚天问心殊苦④，贾赋迁文继世稀⑤。

罗水无情渔父杳⑥，沉沙莫问是耶非⑦。

作者简介：

郭家镛，生卒不详，湖南湘阴人，同治甲子科（1864）举人，候选教谕加五品衔。

注释：

①灵均，屈原。

②式微，《诗经·邶风·式微》："式微，式微，胡不归。"式，发语词。微，指天黑了，即天黑了，天黑了，为什么不回来呢？这里是指楚国到了怀王朝已日薄西山。

③契合，意气相投。

④《离骚》《天问》，见前。

⑤贾赋，贾谊《吊屈原赋》。迁文，司马迁《史记·屈原列传》。

⑥渔父，见前。

⑦沉沙，即指沉沙港，屈原投江的地方。汨罗民间传说，屈原在河泊潭投江不沉，顺水漂流至与湘江交汇处，屈原将河沙装入袍服方才沉江，后人将此处命名为沉沙港以示纪念。

玉笥山

杨培之

日落古坛静①，萧萧枫树林②。

美人不可见③，山殿客来深④。

石冷虫声瘦⑤，云横雁路沉。

岿然一抔土^⑥，今昔共伤心。

作者简介：

　　杨培之，生卒不详，字幼嵋，湖南汨罗人，嘉庆戊辰（1808）恩科解元，充辰州书院山长，著有《周易述义注疏》《幼嵋诗草》。

注释：

　　①古坛，指骚坛，在玉笥山西南角，传为屈原写作和吟诵《离骚》处，玉笥八景之一。
　　②枫树林，见前。
　　③美人，指屈原。
　　④山殿，山间的殿堂，指玉笥山上的屈原祠。
　　⑤瘦，小的意思。
　　⑥一抔（póu）土，指汨罗山的屈原墓。岿然，高耸的样子。

玉笥山（二首）

田实颖

一

一鞭枫叶晓霜丹^①，绝磴款斜行路难^②。

鹤立松阴争石瘦，　雁抱秋色堕江寒。

南昌九月犹烽火^③，西塞千军泣箭瘢^④。

满眼可堪人尽醉，　独醒亭畔倚栏杆^⑤。

二

十年拟向此间游，　今上骚坛兴更幽^⑥。

疏雨黄花三径暮，　乱烟香草一庭秋。

贾生去国空流泪^⑦，　渔父临波解唱愁。

小立濯缨桥北望^⑧，　红蘅碧杜满汀洲^⑨。

作者简介：

　　田实颖，生卒不详，湖南汨罗人，咸丰年间（1851—1861）举

192

人，著有《南塘诗集》。

注释：
　　①指江岸上的枫叶经霜变红了，至今玉笥山上还有古枫数株。
　　②磴，山间一级一级的石阶。
　　③南昌，今江西南昌市。烽火，战火。
　　④箭瘢，箭射的瘢痕，指战士受到创伤。
　　⑤独醒亭，在玉笥山上，玉笥八景之一。
　　⑥骚坛，在玉笥山上，玉笥八景之一。
　　⑦指贾谊离开长安贬谪到长沙，到汨罗祭奠屈原，写下了《吊屈原赋》，流泪焚烧以奠。
　　⑧濯缨桥，在玉笥山西南角下，玉水注入汨罗江口处，传说屈原常在桥下洗帽濯缨，后人即以濯缨名桥，以志纪念，玉笥八景之一。
　　⑨红蘅、碧杜，都是香草。汀洲，水中的小洲，《九歌·湘夫人》："搴汀洲兮杜若，将以遗兮远者。"

汨罗竹枝词

王之铁

五月五日天气清， 游人多上玉笥行①。

儿童个个佩香草②，道是灵均墓下生③。

作者简介：
　　王之铁，生卒不详，湖南汨罗人，康熙时县学生，著有《言行汇纂》《三余诗草》。

注释：
　　①玉笥，玉笥山。
　　②旧俗五月五日，佩香草、饮雄黄酒，可以驱邪避毒。
　　③屈原墓下生长的香草，小孩佩带可以健康长寿。

汨罗竹枝词

杨枝绵

一棹沧浪采白苹，汨罗江上吊灵均①。

冷烟残月清风落，又向堤南访杜亭^②。

作者简介：

　　杨枝绵，生卒不详，湖南汨罗人，乾隆壬申（1752）恩科举人，官凤凰厅（今湖南凤凰县）训导，湖北汉阳府教授。

注释：

　　①一棹沧浪，作者划着小船，唱着《沧浪歌》，一路采着白苹来祭奠屈原。白苹，又名水苹，多年生水草，古时用于祭祀，韩愈《湘中》："苹藻满盘无处奠。"

　　②杜亭，即杜甫亭。传说杜甫曾到平江，路经汨罗。不久杜甫就死在平江，平江现在还有杜甫的坟墓。

屈原故宅

宋思仁

茫茫湘水漾空虚，　昔日灵均此卜居^①。

秦地可曾无六里^②，楚臣徒自放三闾^③。

汀州香草情难尽，　岸浦丹枫怨未除^④。

万古旅魂招不得^⑤，　长沙风景又何如。

作者简介：

　　宋思仁（1730—1807），字汝和，号蔼若，江苏苏州人。官山东粮道，著有《广印人传》《墨林今话等》。

注释：

　　①清光绪《湘阴县图志》卷四："有屈原故宅，在翁家洲，今为南阳寺。"宋吴淮："吴山烟锁子胥祠，汨罗水绕三闾宅。"其址现为汨罗江湿地。卜居，屈原曾居住于此。

　　②六里，见前。

　　③放，放逐。三闾，见前。

　　④丹枫，见前。

　　⑤旅魂，屈原的魂，宋玉作《招魂》于汨罗江上为屈原招魂。

荆州怀古

吕屡恒

尝思痛饮读离骚，万古伤心在二毛①。

风雅以还兼正变，怀襄之际独忧劳②。

同官已妒能文宠，弟子徒传和曲高③。

此日九原难可作，东门隐隐见蓬蒿④。

作者简介：

吕屡恒，生卒不详，字元素，号垣庵，河南新安人，康熙三十三年（1694）进士，官户部侍郎，著有《梦月岩集》。

注释：

①二毛，语出《子鱼论战》："君子不重伤，不擒二毛。"意即在打仗时不攻击已受伤的敌人，不捉拿风烛残年的老人。

②风雅、正变，指《诗经》中的变风变雅，《毛诗·序》："至于王道衰，礼义废，政教失，国异政，家殊俗，而变风变雅作矣。"指《诗经·风》《诗经·雅》中周政衰乱时期的作品，以与"正风""正雅"相对，"正"、"变"不是以时间为界，而是以"政教得失"来分的。怀襄之际，指楚国在这段时间正处衰变之际。忧劳，屈原为国担忧，操劳。

③弟子，指宋玉。和曲，指乐曲《阳春白雪》。"阳春"取万物知春，和风澹荡之意。"白雪"取凛然、清洁，雪竹琳琅之意。

④九原，春秋时晋国卿大夫的墓地，泛指墓地。东门，指郢都的东门。《九章·哀郢》："曾不知夏之为丘兮，孰两东门之可芜？"

浮湘

赵翼

碧天无际水茫茫，泛楫遥临楚塞长①。

不比逐臣须祷岳②，从来词客例浮湘③。

路经九曲帆频转④，地为三闾草亦香⑤。

怀古高吟到深夜，一声清瑟数峰苍。

195

作者简介:

赵翼(1727-1814)字云崧,号瓯北,江苏武进人。乾隆进士。官贵西兵备道,著有《瓯北诗钞》《瓯北诗话》等。

注释:

①泛楫,泛舟。

②祷岳,祷祭南岳之神。南岳之神祝融,楚人先祖。

③浮湘,浮度湘水。

④九曲,湘江在衡阳段,有九处弯曲,晴天站在祝融峰上,看得十分清楚。

⑤三闾大夫屈原流放所经之地,香草遍地。

汨罗怨

顾绍敏

天意难重问, 王孙不可留①。

未能捐楚佩②,只自托湘流③。

有美伤谣诼④,无情怨謇修⑤。

夫君终不悟⑥,芳草寄离忧。

作者简介:

顾绍敏,生卒不详,字嗣宗,江苏苏州人。康熙朝廪生,屡试不中,著书自娱,著有《陶斋诗钞》等。

注释:

①天意难重问,屈原写的《天问》,有172问,有问无答,故曰"难重问"。王孙,屈原的先祖屈瑕系楚武王之子。又代指贵族子弟。这里有双重含意。《左传·哀公十六年》:"王孙若安靖楚国,匡正王室,而后庇焉。启之愿也,敢不听从?"

②佩,身上佩带的玉饰。《九歌·湘君》:"遗余佩兮澧浦。"

③托湘流,即沉湘,投汨罗江。《渔父》:"宁赴湘流,葬于江鱼之腹中。"

④谣诼,造谣毁谤,《离骚》:"众女嫉余之娥眉兮,谣诼谓余以善淫。"

⑤謇修,《离骚》:"解佩纕以结言兮,吾令謇修以为理。"

王逸注："蹇修，伏羲之臣也。"按《文选》刘良注："令蹇修为媒以通辞理也。"旧时固称媒人为"蹇修"。《聊斋志异·辛十四娘》："生不忘蹇修，翼日往祭其墓。"

　　⑥君，楚怀王。

读《楚辞》作

黄任

无端哀怨入秋多，　读罢《离骚》唤奈何。

明月竹枝湘浦夕，　西风木落洞庭波①。

美人环佩惟兰杜②，公子衣裳在芰荷③。

千古灵均有高弟④，江潭能唱大招歌⑤。

作者简介：

　　黄任（1683—1768），字于莘，福建永泰人。康熙四十一年（1702）举人，官广东四会知县，著有《秋江集》《香草笺》。

注释：

　　①《九歌·湘夫人》："袅袅兮秋风，洞庭波兮木叶下。"

　　②美人，指屈原。环佩，身上的饰物。兰、杜，香草。《离骚》："纫秋兰以为佩。"

　　③公子，指屈原。《离骚》："制芰荷以为衣兮，集芙蓉以为裳。"

　　④高弟，即有高才的徒弟，《史记·屈原列传》："屈原既死之后，楚有宋玉、唐勒、景差之徒，皆好辞而以赋见称。"

　　⑤《大招》，传宋玉为屈原招魂作。

书闻卷诗三十首（录一）

蒋骥

斜日增城虎豹嗥①，玉虬蜷局驻灵旄②。

频年注屈真成谶③，赢得江枫识畔牢④。

作者简介：

　　蒋骥，生卒不详，字涑塍，江苏常州人。康熙时生员，毕其生之力研究《楚辞》，著有《山带阁注楚辞》《楚辞余论》《楚辞说韵》。

注释：

①增城，在昆仑山顶，传说有九重。《天问》："增城九重，其高几里。"

②玉虬，《离骚》："驷玉虬以乘鹥兮，溘埃风余上征。"虬，古代传说中有角的龙。旍，古代用旄牛尾装饰的旗子。

③注屈，指他在写《山带阁注楚辞》，几乎一字一句皆有注。

④江枫，见前。畔牢，即《畔牢愁》，扬雄作。《汉书·扬雄传》："又旁《惜诵》以下至《怀沙》一卷，名曰《畔牢愁》。"

咏史

吴兆骞

岂是骚人怨，难亡旧国恩①。

萧条湘水上，谁吊楚臣魂②。

作者简介：

吴兆骞（1631—1684），清初诗人，字叔槎，江苏苏州人。顺治举人，以科场案流放宁古塔二十余年。友人顾贞观言于纳兰性德，后经性德父明珠营救，得续还。著有《秋笳集》。

注释：

①骚人，借屈原自喻。亡，通忘。《诗·邶风·绿衣》："心之忧矣，曷维其亡。"指自己流放宁古塔，时时怀念故园。

②楚臣，指屈原。全诗借屈原抒己怀。

重午日吊古

孙淑

田文五日生①，屈原五日亡。

吉凶同此日，理固难推详。

原与国休戚②，一死分所当。

渔父枻自鼓③，詹尹龟宜藏④。

抱石投湘流⑤，　心与日月光。

文从狡兔计⑥，　高枕乐未央⑦。

后合魏秦赵⑧，　代齐何披猖⑨。

身死薛随灭⑩，　高户仍不详。

文生鸡狗雄⑪，　原死荃蘅芳⑫。

世人何梦梦，　悲屈羡孟尝。

我心独不然，　临风慨以慷。

抚时怀往事，　聊进菖蒲觞。

作者简介：

孙淑，女，生卒不详，江苏常熟人。著有诗集四卷，九十岁时作《达哉行》。

注释：

①田文，孟尝君。战国时齐国的贵族。传为五月五日出生。"鸡鸣狗盗"的典故便出自他的门客。

②原，屈原。休戚，喜乐与忧愁，福与祸。典出《国语·周语》下："晋国有忧，未尝不戚，有庆，未尝不怡。……为晋休戚，不背本也。"这里指屈原的命运与楚国休戚相关。

③渔父，见前。

④詹尹，见前。

⑤指屈原抱石投江。

⑥文，田文，生卒年不详，战国时齐国人。狡兔计，即狡兔三窟。详见《史记·孟尝君列传》。

⑦高枕，高枕无忧。未央，未尽，未已意，语出《诗经·小雅·庭燎》："夜如何其？夜未央，庭燎之光。"

⑧田文晚年到魏国任相，公元前287年联合魏、秦、赵国，帮助燕国打败了齐国。

⑨披猖，嚣张。代齐，齐国本是周初吕望（姜子牙）的封地，田完本姓陈，逃到齐国后改姓田，为齐桓公收留，公元前391年，逐渐强大的田完后裔田和废掉齐康公代为齐主，这就是历史上著名的"田氏代齐"事件，也称"田陈篡齐"。

⑩薛，田文曾封于薛，又称薛公。田文死后，几个儿子争继爵位，齐、魏两国联合灭掉了薛邑。

⑪鸡狗雄，王安石《读孟尝君传》："嗟乎！孟尝君特鸡鸣狗盗之雄耳。"

⑫原，屈原。屈原虽然投江殉国，他的名字却和荃蕙（两种香草）一样万古流芳。

神鱼

程含章

客言秭归山下水，　中有神鱼长不死①。

蜃蛤鼋鼍奴隶间，　巨鳌长蛟共指使②。

当年屈子投汨罗，　神鱼衔送归桑梓。

扬鳍鼓鬣天冥冥③，　瞬间风雷走千里。

归山南北双崔嵬④，　忠臣青冢丰碑起。

神鱼一岁一来游，　水静风平众可指。

苍苔斑驳浑无鳞，　藻荇缤纷异常鲤。

我来杯酒酬忠魂⑤，　何处投诗吊屈子。

神鱼呼吸与神通，　频送泪珠空庙里。

作者简介：

程含章（1762—1832），云南景东人，乾隆五十七年（1792）举人，曾任工部左侍郎、山东巡抚等职，著有《岭南集》。

注释：

①秭归，湖北省秭归县，屈原故里。山下水，指长江。秭归传说屈原投江汨罗后，有神鱼驮着的遗体送回秭归。

②蜃蛤，大蛤和蛤蜊，《左传·昭公三年》："山木如市，弗加於山；鱼盐蜃蛤，弗加於海。"鼋鼍，中国神话传说中的巨鳖和猪婆龙（扬子鳄），宋·王安石《金山寺》："扣栏出鼋鼍，幽姿可时睹。"这里指长江中的神鱼神龙之类，协助神鱼，共驮屈原遗体送回秭归。

③冥冥，昏暗。

④归山，秭归山。崔嵬，高峻的样子。

⑤忠魂，指屈原。酬，敬酒。

荆州道中

姚湘

女嬃砧响杳冥冥①，楚些吟成不忍听②。

行过渚宫神黯淡③，猿啼夜半在空舫④。

作者简介：

姚湘，生卒不详，安徽桐城人，雍正癸卯（1723）科举人，官常熟教谕。

注释：

①女嬃砧，见前。冥冥，昏暗，指夜晚。
②楚些，代指楚辞。
③渚宫，楚宫。遗址在今江陵城内，详注见前。
④舫，有窗户的船。《九章·涉江》："乘舲船余上沅兮。"这里指船的窗户，即夜半猿声，传入船的窗户。

谒三闾祠

虞绍南

君王不省存宗社①，野老犹能说汨罗。

一卷离骚心泪尽，千秋遗庙芷兰多②。

楚山无分埋忠骨③，湘水何年返逝波。

我亦行吟还卜宅④，独醒亭畔问烟萝⑤。

作者简介：

虞绍南（1828—1879），字凯仲，湖南汨罗人。从左宗棠转战浙、闽、陕、甘、新，保绍兴知府，赏戴花翎，著有《耐迈诗草》。

注释：

①君王，指楚怀王。省，悟、明白。宗社，祖宗的社稷，代指楚国。
②遗庙，三闾庙即屈子祠。
③忠骨，屈原的尸骨。因屈原的尸体没有回故乡称归安葬，故

云："楚山无分埋忠骨。"

④行吟，见前。卜宅，卜居，见前。

⑤烟萝，烟，氤氲之气，萝，女萝，《韵会》引陆佃云："在木为女萝……生深山古木之上。"一种攀援植物。《九歌·山鬼》："若有人兮山之阿，被薜荔兮带女萝。"

谒三闾祠次虞恺仲太守韵

黄世崇

三闾忠愤空词赋①，千载河山此汨罗。

古墓松楸遗恨渺，荒祠兰芷引愁多。

秋风玉岭石俱瘦，落日湘江水不波。

漫倚骚坛发长啸②，兰台宫馆莽烟萝③。

作者简介：

黄世崇，生卒不详，与虞绍南同时代，字石珊，湖南汨罗人。光绪乙亥（1875年）恩科举人，以孝廉方正考取知县分发湖北候补，著有《骚雅集前编》四卷，《石珊文集》等。

注释：

①空，空前。即屈原的词赋是空前的。

②骚坛，见前。

③兰台，楚王苑之建筑，在今湖北省钟祥县东。宋玉《风赋》："楚襄王游于兰台之宫……"

屈子祠

周耀祥

振衣登玉笥①，洒酒吊灵均②。

木落思公子③，香残怨美人。

蛾眉恼谣诼④，鱼腹恨沉沦⑤。

独有山祠在⑥，千秋俎豆存⑦。

作者简介：

　　周耀祥，生卒不详，字绎臣，湖南汨罗人，著有《方圆樵唱诗钞》。

注释：

　　①玉笥，玉笥山，见前。

　　②灵均，见前。

　　③《九歌·湘夫人》："袅袅兮秋风，洞庭波兮木叶下。……沅有芷兮澧有兰，思公子兮未敢言。"

　　④谣诼，见前。

　　⑤鱼腹，见前。

　　⑥山祠，屈子祠。

　　⑦俎豆，俎（zǔ）和豆都是古代祭祀、宴飨时盛食物用的两种礼器。这里引申为祭祀，有崇敬之意。汉·班固《东都赋》："献酬交错，俎豆莘莘。下舞上歌，蹈德咏仁。"这里指祭祀屈原千年永续。

盘溪观龙舟竞渡

黄士瀛

紫云宫前擂大鼓，　乡人竞渡作重午。

灵均孤忠自千古①，凭吊遗俗遍三楚②。

竭来观者如堵墙③，万目睽睽引领望④。

彩旗一挥百棹忙⑤，　踊跃直催波中央。

一龙矫首龙爪张，　一龙含尾低复昂。

群龙奋鬣互腾骧，　陆离五色生辉光。

金鼓嘈杂声锽锽，　拿云喷雾纷回翔。

锦标一夺群披猖⑥，旁观亦觉兴飞扬。

欢呼尽饮挥蒲觞，　瓦篷深惊在绿杨。

作者简介：

　　黄士瀛（1795—1875），字仙峤，湖北松滋人，道光癸未（1823）进士，官国史馆纂修，顺天府（今北京市）主考官。

注释：

①灵均，见前。千古，本为永别之辞。这里有流芳千古之意。

②遗俗，指龙舟竞渡。三楚，见前。

③愒（qiè），离去，愒来，犹言去来，即来来去去的观众。《后汉书·张衡传》："回志愒来从玄谋，获我所求夫何思！"

④睒睒，张大眼睛注视。引领望，即伸长颈根望着。

⑤棹，指划船的桨。

⑥披猖，猖狂、飞扬。唐·唐彦谦《春深独行马上有作》："日烈风高野草香，百花狼籍柳披猖。"这里指划赢了的人欣喜若狂的场面。

读《史记》三首（录一）

王星诚

湘水长流恨不消，　美人香草思无聊。

剖心未见怀襄悟①，洁志空争日月昭。

弟子放歌飞白雪②，贾生收泪吊寒潮③。

当年魂魄归来否？　痛饮江楼续大招④。

作者简介：

王星诚（1831—1859），字平子，浙江绍兴人。咸丰九年（1859）副贡，多才艺，著有《西兔残草》。

注释：

①怀襄，指楚怀王和楚襄王。屈原一片忠心，未能唤醒昏庸的君王。

②弟子，指宋玉。飞白雪，即歌曲《阳春白雪》。

③贾生，贾谊。吊寒潮，指贾谊面对汨罗江一江清水作《吊屈原赋》。

④《大招》，宋玉作，为屈原招魂。

汨罗江

唐赞衮

涵空一碧漾层波，　有客临流吊汨罗①。

憾煞怀沙千古事②，倚栏惆怅听渔歌③。

作者简介：

唐赞衮，生卒不详，字桦之，湖南长沙人。同治癸酉（1873年）举人，官台南知府，著有《鄂不斋集》。

注释：

①有客，指他自己，来到汨罗江边，凭吊屈原。
②怀沙，指屈原投江。
③渔歌，见前。

汨罗江怀古

李星沅

君不见汨罗江水绿茫茫，芙蓉泣露秋兰香。

哀江南兮魂不归①，　　　一声鹈鴂青穹荒②。

我思公子荆之阳③，　　　阳台梦雨迷巫襄④。

美人姗姗来何暮⑤，　　　玉虬缨带骖翱翔⑥。

采蘪芜兮为室，　　　　　制芰荷兮为裳⑦。

邅回车兮蘅圃，　　　　　结同心兮蕙纕。

羌令先路为君导⑧，　　　天地比寿日月光⑨。

胡为舞鸡鹜，笯凤凰⑩，　鸩媒不好雄鸠藏⑪。

徒令繁饰之陆离，　　　　长佩之璆锵。

揽茹蕙兮掩涕，　　　　　沾余襟之浪浪⑫。

我愿为君精琼粮⑬，　　　褋马阆风浴扶桑⑭。

我愿随君酌琼浆，　　　　遨游天阙开天阊。

前有九嶷之英皇⑮，　　　后有洛浦之明珰。

翠旌孔盖纷总总，　　　赤水不到流沙长。

灵之来兮云飞扬⑯，　　　灵之去兮神周章⑰。

山阿山鬼啸秋雨⑱，　　　秋风袅袅吹潇湘。

作者简介：

李星沅（1797—1851）字子湘，号石梧，湖南汨罗人。道光十二年（1832）进士，官至荣禄大夫，太子太保，钦差大臣，兵部尚书，两江总督。谥"文恭"。有《李文公集》四十六卷。

注释：

①楚怀王客死于秦，屈原作《招魂》，以招回怀王客死外邦之魂。其卒章曰："湛湛江水兮上有枫。目极千里兮伤春心。魂兮归来哀江南！"

②鹈鴂，见前。

③公子，指湘君，湘水男神，《九歌·湘夫人》："思公子兮未敢言。"

④宋玉《高唐赋》："昔者先王尝游高唐，怠而昼寝，梦见一妇人曰：'妾巫山之女也，为高唐之客，闻君游高唐，愿荐枕席。'王因幸之。去而辞曰：'妾在巫山之阳，高丘之阻，旦为朝云，暮为行雨，朝朝暮暮，阳台之下'。"襄，楚襄王。

⑤姗姗，形容女子行走时缓慢从容的样子。《汉书·外戚传》："是耶！非耶！立而望之，偏何姗姗其来迟。"

⑥《离骚》："驷玉虬以乘鹥兮，溘埃风余上征。"

⑦蘪芜，《九歌·少司命》："秋兰兮蘪芜，罗生兮堂下。"蘪芜即白芷。芰荷，见前。

⑧《离骚》："乘骐骥以驰骋兮，来吾导夫先路！"

⑨《九章·涉江》："登昆仑兮食玉英，与天地兮同寿，与日月兮齐光！"

⑩《九章·怀沙》："变白以为黑兮，倒上以为下。凤凰在笯兮，鸡鹜翔舞。"

⑪《离骚》："吾令鸩为媒兮，鸩告余以'不好'。雄鸩之鸣逝兮，余犹恶其佻巧。"

⑫《离骚》："揽菇蕙以掩涕兮，沾余襟之浪浪。"

⑬《离骚》："折琼枝以为羞兮，精琼爢以为粻。"

⑭《离骚》："饮余马于咸池兮，总余辔乎扶桑。……朝吾

206

将济于白水兮，登阆风而絏马。"

⑮九嶷，九嶷山。英皇，娥皇、女英。详见前。

⑯《九歌·东君》："灵之来兮蔽日。"由于云飞扬，所以蔽日。灵，指的是天神。

⑰《九歌·云中君》："龙驾兮帝服，聊翱游兮周章。"清人蒋骥云："言神去也。帝服，即若英之服，周章，急遽貌。言神驾龙车，服衮云，暂得遨游帝所。"

⑱《九歌·山鬼》："若有人兮山之阿。"

过洞庭

魏源

积水何年始，下连南极深①。

纵浮吴楚去，难尽屈原心②。

万古鱼龙气，中宵鸿雁音③。

何须苹藻献，江海放臣吟④。

作者简介：

魏源（1794—1857）思想家、史学家、文学家，字默深，湖南邵阳人。道光进士，官高邮知州，著有《古微堂集》等。

注释：

①积水，指洞庭湖水，深不可测。

② 倾尽洞庭湖水，难洗屈原冤情。

③指湖中藏有鱼龙。中宵，半夜。晋·陆机《赠尚书郎顾彦先》："迅雷中宵激，惊电光夜舒。"

④苹藻，见前。献，指祭奠屈原。放臣，放逐的臣子，指屈原。深夜在湖面上仿佛听到屈原吟诵《离骚》的声音.

题秦余女史所画《楚辞图》

周准

绕云烟浪洞庭深，芳杜幽兰遍水浔①。

北渚已传湘女恨，南征更识楚臣心②。

云中桂棹声疑咽，天际瑶台影乍沉③。

写尽离骚无限意，竹枝歌罢又猿吟④。

作者简介：

周准（？—1756），字钦莱，号迂村，江苏苏州人，著有《迂村诗钞》《迂村文钞》《虚室吟稿》等。

注释：

①浔，水边的陆地。枚乘《七发》："弭节乎江浔。"

②北渚，《九歌·湘夫人》："帝子降兮北渚，目眇眇兮愁予。"帝子，即湘夫人。南征，指屈原放逐，从远地来到南方，更见屈原的爱国之心。

③湖面摇桨的声音如诗人在倾诉，天边的云朵似诗人在泽畔行吟。

④竹枝，竹枝词，乐府《近代曲》之一，本为川东一带民歌。唐代刘禹锡将其改作新词，咏三峡风光和男女恋情，语言通俗，音调轻快。

谒三闾大夫庙

李寿蓉

荒凉屈子旧祠堂，遗像犹争日月光①。

谣诼倘能诛靳尚，放流何敢怨怀王②。

沅湘有恨沉终古，兰芷无情向夕阳。

今日少年非贾傅，也来凭吊倚苍茫③。

作者简介：

李寿蓉（1825—1895），字篁仙，湖南长沙人，咸丰丙辰年（1856）进士，授户部主事，封荣禄大夫。善诗联，被誉为"长沙才子"。

注释：

①遗像，指屈原像。

②谣诼，见前。靳尚，见前。楚怀王听信靳尚谗言，免去屈原左徒之职，将屈原流放汉北。

③今日少年，作者自谓，在苍茫的暮色中也来凭吊屈原。贾傅，贾谊。

屈沱题三闾大夫祠（二首）

欧阳泽闾

一

秋草寒烟绿，　扬舲向屈沱①。

美人不可见②，　詹尹策如何③。

江上祠空在④，　猿声夜更多。

长楸憔悴色，　哀郢动悲歌⑤。

二

细雨入黄昏，　寒潮初到门。

杜鹃声十里，　香草泪双痕。

巫峡终朝见⑥，　秭归何处村⑦。

天穹搔首问⑧，　不敢赋招魂。

作者简介：
　　欧阳泽闾，生卒不详，清末湖南宁远人，著有《潜园诗略》。

注释：
　　①舲，有窗户的船。扬，扬帆。《九章·涉江》："乘舲船余上沅兮，齐吴榜以击汰。"
　　②美人，指屈原。
　　③詹尹，见前。策，龟策、卜卦。
　　④江上祠，秭归屈原祠，在长江边上。
　　⑤《九章·哀郢》："皇天之不纯命兮，何百姓之震愆。民离散而相失兮，方仲春而东迁。去故乡而就远兮。遂江夏以流亡……望长楸而太息兮，涕淫淫其若霰。"写离开国都时哀痛的心情。长楸，郢都城内高大的楸树。
　　⑥巫峡，长江三峡中最长的峡。旁有巫山，山有神女，朝为行云，暮为行雨，楚怀王曾梦见之。

⑦秭归，屈原的故乡。
⑧天穹，天空，指屈原搔首问天。

题三闾祠堂

易翰鼎

三闾祠畔草如茵①，驻马山头怅暮春②。

我是醉乡沉溺客③，此来偏恋独醒人④。

作者简介：

易翰鼎（1850—1929），字伯肫，号寿梓，湖南汨罗人，著有《太平草木萌芽录》。

注释：

①茵，古代车子上的垫席。《诗经·秦风·小戎》："文茵畅毂，驾我骐骔（zhù）。"如茵，即像茵席那样平铺翠绿可爱。三闾祠，即今玉笥山上屈子祠。

②驻马，歇马停留。暮春，三月。山头即玉笥山。

③醉乡，喝醉了酒，神志不清，为入醉乡。唐·聂夷中《饮酒乐》："安得阮步兵，通乳醉乡游。"沉溺客，即深沉溺爱喝酒的客人。

④偏恋，偏爱。独醒人，指屈原。

汨罗吊屈原大夫

杨宗稷

澧沅兰芷自芬芳①，万古骚情楚泽伤②。

欲识灵均忠爱意③，湘流鱼腹问苍茫④。

作者简介：

杨宗稷（1863—1932），字时百，湖南宁远人，晚清孝廉。中国古琴重要门派"九嶷派"创始人，著有《琴学丛书》。

注释：

①澧沅，湖南境内的澧水、沅水。《九歌·湘夫人》："沅有

210

芷兮澧有兰，思公子兮未敢言。"

②泽，水积聚的地方，楚泽，泛指屈原流放的洞庭湖和沅湘一带。

③灵均，见前。

④鱼腹，见前。

三闾大夫庙

谭半农

遗庙江干枕落晖①，白苹风起浪花肥。

濛濛细雨生芳草，千里江南魂未归②。

作者简介：

谭半农（1815—1882），字载夫，号横塘老渔，湖南湘潭人。
十八岁补博士弟子员，考中秀才，成为岁贡生，著有《横塘渔唱》。

注释：

①遗庙，三闾大夫庙，即汨罗屈子祠。江干，江岸。枕落晖，
站在汨罗江边，望着落日的余晖。唐·司空图《杨柳枝寿杯图》诗
之十六："莫言万绪牵愁思，缉取长绳系落晖。"

②魂，指屈原的魂。

汨罗

刘镜蓉

汨罗江上鼓声喧①，争看龙舟吊屈原。

我读离骚还痛饮， 石榴花下闭柴门。

作者简介：

刘镜蓉，生平不详，晚清学士。

注释：

①鼓声，龙舟竞渡的锣鼓声。

五日汨罗吊屈原

黄润昌

同是庚寅命①，来招万古魂②。

挈将骚日月③，开出赋渊源④。

怜尔九歌意， 倾予五日樽⑤。

滔滔汨罗水， 芳草怅王孙。

作者简介：

黄润昌（1831—1869），字邵坤，湖南湘潭人。咸丰间以诸生从军，官按察使，著有《黄茅山集》。

注释：

①采用公元纪年以前，我国基本上都是以干支来纪年、月、日、时，如甲子、乙丑、丙寅、丁卯……这里的庚寅是指庚寅年，《离骚》："惟庚寅余以降。"屈原就是庚寅年出生的。同是，即作者也是庚寅年出生的。

②万古，指久远。魂，指屈原的魂。

③挈（qiè），提取。骚日月，指可与日月争光的《离骚》。

④赋渊源，即辞赋的祖先。指屈原的诗作是辞赋之源。

⑤五日，五月五日。樽，古代饮酒的器具。

汨罗江怀古

谭溥

楚国论才地①，千秋一死哀②。

如今汨罗水， 犹触大江开。

醉意不为酒， 世人徒有杯。

维舟此凭吊③， 愧后贾生来④。

作者简介：

谭溥（1809—1887），字仲牧，号荔仙，湖南湘潭人。咸丰间

212

诸生，工诗画，著有《四照堂集》。

注释：

①论才地，谓楚国是产生经论之才的地方，长沙岳麓书院门联："惟楚有材；於斯为盛。"

②一死，指屈原自沉汨罗江。

③维舟，系舟。吊，吊祭屈原。

④贾生，见前。愧后，指自己凭吊屈原姗姗来迟。

颂屈大夫

龙剑鸣

浩气英风死不磨，古祠遗像照沧波①。

史公椽笔分明在，千载光争日月多②。

作者简介：

龙剑鸣，生平无考，网载主持纂修江西吉安《龙氏重修族谱》，该谱乾隆六年（1741）木刻活字印刷版现存中国家谱网站档案馆。

注释：

①不磨，指屈原的精神永存，照耀着大地。沧波，碧波。李白《古风》之十二："昭昭严子陵，垂钓沧波间。"

②史公，太史公司马迁。椽笔，如椽大笔。千载，纵向的泛指时间久远。

江上夜闻楚歌

宋湘

莫是宫中旧舞腰①，声声遗恨咽前朝②。

英雄儿女虞兮曲， 落日哀猿下里谣③。

词客有魂留夜渚， 孤舟无伴读离骚④。

如何一付千秋泪， 不唱吾家大小招⑤。

作者简介:

宋湘（1757—1827）字焕襄，号芷湾，广东梅州人。嘉庆四年（1799）进士，官翰林院编修，湖北粮道，著有《红杏山房集》《滇蹄集》等。

注释:

①舞腰，指旧时宫中的舞女。

②咽，呜咽，即哀痛前朝。

③虞兮曲，即项羽《垓下歌》："力拔山兮气盖世，时不利兮骓不逝，骓不逝兮可奈何，虞兮虞兮奈若何？"下里谣，即春秋时楚国的民间歌曲《下里巴人》，详注见前。

④词客，作者自指，夜泊江面，孤灯下诵读《离骚》。

⑤作者姓宋，吾家即指宋家。大小《招》指的是《大招》和《招魂》。有人认为这两篇作品都是宋玉为屈原招魂写的。故云吾家大小招。

秋夜读《离骚》经

彭洋中

重华去不返①， 幽愁当诉谁。

含栖留古调， 沉吟有余悲。

凤凰翔千仞②， 焉用恋旧枝。

灵修日已远③， 爱玉情如痴。

美人渺天末， 香草空复披。

帝阍不可开， 延伫将何之④。

乔木多劲风， 烈士多数奇⑤。

抚卷长叹息， 不觉泪已垂。

秋高天气肃， 凉飙入我帷⑥。

残灯焰复烬⑦， 疑为山鬼吹⑧。

作者简介:

彭洋中（1803—1864），字晓杭，号彦深，湖南湘乡人。道光戊子（1828 年）科举人，初官邵阳训导，后以军功官至四川潼川知府加道员衔，著有《古香山馆存稿》。

注释：
①重华，虞舜。《离骚》："济沅湘以南征兮，就重华而陈词。"
②贾谊《吊屈原赋》："凤凰翔于千仞兮，览德辉而下之。"
③灵修，见前。
④《离骚》："吾令帝阍开关兮，倚阊阖而望余。时暧暧其将罢兮，结幽兰而延伫。"延伫，徘徊。
⑤烈士，忠烈之士。数（shù）奇（jī），《汉书·李广传》颜师古注："数"为命运之意，"奇"单数，不吉利。数奇，指命运不好。数即阴阳家指的一个人的八字，即年、月、日、时。这八个字好，即为偶数，八个字不好，即为奇数。偶数即双数，吉利。奇数即单数，不吉利。
⑥飙（biāo），狂风。帷，帷帐。
⑦烬，灰烬。指灯火熄灭。
⑧山鬼，见前。

十月十四日夜偕六岑①看月城西河堤

徐受

渔歌楚楚入空冥，望里寒山一发青②。

却笑万家齐入梦，汨罗江上两人醒③。

作者简介：
徐受，生卒年不详，清末人，字宗梅，湖南湘阴人，自少以文学著称，尤长于诗，著有《黄村草堂诗集》八卷。

注释：
①六岑，作者之友，生平不详．
②楚楚，清新。空冥，昏暗的天空。
③ 两人，指六岑和作者自己。

次湘阴县

胡昌俞

杜老陵边路①，秋风渐渐鸣。

楚山青未了，碧水碧无情。

余韵留韩璟，孤吟吊屈平②。

斜阳双塔外，旷望思纵横。

作者简介：

胡昌俞，生卒年不详，字汝臣，湖南衡阳人，弱冠即以诗鸣衡湘间，取材宏富，不名一家。著有《师竹山房诗抄》。

注释：

①今平江留有杜甫墓，平江与汨罗相邻，古代属汨罗。杜老陵，即杜甫墓。

②屈平，屈原。

题罗氏双孝祠①

刘雪峰

屈子殉忠罗殉孝②，千秋一例葬江鱼③。

焚坑以后忘忠孝④，姊弟因无国史书⑤。

作者简介：

刘雪峰，生卒年不详，晚清诗人，湖南平江高士。

注释：

①据《湘雅撷残》载："秦时罗君用为武陵令，过洞庭，舟覆而没，其女年十六，率弟求父尸不得，沉于水，后人哀之，立祠以祀。"此乃不知出自何书，但平江却有屈原与罗女的合祀庙。清人李元度建凤凰山屈原庙时曾题联云："江山留胜迹，忠孝在人间。"忠，指屈原。孝，指罗女。

②屈子，屈原。罗，罗女。

③葬江鱼，指屈原投汨罗江以身殉国。

④焚坑，指秦始皇焚书坑儒。

⑤无国史书，指国史没有记载。

读《离骚》长歌

艾作模

江汉秣马情夷犹①，春阳美泽歌岐周②。

灵均变调清商发③，骚声哀怨天地秋。

湘竹频添老臣泪④，洞庭难涤宗国忧⑤。

惟有芳情诉重华⑥，不能奋飞行九州⑦。

奇词万怪交惶惑⑧，绮艳云霞神悽恻⑨。

吟成帝子闻应愁⑩，风琴雅管调不得。

郁郁侘傺依彭咸⑪，驾尤汨罗水云黑。

真诚愤激英雄起，三户亡秦功谁识⑫。

中夜高读心彷徨⑬，落叶随风雁声长。

水中鲛泪珠玉碎⑭，山间鬼语兰杜香。

飞来秋气蟠胸冷，翻欲齐物思蒙庄⑮。

太息贾谊时势异⑯，胡为抑郁吊潇湘⑰。

作者简介：

    艾作模，生卒年不详，字式成，湖南溆浦人。晚清廪贡生。鸿才博学，著有《抗心斋遗集》四卷。

注释：

    ①秣马，即"秣马厉兵"。就是喂饱战马，磨快武器，做好战斗的准备。《左传·僖公三十三年》："郑穆公使视客馆，则束戴、厉兵、秣马矣。"犹夷，犹豫，即迟疑不决。

    ②岐周，古邑名。在今陕西省岐山县东北面，周族古公亶父，因受戎狄威逼，自豳迁于岐山下的周原，筑城郭居室，作邑以居四方未归之民。因这里是周朝发祥之地，后人就把这里称为岐周。

    ③指屈原的楚辞，继承了诗经，成为诗经的变调，发出清商的

声音,商,古代五音之一,其调凄清悲凉故称清商。

④湘竹,即湘妃竹,又称斑竹。因舜妃娥皇、女英闻舜南巡死于苍梧,痛哭流涕,泪洒竹上成斑故名斑竹。老臣,指屈原,屈原的遭遇,增加了斑竹的凄美。

⑤宗国,见前。

⑥重华,虞舜。《离骚》:"济沅湘以南征兮,就重华而陈词。"

⑦古代把中国分为九州。后人即以九州代指全中国。《离骚》:"思九州之博大兮,岂惟是其有女。"女,美女,比喻贤君。

⑧⑨指屈原的楚辞千变万化,像云霞一样华丽。读来使人感到惶惑而又凄恻。

⑩帝子,指二妃。

⑪侘傺(chà chì),失意的样子。《离骚》:"忳郁邑余侘傺兮,吾独穷困乎此时也。"彭咸,商朝的贤大夫。数谏国君,不被采纳,投水而死。《离骚》:"虽不周于今之人兮,愿依彭咸之遗则。"

⑫这两句是说,屈原真诚爱国的心情激励了楚国的人民,群雄奋起,三户亡秦,这种亡秦有谁知道是谁的功劳呢?作者认为应该是屈原的功劳。

⑬彷徨,游移不定。

⑭鲛,传说中的人鱼,《太平御览·珍宝部二·珠下》引张华《博物志》:"鲛人从水出,寓人家积日,卖绡将去,从主人家索一器,泣而成珠满盘,以与主人。"

⑮齐物,即庄周的《齐物论》,庄周又称庄子,战国时期哲学家,宋国蒙地人,故又称蒙庄。

⑯太息,叹息。贾谊,见前。

⑰潇湘,湖南境内的潇水和湘水。

舟次汨罗

王德基

寂寂斯人去①,平芜一碧中。

花开罗子国②,天近楚王宫。

野屋分沙白,晴湖出树红。

郢中日歌舞③,独自话回风④。

作者简介：

王德基，生卒不详，字怀钦，湖南益阳人。光绪己卯（1879）举人，授武风教谕，著有《玉屏集》十六卷。

注释：

①斯人，指屈原。

②罗子国，罗人是芈部落穴熊的一个分支，和楚国同祖，助周武王灭商有功，与楚同封为子爵，后随楚迁徙到今湖北宜城，公元前690年为楚所灭，次年再次被迁至今汨罗一带，其城址现为国家重点文物保护单位。

③郢中，宋玉《对楚王问》："客有歌于郢中者。"郢，楚国的都城，在今湖北省江陵县，习称纪南城，史称纪郢。

④话回风，《九章·悲回风》："悲回风之摇蕙兮，心冤结而内伤。"

汨罗行·送蒋山①归东陵

周耀祥

> 汨罗水，　　　　　不可渡。
>
> 下有恶蛟腾深渊，上有哀猿啼古树。
>
> 我从隔岸问樵夫，云是当年屈子怀沙处。
>
> 怀沙人去几千春，至今江潮犹未平②。
>
> 送君从此渡江去，落日巴山黄叶路。

作者简介：

周耀祥，生卒不详，湖南汨罗人，道光、咸丰时，湘人多以军功荣显，周耀祥却淡泊名利，潜心学业，著有《方圆樵唱诗钞》。

注释：

①蒋山，人名，作者之友，生平不详。

②怀沙人，指屈原。春、年。几千春，即几千年。

屈　潭

杨枝建

汨水碧涟漪^①，况复涵秋月。

荡舟访屈潭^②，旷焉怀往哲^③。

人醉己独醒^④，官冷肠愈热。

披肝泣鬼神^⑤，泽畔吟饮血。

续雅有骚经^⑥，把读叫奇绝。

沅芷与湘兰，敢谓共怡悦。

搔首问长天，丹心坚似铁。

但期宗社安，臣自愿寸裂。

忠比比干仁，义如豫譲烈。

不抱微子器，不采伯夷蕨^⑦。

怀沙蹈湘流，顶踵甘鱼鳖^⑧。

乾坤一孤臣^⑨，抔土似丘垤^⑩。

我来古墓前^⑪，摩挲抚残碣^⑫。

英雄招不来^⑬，千古芳名洁。

当年谗佞者，判然泾渭别^⑭。

作者简介：

　　杨枝建，生卒不详，湖南汨罗人。康熙五十四年（1715）进士，官山东海丰县（今山东省无棣县）令。

注释：

　　①涟漪，水面被风吹起细小的波纹。
　　②荡舟，划船。屈潭，现称河泊潭，即屈原投江处。《水经注》卷三十八："汨水又西为屈潭，即汨罗渊也。屈原怀沙，自沉于此，故渊潭以屈为名。"
　　③往哲，指屈原。
　　④人，世人。己，屈原。《渔父》："众人皆醉我独醒。"

⑤披肝，披肝沥胆，比喻竭诚效忠。泣鬼神，鬼神因受感动而哭泣。

⑥骚经、续雅，指屈原的诗歌继承了《诗经》的风格。"骚"代指屈原的全部作品。

⑦伯夷，商末孤竹君长子。孤竹君以次子叔齐为继承人。孤竹死，叔齐让伯夷，伯夷以父命不受。逃到首阳山隐藏，后来叔齐也逃到首阳山。武王伐纣，他二人反对，扣马阻谏。商亡，他二人不食周粟，采薇而食，结果都饿死了。

⑧顶踵，首足，借指全躯，《孟子·尽心上》："墨子兼爱，摩顶放踵利天下，为之。"指全身心效仿古圣贤。醢，吃，指屈原"宁赴湘流，葬于江鱼之腹中。"

⑨乾坤，天地之间。孤臣，指屈原。

⑩抔（póu）土，借指坟墓，明·屠隆《昙花记·郊游点化》："恨无情抔土，断送几英豪，今古价，有谁逃。"这里是指屈原墓。丘垤，《广韵》《集韵》："土之高也。"《孟子》："泰山之于丘垤。"意谓屈原墓像丘陵那样大。

⑪古墓，屈原墓。

⑫摩挲，抚摸。残碣，残破的墓碑，指屈原的墓碑。

⑬英雄，指屈原。

⑭泾、渭，二水名。《诗经·邶风·谷风》："泾以渭浊。"孔颖达注："言泾水以有渭水清，故见泾水浊。"泾水因有渭水对比才显得浑浊。后来常用泾渭比人品的清浊。判，区别。全句即：像泾渭清浊那样分明。

南柯子·端午前一日社集和遂初韵

龚鼎孳

逝水沧江远，浮云碧汉流。逢时愁上仲宣楼①，漫说当年刘表在荆州②。

探把菖蒲瓒③，还胶芥叶舟。隔霄谁怨玉搔头④，吊屈⑤湘波何处此淹留。

作者简介：

龚鼎孳（1615—1673），字孝升，号芝麓，谥端毅，安徽合肥人。明崇祯七年（1634）进士，官清礼部、刑部、兵部尚书，有《龚

221

端毅公全集》。

注释：

①仲宣，名王粲，汉末文学家，先依刘表，未被重用。后为曹操幕僚，官侍中，他写的《登楼赋》很有名。

②刘表，字景升，汉朝末年，曾任荆州刺史。

③瑹，古同"盏"，小杯子。

④玉搔头，玉簪，一种女首饰。白居易《长恨歌》："花钿委地无人收，翠翘金雀玉搔头。"

⑤吊屈，吊祭屈原。

南柯子

龚鼎孳

乱后怜芳节①，先期集胜流②。长安花月酒家楼，为问几时丝管③遍皇州④。

落日余横笛⑤，临风欲棹舟⑥。相看莫只斗眉头，自昔锦帆龙舸⑦可曾留。

注释：

①芳节，指端午节。

②先期，指五月四日，端午节的前一天。集，指社集。胜流，名流。

③丝管，"丝"指琴、筝等以丝为弦的乐器，"管"指箫、笛等以竹管所制的吹奏乐器，这里代指太平盛世。

④皇州，全国。当时正是明末清初，战乱频仍，作者感慨何时能有太平盛世。

⑤横笛，吹笛。

⑥棹舟，划船、泛舟。

⑦龙舸，龙舟。

齐天乐·湖上午日用吴修蟾和周美成韵

龚鼎孳

远峰吹散雕阑雨，游人画桥三五。彩鹢风高①，绣旗日丽，又吊一年湘楚②。钗符缀虎。也娇小窥帘，笑低金缕。如此湖山，半歌吹送重午③。

樽前初拭醉眼，问灵均去后，与谁终古？屏枕向潮，扇摇玉雪，周赋采兰新句。菱舟曲度。渐掉人荷心，月痕留处。愿趁佳时④，普天消战鼓⑤。

注释：

①彩鹢，画有鹢鸟的彩船。
②一年湘楚，即一年一度的吊祭沉湘的楚屈原。
③重午，指端午。
④佳时，佳节，指端午节。
⑤消战鼓，消除作战的鼓声，没有战争，写出诗人企盼和平的心愿。

贺新郎·追和刘潜夫端午韵

龚鼎孳

银篆香云吐①。昼偏长、碧梧庭院，玉肌无暑。赢得青山安稳在，何处争龙斗虎。恰画艇，一双飞渡②。多少繁华风絮尽，算几时重起新箫鼓。身未老，待歌舞。

西陵花月应相许。唤深情、大苏小苏③，对浇芳醑④。万事不如杯共把，请看离宫麦黍⑤。空满眼、鸱夷涛怒⑥。渔父当年非愤俗，果孤清独醒人徒苦。吾醉矣，莫怀古。

注释：

①银白色的篆烟，像云一样吐着。
②指两舟竞渡。

③大苏，苏轼。小苏，苏辙。

④芳醑，芳香的酒。唐·孟郊《汝州陆中丞席喜张从事至同赋十韵》："芳醑静无喧，金尊光有涤。"

⑤《诗经·王风·黍离》。

⑥鸱夷涛怒，见前。

鹧鸪天·午日京邸感怀

曹尔堪

太液菖蒲泛酒时①，赐衣唯有近臣知。银盘郁李登公宴，丹砌戎葵映屈厄。

倾凿落，和参差，楚江风咽大招辞。攀髯未解乌号痛，续命虚传五色丝。

作者简介：

曹尔堪（1617—1679）字子颜，号顾菴，浙江嘉善人。顺治壬辰（1652）进士，官侍讲学士，博学强记，多识掌故，有《杜江亭集》《南溪集》。

注释：

①太液池有三，一为汉时长安建章宫北面的太液池。一为唐时长安城北大明宫北面的太液池。这里指的是元、明、清时太液池，即今天北京市的北海、中海、南海。旧时，皆为帝王游乐的地方。

千秋岁·午日祝江明府

尤侗

文通能赋①，梦笔如风雨②。采杜若③，潇湘浦④。驱车越峤远⑤，岸帻吴山暮⑥。衙放了⑦，锦帆花月迎明府⑧。

佳节逢端午，胜事传三楚⑨。系彩线，穿孤黍。寿益菖蒲酒，乐语《离骚》句。讴歌者，芙蓉江上喧龙鼓⑩。

注释:
　　①南朝梁江淹，字文通，他的赋写得很好。
　　②王仁裕《开元天宝遗事·梦笔生花》："李太白少时梦所用之笔头上出花。后天才赡逸，名闻天下"。一说江淹梦笔生花，后才思敏捷，下笔为风雨，迅速而又华丽。承前句，此处应指江淹。
　　③杜若，香草。
　　④浦，江边。
　　⑤峤，又尖又高的山。
　　⑥帻，头巾。把头巾掀起露出前额叫岸帻，表示潇洒，不受拘束。
　　⑦衙放了，即衙门端午节放假了。
　　⑧明府，汉代对郡守的尊称。即"明府君"的省称，唐以后，多用以称县令。这里指的是县令。
　　⑨胜事，指龙舟竞渡。三楚，即东楚、西楚、南楚。
　　⑩芙蓉江上，即湘江上面，龙舟竞渡的鼓声喧闹着。

贺新郎·端午和刘潜夫韵

尤侗

　　小满吴蚕吐①。乍阴晴、春红消歇，黄梅迎暑②。刮眼风尘纷未了，遍地蒲人艾虎③。何处觅、龙舟竞渡。横笛短箫江上远，但关山烽火传鼙鼓④。请拔剑，为君舞。

　　花花世界遽如许⑤。算英雄、百年成败，一杯残醑⑥。金紫貂蝉长在否⑦？不抵枕中炊黍⑧。又看尽、蛮争触怒⑨。读破《离骚》还痛饮，叹吴侬更比湘累苦⑩。只一醉，忘今古。

注释:
　　①小满，我国农历二十的节气之一，一般在每年公历五月二十一日前后。吴人多养蚕，故称吴蚕。小满时节，蚕儿正在吐丝。
　　②黄梅，即梅子成熟时，已迎来暑天夏季了。
　　③蒲人，用蒲制作的人。艾虎，用艾制作的虎。蒲叶剑，老虎凶猛可以辟邪。端午制蒲人、艾虎辟邪，这是吴地民间的风俗。
　　④烽火，是敌人入侵的信号。鼙鼓，即战鼓。
　　⑤花花世界，指繁荣的社会。如许，这样。
　　⑥醑，一种酒。

⑦金紫，即金印紫绶，汉代侍从官员帽上的装饰物，亦指达官贵人。貂蝉，中国古代四大美女之一，此指官位和美女都不复存在。

⑧枕中炊黍，即黄粱梦。

⑨蛮争触怒，即蜗角触蛮之争，典出《庄子·则阳》："戴晋人曰：'有所谓蜗者，君知之乎？'曰：'然'。有国于蜗之左角者曰触氏，有国于蜗之右角者曰蛮凭，时相与争地而战，伏尸数万，逐北旬有五日而后反。"寓意在大千世界中，我们都是很渺小的。

⑩吴侬，作者自指，吴地人称己为侬。

采桑子·题悔庵①《读离骚》杂剧

吴绮

潇湘千古伤心地②，歌也谁闻。怨也谁闻，我亦江边憔悴人③。

青山剪纸归来晚④，几度招魂。几度销魂⑤，不及高唐一片云。

作者简介：

吴绮（1619—1694），字园次，号听翁，江苏扬州人。贡生，荐受弘文院中书舍人，后出任湖州（今浙江省湖州市）知府，多惠政，人称"三风"太守：多风力，尚风节，饶风雅。著有《林蕙唐集》和《艺香词》。

注释：

①梅庵，即尤侗，清代文学家，著有杂剧《读<离骚>》。

②潇湘，湘水的泛称，指汨罗江，屈原投汨罗江，故称伤心地。

③憔悴人，《渔父》："屈原既放，游于江潭，行吟泽畔，颜色憔悴，形容枯槁。"

④青山剪纸，旧俗剪纸为钱形，悬于竹竿以示招魂。唐·杜甫《彭衙行》："暖汤濯我足，剪纸招我魂。"

⑤几度二句，为屈原招魂，也为自己招魂。旧时谓人的精灵为魂。销魂，多用来形容悲伤愁苦时的情状。

南乡子·午日

严绳孙

日永枕空支①，漫折榴花缀五丝②。渡口寂寥歌鼓断，寻思，病也何曾似旧时。

懒自醉芳卮③，剪取清光写楚词④。此会明年何处所，差池⑤，似客心情燕子知。

作者简介：

严绳孙（1623—1702），字荪友，号藕塘渔人，江苏无锡人，以布衣应博学鸿词试，会目疾，未能终卷，圣祖素重其名，擢至二等，授检讨。官太子中允，著有《秋水集》。

注释：

①作者因病，故云"日永枕空支"。
②五丝，即用五色丝缚粽子。
③卮，古代盛酒的器皿。
④清光，指清灯。
⑤差池，参差不齐。这里指端午龙舟和观龙舟的人群。唐·杜甫《白沙渡》："差池上舟楫，杳窕入云汉。"

端午游西湖词

徐釚

艾虎钗符悬百结，兰桡重汛菖蒲节①。影漾湖心清又沏②，无休歇。

子规枝上声声血，瘗玉埋香魂断绝。银涛江上空鸣咽，莫把灵均閒话说，春纤捏③。半湾逻逤沉檀屑④。

作者简介：

徐釚（qiú）（1636—1708），字电发，号虹亭，江苏苏州人。康熙十八年（1679）召试博学鸿词，授翰林院检讨。著有《词苑丛谈》《菊庄词谱》《南州草堂集》等。

注释：

①汛同泛，菖蒲节，即端午节。
②沏，本指大浪相冲击。这里是指心情激动。
③纤，细也，精也。《招魂》："被文服纤，丽而不奇些。"
④逻逤，即拉萨，古时的吐蕃。沈檀，可能是沉香。沉香又名

檀香，产于印度、泰国等地，是用来燃烧迎神的。这句话可能是说：西湖的半湾，都在烧着来自拉萨的檀香，供奉祭拜屈原。

满庭芳·五日峯竞渡用梅村词韵

陈维崧

菖歜芳筵①，葵榴绮节②，一雨凉透重湖。绣旗画鼓，兰桨划菰蒲③。多少唐陵汉寝④，千年恨，远近楸梧⑤。休凭吊，玉山将倒⑥，翠袖可相扶。

狂夫，狂更剧，花颠酒恼，脱帽喧呼⑦。唤湘累与汝，美酝同沽⑧。收拾金箫玉管，昆峰好，晚髻新梳。家乡忆，层层水榭，红缕漾钗符。

作者简介：
陈维松（1625—1682）字其年，号迦陵，江苏宜兴人。以县学生应博学鸿词试，授翰林院检讨，有《湖海楼集》。

注释：
①《左传·僖公三十年》："飨有昌歜""盖以菖蒲根，切之四寸，腌以为菜。"杜预注："昌歜，昌蒲菹。"菹同葅，一种腌菜。
②葵，一种蔬菜。榴，石榴。绮节，佳节，指端午节。
③菰，多年生水生草本植物，生在浅水处，嫩茎经菰黑粉菌寄生后膨大，名茭白，一种常见的蔬菜。蒲，即菖蒲。
④陵、寝，都是帝王的坟墓。
⑤古时坟墓旁多树楸梧，因此，楸梧常用来指坟墓。
⑥玉山，形容美好。《世说新语·容止》："嵇叔夜之为人也，岩岩若孤松独立，其醉也，傀俄若玉山之将崩。"后来人们常用玉山自倒形容喝醉了酒。
⑦脱帽，表示狂放不拘的礼节。杜甫《饮中八仙歌》："脱帽露顶王公前，挥毫落纸如云烟。"
⑧美酝，美酒。

水调歌头·庚申五日

陈维崧

又是女儿节，何处赊香醪①。艾装碧虎闪烁②，与汝复相遭。回忆家乡此际，不少痴儿呆女③，彩鹢绣旗摇④。蹴起一川雪，崩落半空涛。

渚宫远，澧水阔，恐难招⑤。古来陈事，何限细数总今朝⑥。楚国湘累自苦，齐国薛君自乐，一笑等鸿毛。我自饮我酒，卿自读《离骚》。

注释：
①赊（shē），赊。香醪，一种美酒。
②艾装碧虎，用艾扎成碧绿的老虎。
③呆（sì），痴。
④彩鹢，画有鹢鸟的船。绣旗，指挥划船的旗子。
⑤招，即招魂，招屈原的魂。
⑥今朝，指端午节。

贺新郎·乙巳端午寄友，用刘潜夫韵

陈维崧

醉凭阑干吐。倚清狂，横陈冰簟，后堂无暑。闻说吴儿工作剧，吊屈龙舟似虎。我欲唱、公乎无渡①。累自沈湘卿底急②，枉教人挝碎回帆鼓。楚江畔，苇花舞。

陡然磊块多如许。唤灵均，前来共语，酹君椒醑③。呵壁荒唐何必问，死累人间角黍。尚不及、伍胥涛怒。忽发狂言惊满座，料诸公知我心中苦。酒醒后，重怀古④。

注释：
①公乎无渡，典出汉乐府《相和歌辞·箜篌引》："公无渡河，公竟渡河，渡河而死，其奈公何。"
②累，湘累，指屈原。

③酹，洒酒于地，表示奠祭。椒醑，即椒酒。
④ 怀古，怀念屈原。

贺新郎·乙卯端午

陈维崧

旧事思量否。记年前、天中佳节①，沈吟搔首。此日伤心人渐老，谁耐《离骚》系肘。喜绕砌、葵榴初绣。笑看五丝缠艾虎②，问尔曹猛气凭陵久。何故缚，女儿手。

楚天一片惊涛吼③。沸中流、锦袍雪舰，笳鸣鼓奏。错认兰桡争吊屈④，惹起鱼龙僝愁⑤。都不见、椒浆桂酒。罨画从来无竞渡⑥，也幸无下濑戈船走。渔父醉，唱铜斗。

注释：
①天中佳节，端午节。
②五丝，五色丝。
③惊涛，指竞渡龙舟激起的浪涛。
④吊屈，指吊祭屈原。
⑤僝（chán）愁，憔悴，烦恼。
⑥罨（yǎn）画，色彩鲜明的绘画，多用以形容自然景物或建筑物等的艳丽。

贺新郎·闰五月五日金沙道中次刘后村韵

陈维崧

浪阔骊珠吐①。傍城河、依然游冶②，水嬉消暑。前月葵榴还照眼③，又见龙舟斗虎。何不唱、公乎无渡。两遍兰桡招不得④，笑吴儿枉费闲箫鼓。大鱼吼，撇波舞。

骚人词客应相许。叹穷途，累如怜我，分余桂醑⑤。不信握瑜怀瑾者⑥，犹羡人间角黍。看万斛、天风正怒。此地良常连海馆，料神仙也念忠魂苦⑦。唤江水，捲今古。

230

注释：

①骊，骊龙。传说骊龙颔下有珠，最珍贵。《庄子·列御寇》："千金之珠，必在九重之渊，而骊龙颔下。"唐·丘丹《奉酬韦使君送归山》诗："涉海得骊珠，栖梧惭凤质。"

②游冶，亦作冶游。即出游乐。李白《采莲曲》："岸上谁家游冶郎，三三五五映垂杨。"古乐府《子夜四时歌》："冶游步春露，艳觅同心郎。"李商隐《无题》诗："见我倦羞频照影，不知身属冶游郎。"游冶、冶游，后来专指狎妓。

③前月，即闰五月的前月。或称正五月。

④两遍兰桡，指五月、闰五月两次龙舟竞渡。

⑤桂醑，桂花酒。

⑥《楚辞·怀沙》："怀瑾握瑜兮，穷不知所示。"怀瑾握瑜，比喻品德纯洁高尚。角黍，见前。

⑦忠魂，指屈原。

玉楼春·五日饮虎丘山下题壁①

彭孙遹

越衣当暑清风至，芒鞋偶过云岩寺②。虎丘山下故人家，能倒金樽留我醉。

醉后难平多少事③，仰天欲问天何意。偏使鸡鸣狗盗生④，却令赋客骚人死⑤。

作者简介：

彭荪遹（1631—1700），字骏孙，浙江海盐人。顺治己亥（1659）进士，官至吏部侍郎，著有《松桂堂集》《延露词》等。

注释：

①虎丘，在江苏省苏州市西北。相传吴王阖闾葬于此。有虎丘塔、云岩寺、剑池、千人石等古迹。

②芒鞋，草鞋。云岩寺在虎丘山下。

③即多少事，意难平。

④指孟尝君门下的客人。王安石《读孟尝君传》："嗟呼！孟尝君特鸡鸣狗盗之雄耳。"作者此处指无才能的人。生，生存。

⑤赋客骚人，指屈原、贾谊等有才能的人。

满江红·午日

董以宁

素韡栾栾①，早映却一庭榴火②。无奈是、萱枝新萎③，北堂尘锁④。续命色丝空欲系⑤，招魂角黍频教裹。问茫茫天地独何之⑥，归来些⑦。

蹒跚苦⑧，应坚坐。劬劳久⑨，应高卧。愿魂无去此，还防跌蹉。只听彩船喧竞渡，锦标未夺终怜我。便奠来、桂酒与椒浆，最难妥。

作者简介：

董以宁，生卒年不详，明末清初人，字文友，江苏武进人。明末诸生，著有《正宜堂集》《蓉度词》。

注释：

①素韡，素白色。韡（bì毕）亦作韠，即蔽膝，古代官府上的装饰，革制，长方形，上尕下宽，缝在肚下膝上，大官红色，小官青黑色，居丧者白色。《诗·桧风·素冠》："庶见素韠兮，我心蕴结兮。"栾栾，身体瘦瘠貌。

②石榴，花红似火，故云榴火。

③萱，萱草，多年生草本植动，花黄红色，可供食用和观赏。萎，指植物枯槁，引申指人的死亡。如《礼记.檀弓上》："哲人其萎乎。"

④北堂，指母亲的居室。宋·黄公槐《北堂》："瞻彼北堂，在彼永水。"

⑤色丝，指五彩丝。

⑥之，往。

⑦些，语助词。楚人常用些，如《招魂》："何为乎四方些。"又称楚些。

⑧蹒跚，即走路一瘸一拐的样子。

⑨劬（qú）劳，劳累。

齐天乐·湖上五日，和周清真^①韵

董元恺

小楼半捲珠帘雨，湖心画船三五，满眼榴花，半杯昌独^②，随地岁时荆楚^③。酒龙诗虎^④，更剪艾为人，裁丝成缕。凭吊湘魂^⑤，锦塘波送垂杨舞。

湖山风景如昨，只六桥柳色，已分今古。舞罢自题，歌残回鹘柳^⑥，赋就铁崖诗句。凫鸥飞渡，宛彩鹢朱旗，藕花深处。一骑惊回，城头催暮鼓。

作者简介：
　　董元恺（？—1687），字舜民，江苏常州人。顺治十七年（1660）举人，著有《苍梧词》。

注释：
　　①周清真，即北宋著名词人周邦彦，号青真居士。
　　②画船，指龙舟。昌独，菖蒲酒。
　　③即荆楚各地都在过端午节。
　　④即饮菖蒲酒、划龙舟、作诗剪虎。
　　⑤湘魂，指屈原之魂。
　　⑥回鹘，指舞姿。即回旋轻捷如鹘。

贺新郎·江行五日，用刘潜夫韵

董元恺

雨过奇峰吐。^①倚篷窗、轻雷初度，未销残暑。拍岸崩涛高似屋，猎猎风声啸虎。任一苇、轻帆飞渡^②。彩缕锦标都不见，吼鸣鼍乱击冯夷鼓^③。浪花捲，江豚舞^④。

山川满目还如许。年年向、荒滨断岸，酹将椒醑。^⑤总是问天天不问，又见楚宫离黍^⑥。算呵壁^⑦，空令公怒^⑧。但即取时杯在手，笑独醒渔夫心徒苦。须痛饮，莫怀古。

注释：

①吐，露，显露出来。

②一苇轻帆，即像苇草叶一样的小船。《诗·卫风·河广》："谁谓河广，一苇杭之。"

③冯夷，中国古代神话中的黄河神，即河伯，也泛指水神。

④江豚，俗名江猪，全身深灰色，常见于长江及鄱阳湖水域，每逢大风浪，常浮出水面。

⑤醡、椒醑、均，见前。

⑥指楚国的宫殿荒芜，生长了茂盛的庄稼。

⑦呵壁，指呵壁问天。朱熹《楚辞集注》云："屈原放逐，彷徨山泽，见楚有先王之庙及公卿祠堂，图画天地山川神灵……因书其壁，呵而问之，以渫愤懑。"

⑧公，指屈原。

水调歌头·午日和其年

曹贞吉

何处劚蒲去①，俯首饮醇醪。②长安十度重午③，令节又相遭④。不是今朝弧矢⑤，不是今朝鱼腹，歌哭总无聊。云气挟雷鼓，疑听广陵涛。

忆当日，观竞渡，趁江潮。天风正怒，仿佛角黍饲馋蛟。憔悴故园心眼，潦倒女儿景物，未足寄吾豪。和汝惊人句，土缶与云璈⑥。

注释：

①劚（zhú），大锄。引申为挖掘，蒲，即菖蒲。

②醇醪，美酒。

③长安，今陕西西安市。十度重午，度过十次端午。

④令节，指端午节。遭，遇，相逢，今天又逢端午。

⑤弧矢，弓箭，《易·系辞下》："弦木为弧，剡木为矢。弧矢之利，以威天下。"

⑥土缶、云璈，都是古代的乐器。土缶，一种瓦器，可盛水，也可作打击乐器，云璈，俗称"云锣"，民间称"九音锣"，打击乐器，可以演奏旋律。

八声甘州·端午

顾贞观

恁喧阗①，那得怨魂酬②，罗绮照中流。问谁乘片舸，笔床砚匣，冷处夷犹③。别是沅湘风味，都不混葵榴。独向烟波外，占取清秋。

当日芙蓉湖上，正水嬉初散④，杜牧空留⑤。忽催归暮雨，小泊近朱楼。最难忘、风灯零乱，乍隔船、惊见几回头。伤离绪、彩丝千结，嘱咐亲收⑥。

作者简介：

顾贞观（1637—1714），字华峰，号梁汾，江苏无锡人。康熙五年（1666）举人，擢秘书院典籍，曾馆纳兰相国家，与纳兰性德、曹贞吉共享"京华三绝"之誉，著有《弹指词》。

注释：

①喧阗，指竞渡的锣鼓声和观众的喧闹声等。

②怨魂，指屈原。酬，答谢。

③夷猶，迟疑不进。《九歌·湘君》："君不行兮夷犹，蹇谁留兮中洲。"

④水嬉，指竞渡。

⑤杜牧，作者自喻。空留，指自己一个人留在湖边。

⑥即嘱屈原把彩丝缠缚的粽子亲自收下，不要被蛟龙夺去。

齐天乐·端阳

汪懋麟

天中时节多风雨①，犹记去年重午②。京洛初归，人称得意，画楫停江渚③。芳樽快举④。看菖叶扶疏⑤，榴花媚妩⑥。兄弟同舟，单衣新换忘炎暑。

年华去如流水。⑦忽壮心消歇，不堪重数。弱女牵丝，娇儿射粽⑧，又是端阳一度。闲情何处。觉懒慢新成，无端怀古⑨。痛饮千钟，读《离骚》一部。

作者简介：

汪懋麟（1640—1688），字季角，号蛟门，江苏江都人。康熙六年（1667）进士。授内阁中书，丁忧归，荐学鸿词，以未终制辞。寻补刑部主事。著有《百尺梧桐阁集》二十六卷。

注释：

①天中，端午节别称。

②重午，端午节。

③画楫，画舫，一种装饰华丽的游船。

④芳樽，指杯中芳香的酒。

⑤扶疏，茂盛。陶渊明《读山海经十三首》："孟夏草木长，绕屋树扶疏。"

⑥媚妩，美好。

⑦年华，岁月。

⑧牵丝，指牵五色丝缠缚粽子。射粽，一种起源于宫廷的小游戏，将粽子放在盘中，宫女们在一定距离外，用特制的小弓箭射向盘中的粽子，射中者方得食之。乾隆皇帝很喜欢这种游戏，赋诗："亲教宫娥群角黍，金盘射得许先尝。"这种游戏逐渐传到民间。

⑨怀古，指怀念屈原。

摸鱼儿·午日雨眺

纳兰性德

涨痕添、半篙柔绿①，蒲梢荇叶无数②。台榭空蒙烟柳暗③，白鸟衔鱼欲舞④。红桥路，正一派、画船箫鼓中流住⑤。呕哑柔橹。⑥又早拂新荷，沿堤忽转，冲破翠钱雨。

蒹葭渚⑦，不减潇湘深处，霏霏漠漠如雾。滴成一片鲛人泪⑧，也似汨罗投赋⑨。愁难谱⑩，只彩线、香菰脉脉成千古。伤心莫语。记那日旗亭⑪，水嬉散尽⑫，中酒阻风去⑬。

作者简介：

纳兰性德（1655—1685），初名成德，避东宫讳改名。康熙十五年（1676）进士，授一等侍卫衔。寻卒，年仅三十岁。工诗、词、书、画，兼善骑射，所交游皆一时俊异。著有《通志堂集》《侧帽年》《饮水词》等。

注释：

①涨，指涨水。篙，撑船的竹篙。

②蒲，菖蒲。荇，水生植物，《诗·周南·关雎》："参差荇菜，左右流之。"

③榭，建在高土台上的敞屋。如水榭，舞榭。《书·泰誓上》："惟宫室台榭。"《孔传》："土高曰台，有木曰榭。"空濛，迷茫的样子。宋·苏轼《饮湖上初晴后雨二首》其二："水光潋滟晴方好，山色空濛雨亦奇。"

④白鸟，白鹭。杜甫《曲江对酒》诗："黄鸟时兼白鸟飞。"

⑤画船，装饰华丽的游船。宋·刘子翚《画船》："隐约菱歌断，斜阳水面移。美人贪照影，不觉画船欹。"

⑥呕哑，画船摇橹声。

⑦蒹葭，没有长穗的芦苇。《诗·秦风·蒹葭》："蒹葭苍苍，白露为霜。"

⑧鲛人泪，见前。

⑨汨罗投赋，指贾谊来汨罗作《吊屈原赋》。

⑩谱，书写，指满腔愁绪，难以抒发。

⑪旗亭，酒楼。宋·陆游《初春感事》："百钱不办旗亭醉，

空爱鹅儿似酒黄。"

⑫水嬉，指竞渡。

⑬中酒，醉酒。

百字令·送少白之长沙

吴翌凤

短篷斜系①，又离亭羌管，数声催别②。落拓青衫缘底事③，廿载天涯为客。云锁金台④，草荒雪苑，难绣平原出。头颅如许，与君炼取诗骨。

此去正值端阳，湘春门外，凄绝巫歌咽。骚客精灵招不返⑤，浪起空江如雪。想得凭高，远波遥巘⑥，一片模糊白。清辉疑接，梦回时见梁月。

作者简介：

吴翌凤（1742—1819），字伊仲，号枚菴，江苏吴县人，诸生，客游楚南，垂老始返。筑室曰归云舫，著出奉母，一时文士多从游之。著有《逊志堂杂抄》《怀旧集》《灯窗丛录》等。

注释：

①短篷，小篷船。

②离亭，供旅客休息的亭子。因为古人多在亭子内把酒送别友人，因此又称离亭。羌管，一种少数民族的乐器。

③落拓，形容感情放浪，不拘小节。宋·马令《南唐书·潘宸传》："常游江淮间，自称野客，落拓有大志。"如："落拓不拘。"唐·杜牧《遣怀》诗："落拓江湖载酒行。"青衫，布衣。

④金台，黄金台，战国时燕昭王筑。

⑤骚客，指屈原。

⑥遥巘（yǎn），大山上的小山。《诗·大雅·公刘》："陟则在巘，复降在原。"

满江红·五日雄县

赵怀玉

梦隔春明，才信宿、便逢端午①。犹幸得、二三知己，追欢逆旅②。有命肯烦丝缕力，为贫合受风尘苦。羡此邦习俗数钱工，盈盈女③。

燕与赵，空歌舞④；屈与贾，空词赋⑤。且买鱼佐酒，杀鸡为黍。别恨家偏分两地，名心我已灰千古。问何时稳泛内云溪，听箫鼓。

作者简介：

赵怀玉（1747—1823），字亿孙，一字味辛，号映川，江苏武进人。乾隆庚子（1780）举人，授内阁中书，出为清州府海防同知。署登州、兖州知府。著有《生斋集》。

注释：

①信宿，连宿两夜。《诗·豳风·九罭（yù）》："公归不复，於女信宿。"毛传："再宿曰信，宿犹处也。"即再过两个夜晚就是端午节了。

②逆旅，本指旅馆，这里扩大为天地之间。李白《春夜宴桃李园序》："夫天地者，万物之逆旅也。"

③盈盈，仪态美好，《古诗十九首·青青河畔草》："盈盈楼上女，皎皎当窗牖。"

④指燕、赵的女人善歌舞。

⑤指贾谊、屈原会写辞赋。

戚氏·端午日游宝障湖①

凌廷堪

木兰艘，冲波摇过翠云矼②。碧艾悬檐，绛榴堆几，③俗敦庬④。淙淙⑤，水流泷⑥，《离骚》吟罢忆南邦⑦。灵均毅魄安在⑧，佩芳人远汩罗江⑨。云外何处，笙歌鼎沸，更饶金鼓齐摐⑩。渐衣香鬓影，柔橹伊轧⑪，都尽船窗。

荆楚，国士无双。⑫忠谏大节⑬，直可配龙逢⑭。神弦急、乍调郢曲⑮，又犯吴腔。思难降，健笔万石，谁扛⑯且倒，绿酒盈缸。线缠角黍⑰，饭裹圆荷，湖上应荐蘺茳⑱。

竞看穿帘燕，攫浮水鸭，逐吠花尨⑲。水戏⑳今年最盛，赤金刀厌虎更缘幢。雕悬绣额卬騩㉑，隔墙仕女，娇语喧深巷。且趁闲、迴棹依花港，早斜照、萧寺钟撞㉒。傍荜扉㉓、蟹籪㉔鱼桩。那人家不亚鹿门庞㉕。向归途望，沿城绣阁，尽爇银缸㉖。

作者简介：

凌廷堪（1757—1809），字次仲，安徽歙县人。乾隆五十八年（1793）进士，官宁国府学教授，著有《教礼堂文集》。

注释：

①宝障湖，即江苏扬州瘦西湖，现为国家五A级旅游景区。

②艒，小船。碧艾悬檐，即把艾蒿挂在屋边上，五日挂艾，这是一种民俗。

③绛榴，红色的石榴。

④敦庞（máng），敦厚。即朴实、醇厚的风格。

⑤淙淙，流水声。

⑥泷（lóng），湍急的流水。

⑦南邦，指江南，即指屈原投江的地方。

⑧灵均，屈原。毅魄，坚毅的魂魄。《九歌·国殇》："魂魄毅兮为鬼雄。"

⑨佩芳人，指屈原。屈原爱好修美，常佩芳香之物。《离骚》："扈江离与辟芷兮，纫秋兰以为佩。"

⑩饶，增添。金，锣。撼，通撞。即敲锣打鼓。

⑪伊轧，摇橹的声音。

⑫国士，指一个国家里面杰出的人物。《国策·赵策一》："知伯以国士遇臣，臣故国士报之。"《史记·淮阴侯列传》："诸将易得耳，至如信者，国士无双。"这里的国士是指屈原。

⑬忠谏，指屈原秉忠贞爱国之心，多次向怀王进谏。

⑭龙逢（Páng），关龙逢，夏末大臣，因多次谏桀，被桀杀害。

⑮郢曲，指下里巴人、阳春白雪等曲。详见前。

⑯健笔，指屈原的笔，由于他写的好文章，故称健笔。

⑰角黍，见前。

⑱蘺茳，即江蘺，又名川芎，香草，《离骚》："扈江蘺与辟芷兮，纫秋兰以为佩。"荐，进献的意思。即在湖上用江蘺祭奠屈原。

⑲花尨（máng），即杂色的狗。

⑳水戏，指竞渡。

㉑邛駹，駹，野马，像邛崃山的野马，这里指湖中的龙舟。

㉒萧寺，寺庙，见前。

㉓莘，一种藤草。扉，门，藤草编织的门。

㉔簖，插在河中的竹栅栏，用来挡鱼、虾、螃蟹，一种捕鱼的方法。

㉕鹿门庞，指隐居鹿门山的高士东汉庞德。东汉末，襄阳庞公谢绝荆州刺史的延请，携妻子同隐于鹿门山。后世用为咏隐居的典故。

㉖尽爇银缸，爇，用火烧。缸（gāng 刚），灯，即每个阁楼都点上了灯。

高阳台·庚申五月五日作（二首）

张惠言

吾乡五月五日竞渡，为江南胜事，不得见者十六年矣。丁巳端午，寓居歙县，与舍弟翰风及金子彦兄弟泛舟丰溪，至覆舟山，赋满庭芳一阕，戊午则在武林游观西子湖。己未在京师，看荷花于天香楼，亡生江安甫皆从焉。今年索居辽海，风雨如晦，怀人抚序，怅然感之。

一

红杏桥边，白云渡口，画船箫鼓端阳①。十六年来，故园事事堪伤。前年此日偏相忆，有沙鸥、招得成行。向丰溪、掠过波声，划破山光。

当时但觉离情速，倩蛮笺缄恨②，苦说他乡。谁道而今，回头一样茫茫。客来都问江南好，问江南、可是潇湘？怎凭阑、一缕西风，一寸迴肠。

听雨湖头，看花日下，两年多少闲情？一卷《离骚》，有人和我吟声。而今往事难追省，泪如丝，不透重扃。把深杯，酬向遗编，易传《玄经》③。

仙人闻说辽东鹤，问归来丁令④，可识湘灵⑤？海阔山高，千年几许冤魂⑥。伤心欲奏招魂赋，怕夜台、猿狖还惊⑦。请看他、怨雨悲风，锁住愁城。

作者简介：

张惠言（1761—1802）字皋文，江苏常州人，嘉庆四（1799）年进士，官翰林院编修。长于古文辞赋，词则大雅遒逸，有起襄之功，著有《茗柯文编》。

注释：

①红杏桥、白云渡，作者家乡的地名。画船，装饰华丽的邮船。

②倩，见前。蛮笺，唐时高丽纸的别称，此处泛指信纸。《谈苑》载韩浦寄弟诗云："十样蛮笺出益州，寄来新自浣花头。"

③《易传》，是一部古代哲学伦理著作，是诠释《周易》的经典著作，据说本于孔子，成书于孔子后学，《周易》的组成部分。对《经》而言，故曰《传》，自汉代起又称《十翼》，是儒家学者对古代占筮用书《周易》所作的各种解释。《玄经》，指汉代扬雄作的《太玄》，他仿《易经》作《太玄》，提出以"玄"作为宇宙万物根源的学说。

④丁令，即丁令威，神仙人物，据《搜神记》所载，他学道于灵虚山，后化鹤归辽东，止于城门的华表上，有少年举弓欲射，遂在空中盘旋而歌："有鸟有鸟丁令威，去家千年今来归，城郭如故人民非，何不学仙塚累累。"歌毕，飞入高空，后人用千岁鹤归表示对家乡的思念。

⑤湘灵，古代传说中的湘水之神，《远游》："使湘灵鼓瑟兮，令海若舞冯夷。"

⑥冤魂，指屈原。

⑦夜台，墓穴。《文选·陆机·挽歌》："送子长夜台。"李周翰注："坟墓一闭，无复见明，故云长夜台。"李白《哭宣城善酿纪叟》："夜台无晓日，沽酒与何人？"猿狖，泛指猿猴。《九

章·涉江》："深林杳以冥冥兮，乃猿狖之所居。"

忆旧游·潭州

宋翔凤

《涉江》凄已绝①，况滞江潭，伫唱江花。芷兰何处满，满三闾泽畔②，太傅长沙③。旧魂讵易招得④？诗骨瘦天涯。镇寂寞承尘，有天难问，是日初斜。

烟霞，几千里，记破庙人来，题壁情赊⑤。就使文章好，付遍山啼鴂⑥，归鹤修蛇⑦。忍教漂泊终古，无奈惜年华。又寄意潇湘，苍苍自在秋水兼葭⑧。

作者简介：
宋翔凤（1779—1860），字于庭，江苏苏州人，嘉庆五年（1880）举人。官湖南新宁知县，精研经学，有《浮溪精舍丛书》。

注释：
①《涉江》，屈原作。
②三闾，屈原。泽畔，屈原行吟泽畔，当指汨罗江流域。
③太傅，指长沙王太傅贾谊，故云"太傅长沙"。
④旧魂，指屈原的魂魄。讵，岂，表示反问。
⑤指的是屈原在深山中见到先王破庙呵壁写天问的事，详注见前。
⑥啼鴂，见前。
⑦归鹤，见前，修蛇，典出《山海经》，中国古代神话中的巨蛇，传说居住在洞庭湖一带，以吞吃过往动物为生。《汉书·扬雄传》："屡般首，带修蛇。"
⑧兼葭，见前。

忆旧游·荆州

宋翔凤

郢中思故楚①，梦雨台荒②，丛桂庭芜。积古来愁思，觉春前寂寞，日暮踟蹰③。登楼四望如此，作赋惯穷涂。剩汉水波深④，方城树老⑤，词客心孤。

模糊，问形势，有高城戌角，战舰樯乌。割据纷纷久，是当年门户⑥，今日通都⑦。漫夸吞取云梦⑧，此境付空虚。任摘句寻章，灵均宋玉今已无⑨。

注释：

①郢，在荆州江陵西北，屈原时楚国的都城，这里代指楚国。

②梦雨台，典出宋玉《高唐赋》，写的是楚襄王梦中艳遇巫山高唐神女的故事，后因以"梦雨"为咏男女私情之典。

③踟蹰，心中犹豫不定。

④汉水，即汉江。

⑤方城，战国时期楚国的长城。《左传·僖公四年》："楚国方城以为城，汉水以为池。"

⑥以上四句，指荆州形势险要。

⑦通都，交通顺利，四方通达的都市。

⑧云梦，洞庭湖。

⑨灵均、宋玉，见前。

倦寻芳·渡汨罗

周之奇

素波箭激①，新涨奁平，舟舣烟浦②。道左残碑，题字不堪重抚。寂寂江天如梦寐，悠悠湘水无今古。悼贞魂③，但怀沙事往④，九歌悽苦⑤。

忆泽畔，行吟憔悴⑥，渔父难招⑦，詹尹空诉⑧。怨偶椒兰⑨，争念美人迟暮。

鱼腹长怜埋恨日⑩，蛾眉岂有容身处⑪。近端阳，听迎神、数声萧鼓。

作者简介：

周之奇（1782—1862），字稚圭，号退庵，河南开封人。嘉庆十三年（1808）进士，官广西巡抚，著有《金梁梦月词》《怀梦词》

《鸿雪词》等。

注释：

①素波，白波。箭激，竞渡龙舟像箭一般划过江面，激起浪花。
②奁，女子梳妆用的镜匣。舟舣，即舣舟，停舟靠岸。
③贞魂，指屈原的魂。
④《怀沙》事往，指屈原投江事。
⑤《九歌》，汉·王逸《楚辞章句·卷二》："……屈原放逐，窜伏其域，怀忧苦毒，愁思怫郁，……因为作《九歌》之曲，上陈事神之敬，下以见己之冤结，托之以讽谏。"
⑥行吟，见前。
⑦渔父，见前。
⑧詹尹，见前。
⑨怨偶，亦作怨偶，不和睦的夫妻。《左传·恒公二年》："嘉偶曰妃，怨偶曰仇，古之命也。"命，成语。也借指敌对的双方。《后汉书·朱、冯、虞、郑、周传赞》："郑窦怨偶，代相为仇。"椒、兰，见前。
⑩鱼腹，见前。
⑪蛾眉，见前。

渔歌子

杨夔生

湘庙神弦竞水嬉①，笙歌不赛屈原祠。

千古恨，满江蓠， 起潮风信到灵旗②。

作者简介：

杨夔生（1781—1841），字伯夔，江苏无锡人。与钱塘袁通、袁棠交厚，尝主白下之随园。生员，官蓟州知州，著有《真松阁诗词集》《过云精舍词》。

注释：

①湘庙，湘妃庙。
②灵旗，道教法器之一，用以驱邪镇鬼。宋·王珪《依韵和王宣徽奉安中太乙神像》："妖氛自逐灵旗倦，瑞谷常登御廪蕃。"

渔歌子

杨羲生

水落江空飒可悲，湘山青对定王台①。

天欲暮，浪花开，苹风吹送楚魂来②。

注释：

①定王台，在长沙城内，蔡锷中路东侧。
②楚魂，指屈原的魂。

卜算子·屈坨女嬃祷衣处

冯熙

楚甸晚萧萧①，橘柚寒无际。断续清砧断续猿②，实下三声泪③。

月暗女萝丛④，山鬼窥灯至⑤。巴峡秋涛下汨罗，犹似申申詈⑥。

作者简介：

冯熙（1842—1927），字梦华，江苏金坛人。光绪十二年（1886）进士，授编修，官至安徽巡抚，著有《蒿庵类稿》《蒙香室词集》。

注释：

①甸，古时称郊外的地方。这里指的是楚地。萧萧，萧条、冷寂。
②清砧，指捣衣的声音。猿，指猿的叫声。
③三声泪，语出唐·杜甫《秋兴》："听猿实下三声泪。"
④女萝，寄生在松树上，故又名松萝。《九歌·山鬼》："若有人兮山之阿，被薜荔兮带女萝。"
⑤山鬼，山神。亦说是巫山女神。
⑥申申，反反复复。詈，责骂、规劝。《离骚》："女嬃之婵媛兮，申申其詈予。"女嬃，古代妇女的通称。这里的女嬃亦说是屈原的姊姊，亦说是屈原的女佣。二说当以姊姊为是。因为只有姊姊才敢詈骂他。女佣怎敢詈骂主人呢。

露华·题听秋读骚图

吴苣

西风飒飒，正满院商声①，独坐愁绝。一卷荃荪②，对影釭花明灭。忆到玉簟凉生，况是候虫③吟壁。闲阶悄，蟾蜍挂空④，冷露珠白。

梧桐叶落遥夕。讶几许幽怀，横竹⑤吹彻。更和清砧⑥敲遍，寒耸诗骨。剩与楚些⑦招魂，聊伴海天岑寂。空怅望、潇湘暮云凝碧。

作者简介：

吴苣，女（1839—1874），字佩纕，号纫之，江苏吴县人。江桐子室，著有《佩秋阁词》。

注释：

①商声，《礼记》："孟秋之月，其音商。"旧以商为五音中的全音，声凄厉，与肃杀的秋气相应，故称秋为商秋。欧阳修《秋声赋》："盖夫秋之为状也：其色惨淡，烟霏云敛；其容清明，天高日晶；其气栗冽，砭人肌骨；其意萧条，山川寂寥。故其为声也，凄凄切切，呼号愤发。丰草绿缛而争茂，佳木葱茏而可悦；草拂之而色变，木遭之而叶脱。其所以摧败零落者，乃其一气之余烈。夫秋，刑官也，于时为阴；又兵象也，于行用金，是谓天地之义气，常以肃杀而为心。天之于物，春生秋实，故其在乐也，商声主西方之音，夷则为七月之律。商，伤也，物既老而悲伤；夷，戮也，物过盛而当杀。"

②荃荪，香草。这里代指《离骚》。

③候虫，秋虫。欧阳修《秋声赋》："但闻四壁虫声唧唧，如助予之叹息。"

④蟾蜍，即癞蛤蟆，传说月中有蟾蜍，故用为月的代称。

⑤横竹，竹笛

⑥清砧（zhēn），同砧，捣衣的声音。

⑦楚些，楚辞。

南商调梧桐树·午日东湖竞渡即事偶赋

徐旭东

歌长檀板①温，酒剥蒲香冷。艾虎轻纱，稳称端阳②景。文昌共武寅③，个个皆奇骏。

水沸龙醒，暴热蒸痴兴，欢呼似有灵均④应。

作者简介：

徐旭东（？—1720），字浴成，号西冷，别署圣湖渔父，浙江杭州人。康熙十一年（1672）拔贡，后荐举博学鸿儒。

注释：

①檀板，一种乐器。宋·林和靖《咏板》："不须檀板共金樽。"
②端阳节日，饮蒲酒，扎艾虎，这是一种民俗。
③文昌，即文昌帝君，民间和道教尊奉的掌管士人功名禄位之神。武寅，疑指划船的水手。
④灵均，屈原。

解语花·读屈翁山诗有作

毛奇龄

灵均苗裔①，羡十年学道，匡庐山下②。忽听帘泉陡冷瀑③，豪气轶如生马④。承跳三边，横穿九塞⑤，开口谈王霸⑥。军中毯猎⑦，醉从诸将游射。

提罢匕首入秦，不禁忍俊，缥渺思登华⑧。白帝祠边三尺雪，正值玉姜思嫁。笑把岳莲，乱抛博箭，调弄如花者。归而偕隐，白羊瑶岛同夸⑨。

注释：

①灵均苗裔，即屈原的后裔，这里指屈翁山。板桥郑燮有《题屈翁山诗札》云："国破家亡鬓总白，一囊诗画作头陀。横涂竖抹千千幅，墨点无多泪点多。"想翁山深受屈原的影响，明亡不仕，

入山学道，身为头陀，常有复仇报国之思，心怀荆轲刺秦之志。牢牢地继承了屈原的爱国主义思想。

②匡庐，江西的庐山。

③豗（huī），轰响声。李白《蜀道难》诗："飞湍瀑流争喧豗。"

④轶，超过。

⑤三、九，指多数。边，边境。塞，要塞。

⑥王，王道。霸，霸道。

⑦毬，球的异体字。球猎，指练习武功。

⑧华，华山。

⑨屈翁山（1630—1696），字大均，广东番禺人。清初文学家。清兵入广州，他参加抗清队伍，失败后，削发为僧，不久还俗。曾游关中山西与顾炎武交往。故诗中云："承跳三边，横穿九塞"。又因是广东番禺人，故诗中云："白羊瑶岛同夸。"

满江红·五日观竞渡

彭孙遹

且往观乎，阊门外①，今朝水戏②。见两两、灵丝艾虎，钗头纷缀。旧俗吴中犹未改，③习流人斗鱼龙技④。看彩云、一派锁清濠，波如沸。

流览罢，心如悸。凭吊处，情难已。向风前酾酒⑤，何妨沉醉。千古三闾同一哭，江潭不少人憔悴。待为书、重续贾长沙，投湘水⑥。

作者简介：

彭孙遹（1631—1700），浙江海盐人。顺治己亥（1659）进士，官吏部侍郎，著有《南往集》《延露词》。

注释：

①阊门，姑苏城门。《吴越春秋》："立阊门者，以象天门通阊阖风也。"

②水戏，指竞渡。

③艾虎、钗头，都是吴中旧俗。端午佩戴用艾做成的虎，认为可以辟邪除秽。《堂肆考·宫集》卷十一："端午以艾为虎形，或剪彩为虎，粘艾叶以戴之。"陈文靓《岁时广记》卷二十一："王沂公端午帖子云：钗头艾虎辟群邪，晓驾祥云七宝车。"

④习流，指会玩水的人。鱼龙技指玩水的技术，这里指龙舟竞渡。
⑤酾酒，斟酒，苏轼《赤壁赋》："酾酒临江，横槊赋诗。"
⑥投湘水，指像贾谊一样作《吊屈原赋》，投之湘水，以吊屈原。

第七篇 近现代诗词

吊屈原

秋瑾

楚怀本孱王^①，乃同聋与瞽^②。

谤多言难伸， 虫生木自腐。

臣心一如豸^③，市语三成虎^④。

君何喜谄佞^⑤，忠直反遭忤^⑥。

伤哉九畹兰^⑦，下与群草伍^⑧。

临风自芳媚， 又被薰莸妒^⑨。

太息屈子原， 胡不生于鲁^⑩。

作者简介：

秋瑾（1879—1907），女，近代民主革命烈士，字竞雄，号鉴湖女侠，浙江绍兴人。1904 年赴日留学，加入同盟会，1907 初在上海创办《中国女报》，提倡男女平权，鼓吹革命，与徐锡麟共建革命军，准备起义，事发被捕，从容就义。著有《秋瑾集》。

注释：

①楚怀，楚怀王。孱，孱弱无能。

②瞽，瞎子。

③豸，獬豸（xiè zhì），相传是一种独角神兽，懂人言知人性，发现奸邪的官员，就用独角把他触倒，然后吃掉。

④三成虎，《战国策·魏策二》："夫市之无虎明矣，然而三人言而成虎。"《战国策·秦策二》："费人有与曾子同名族者而杀人，人告曾子母曰：'曾参杀人'。曾子之母曰：'吾子不杀人'。织自若。有顷焉，人又曰：'曾参杀人'。其母尚织自若也。顷之，一人又告之曰：'曾参杀人'。其母惧，投杼逾墙而走，夫以曾参之贤与母之信也，而三人疑之，则慈母不能信也。"后以曾参杀人，比喻流言可畏。

⑤君，指楚怀王、楚襄王。

⑥忠直，指屈原。忤逆，不顺从，即遭到逆制。

⑦九畹兰，《离骚》："余既滋兰之九畹兮，又树蕙之百亩。"

⑧伍，为伍，即为一伙。

⑨薰，一种香草。莸，一种有臭味的草，这是一个偏义词，指臭草，喻奸佞之人。

⑩胡，为什么。鲁，鲁国。周公封于鲁。孔圣人，孟夫子都是出生在鲁国。

画兰

谭嗣同

雁声吹梦下江皋①，楚竹湘舲起暮涛②。

帝子不来山鬼哭③，一天风雨写离骚。

作者简介：

谭嗣同（1865—1898）字复生，号壮飞，湖南浏阳人。少怀壮志，参与"百日维新"变法，后被杀害，为戊戌六君子之一，著有《谭嗣同全集》。

注释：

①皋，水边的高地。

②舲，有窗户的船。《九章·涉江》："乘舲船余上沅兮。"

③帝子，指传说中尧的两个女儿娥皇和女英，湘水神，《九歌·湘君》："望夫君兮未来。"山鬼，指山神。

绝命诗六首（录一）

仇亮

一

兰茎憔悴不闻香①，欲托湘累续九章②。

大地风云斗龙虎③，孤臣铁石铸心肠④。

作者简介：

仇亮（1878—1915），字蕴存，湖南汨罗人，清末游学日本，加入同盟会，光复后，由京赴日，会孙中山、黄兴发难事洩，袁世凯伪电召归，被捕下狱，遂被害。

注释：
　　①兰、荃，香草。指正人君子。
　　②湘累、九章，见前。
　　③风云，指战争。斗龙虎，军阀混战，龙争虎斗。
　　④孤臣，指屈原，也借以自谓。

过湘阴屈子祠①

释敬安

　　湖上微霜踏叶过，　荒祠寥落倚岩阿②。

　　湘娥隔浦啼新竹③，山鬼迷烟带女萝④。

　　异代惟留骚客恨⑤，独清其奈浊流何⑥。

　　当年不作怀沙赋⑦，终古无人吊汨罗⑧。

作者简介：
　　释敬安（1851—1912），湖南湘潭人，俗名黄读山，字福余，少孤出家为僧，法名敬安，字寄禅，自断两指，号八指头陀，著有《八指头陀诗文集》。释，释氏，即佛祖释迦牟尼，佛教徒均以释为姓。

注释：
　　①1966年原湘阴县分为湘阴、汨罗两县。1988年，汨罗县改为汨罗市，这里的湘阴屈子祠，即今天汨罗市的屈子祠。
　　②寥落，冷落、寂寞。岩阿，山岩角落的弯曲处。
　　③湘娥，指二妃墓，"啼新竹"即斑竹。
　　④《九歌·山鬼》："若有人兮山之阿，被薜荔兮带女萝。"
　　⑤异代，指屈原以后的年代。骚客，指屈原。
　　⑥独清，指屈原，详注见前。浊流，指混浊的社会。
　　⑦作《怀沙》赋，司马迁《史记·屈原列传》：屈原"乃作《怀沙》之赋……于是怀石遂自投汨罗而死。"指屈原投江殉国。
　　⑧终古，从古时到现代。

题从父竹荪广文公画兰（二首）

一

康有为

九畹荒芜楚客悲^①，况教萧艾满当时^②。

屈原已往罗含去^③，怀抱芳馨欲与谁^④。

二

众香杂进近何如， 薜芷辛夷与揭车^⑤。

绿叶紫茎空委露^⑥，秋山花放媚三闾^⑦。

作者简介：

　　康有为（1858—1927）广东海南人，光绪十四年（1888）进士。曾组织公车上书，是维新变法的领袖，竹荪是有为的从叔，善绘画，竹荪曾任训导，即儒学教官，故称广文公，这两首诗表现了作者有屈原式的孤愤。当时的中国，好像一座荒芜的园庭，长满恶草。小人横行，贤士受压，诗人感到无比哀痛。

注释：

　　①《离骚》："余既滋兰之九畹兮，又树蕙之百亩……何昔日之芳草兮，今直为此萧艾也。"楚客，指屈原。

　　②萧艾，恶草。屈原把萧艾比作谗佞小人，把兰蕙比作有用的人才。《离骚》："户服艾以盈腰兮，谓幽兰其不可佩。"

　　③罗含，晋人，幼孤，为叔母所养，善为文，著有《湘中记》《更生论》《菊兰集》等。屈原、罗含都是品质高洁如兰的君子。

　　④芳馨，芬芳馨香的花朵、鲜花。

　　⑤薜芷、辛夷、揭车，都是香草。屈原把这些香草，都比作人才。

　　⑥委，通萎。萎露，即秋天到了，有了露水，绿叶紫荆也枯萎了。

　　⑦花，指兰花。媚，喜爱的意思。三闾，屈原。

题菽园孝廉选诗图（二首）

康有为

一

中原大雅销亡尽①，流入江南得正声②。

试问诗骚选何作， 屈原索父最芳馨③。

二

褒姒灭周天丧乱④，离骚忧国语涕洟。

银河手挽无多泪⑤，应识幽思托选诗。

注释：

①大雅，《诗经》中的大雅。

②正声，指楚辞。历来认为楚辞继承了诗经的正声。

③索父，疑即菽园。

④褒姒，周幽王的妃子。褒姒不笑，幽王遂举烽火引褒姒笑，这就是"烽火戏诸侯"的传说。以致后来犬戎入侵，诸侯不救，导致西周灭亡，周室东迁。

⑤手挽银河，指挽救国家。

南天动乱，适将去国，忆天问①军中

李大钊

班生此去意何云？破碎神州日已曛②；

去国徒深屈子恨，靖氛空说岳家军③。

风尘河北音书断，戎马江南羽檄纷④。

无限伤心劫后话，连天峰火独思君⑤。

作者简介：

　　李大钊（1889—1927），字守常，河北乐亭人。1905 年入永平府中学堂。1907 年考入天津北洋法政专门学校。1913 年赴日本早稻田大学政治经济科。1916 年回国参加讨袁，1918 年被聘为北京大学图书馆主任兼经济学教授。1920 年组织成立"共产主义小组"。1921 年任中共北方区委书记。伟大的马克思主义者，杰出的无产阶级革命家，中国共产党的主要创始人之一。1927 年 4 月，被奉系军阀张作霖杀害。著有《李大钊选集》。

注释：

　　①天问，即郭厚庵（1890—1933），河南唐县人，作者军中的友人。

　　②用汉朝的班超为国投笔从戎典故，此处喻指军中友人。曛，日暮，意即神州破碎，已到日暮途穷，必须奋起挽救。

　　③去国，离开祖国。"增"一作"深"。屈子，即屈原，即增长和屈原那种忧国的恨。靖，平定。氛，妖氛，平息妖氛。岳家军，岳飞的军队，此指讨袁的军队。

　　④"风尘河北"，指华北的战士。"羽檄"，俗称鸡毛信，左思《咏史》："边城苦鸣镝，羽檄飞京都。"

　　⑤峰火，古代在边境设烽火台，燃烟以报警，引申代指战争。"君"应指郭厚庵。

《屈原》唱和

黄炎培

不知皮里几阳秋①，偶起湘累问国仇②；

一例伤心千古事，荃茅那许别薰莸③。

作者简介：

　　黄炎培（1878—1965），号楚南，字任之，上海市人，清末举人。同盟会会员，中国民主建国会创始人之一，中华人民共和国成立后，任副总理、轻工业部部长、全国政协副主席、全国人大常委会副委员长等职。著有《断肠集》《苞桑集初稿》《红桑》等。

注释：

①皮里阳秋，表面上不做任何批评，而心里却有所褒贬。《晋书·褚裒传》："裒少有简贵之风，……谯国桓彝简而木之曰：季野（褚裒字）有皮里春秋。"言其外无臧否，而内有所褒贬也。"阳秋"即"春秋"，因晋简文帝母名春，晋人避讳，改"春"为"阳"，固云"皮里阳秋"。

②湘累，屈原，郭沫若《李白与杜甫》："屈原是赴湘水支流而溺死的，古人称之为湘累。"

③荃，香草。茅，杂草。薰、香草。莸，臭草，意为忠奸不分，香臭莫辨。《左传·僖公四年》："一薰一莸，十年尚有臭。"

阅报《屈原》演出后有感

林伯渠

一

（步黄老原韵）

微言一字寓春秋，大义凛然九世仇①。

粉墨登场缘底事，万事同慨杂薰莸②。

二

衡湘山水有清音，如火诗情独自吟③。

千古汨罗遗恨在，道心终是胜人心④。

作者简介：

林伯渠（1886—1960），字邃园，湖南临澧人。早年加入同盟会，1921年加入中国共产党，1927年参加南昌起义，曾任陕甘宁边区政府主席，中央人民政府秘书长。1954年当选全国人民代表大会常务委员会副委员长。中国共产党和中华人民共和国卓越领导人之一。著有《林伯渠文集》。

注释：

①微言，精微、精深的语言。《春秋》，鲁史，孔子作。相传寓

有褒贬之意，后世称为"春秋笔法"。九世仇，指屈原的千古仇冤。

②粉墨登场，演戏，这里指的是话剧《屈原》。底事，何事。

③衡，衡山。湘，湘江。清音，清新的声音。这里的清音是指话剧《屈原》的演出。

④道心，道德观念。《荀子·解蔽》："故道经曰：人心之危，道心之微。"

汨罗江

林伯渠

汨罗江水一泓清①，愿礼屈原古爱今②。

为把深情变力量， 岳云化雨润乾坤③。

注释：

①泓，水深而广。

②礼，敬。即既爱古代的屈原，也爱今天的中华人民共和国。

③岳云，指衡岳的云。

端午述旧—致何叔衡①

谢觉哉

怀沙屈子千秋烈②，焚券田文一世豪③。

十二年前生死别④，临行珍赠小钢刀⑤。

作者简介：

谢觉哉（1883—1971），字焕南，湖南宁乡人。1925 年加入中国共产党，"延安五老"之一。新中国司法制度的奠基者之一，著名的法学家和教育家。曾任中央工农政府秘书长，建国后，历任内务部长，全国政协副主席等职。著有《谢觉哉诗选》。

注释：

①何叔衡（1876—1935）湖南宁乡人。中共一大代表，中国无产阶级革命家。红军长征后，留在苏区坚持游击战争，1935 年 2

月，在福建长汀水口被敌人包围，在突围中壮烈牺牲。

②烈，光明、显赫、忠烈，此指屈原在汨罗投江的壮烈之举。

③田文，孟尝君。孟尝君使门下食客冯驩到薛地收债，冯驩把债户的债券拿来全部烧掉，替田文收买民心。详见《史记·孟尝君列传》。

④指十二年前何叔衡与作者分别后就殉难，称生死别。

⑤小钢刀，1934年中央苏区第五次反"围剿"失利后，党中央决定将何叔衡等同志留在根据地坚持斗争，谢觉哉则随军参加长征。分别前，何叔衡想方设法弄了点猪肉和一条鱼，为谢觉哉饯行，分手时何叔衡将自己使用的一块怀表和一把小钢刀赠送给谢觉哉。

无题①

鲁迅

洞庭木落楚天高②，眉黛猩红浥战袍③。

泽畔有人吟不得④，秋波渺渺失离骚⑤。

作者简介：

鲁迅(1881—1936)，原名周树人，字豫才，浙江绍兴人，伟大的文学家、思想家、革命家、教育家，中国现代文学奠基人之一。1927年定居上海，参加"左联"领导工作。一生著述近千万字。有《鲁迅全集》。

注释：

①据《鲁迅日记》载，此诗作于1932年12月31日书赠郁达夫。郁达夫（1896—1945），名郁文，浙江富阳人，中国现代作家、革命烈士。

②洞庭木落，化用《九歌·湘夫人》句："袅袅兮秋风，洞庭波兮木叶下。"树叶纷纷落下。楚天，指湖鄂赣革命根据地。高，通皓，白也。

③眉黛，古代女子用黛画眉，黛，青黑色颜料，这里代指女子，猩红，指鲜艳的红色。浥(wò)，染污了。

④泽畔，《渔父》："屈原既放，游于江潭，行吟泽畔。"人，作者自指。吟不得，指没有言论自由。

⑤秋波渺渺，《九歌·湘夫人》："帝子降兮北渚，目眇眇兮愁

予。"指在那黑暗的年代，连《离骚》那样的好文章都不能吟诵。更没人敢写像《离骚》那样有战斗力的文章，与首句相呼应。

无题①

鲁迅

一支清采妥湘灵②，九畹贞风慰独醒③。

无奈终输萧艾密④，却成迁客播芳馨⑤。

注释：
①据《鲁迅日记》载此诗作于 1933 年 11 月 27 日。
②清采，清洁芳香的花朵。妥，齐备。妥湘灵，献祭给湘水之神。
③九畹，《离骚》："余滋兰之九畹兮，又树蕙之百亩。"代指香草。贞风，指兰蕙的香气。独醒指屈原。
④萧艾，恶草。指上官大夫靳尚等奸佞之徒。《离骚》："何昔日之芳草兮，今直为此萧艾也。"密，多。说的是终于输给众多奸佞之徒。
⑤迁客，指屈原，这里借指受迫害的革命人士。播芳馨，传播好的作品，使迁客美名远扬。

六月十八日为旧历端午节偕田寿昌①
廖沫沙游七星岩叙寿昌索诗遂有是作（三首录一）

柳亚子

怀沙孤愤郁难平②，千载犹传屈子名。

常忆嘉陵江上客③，一篇珍重慰幽情④。

作者简介：
柳亚子（1886—1958），原名慰高，字安如，江苏吴江人。清末秀才，早年加入同盟会，曾任孙中山总统府秘书，国民党中央监察委员，由于反蒋被开除党籍。新中国成立后，任中央人民政府委员等职。著有《磨剑室诗集》《磨剑室词集》。

注释：

①田昌寿，即田汉。

②孤愤，愤慨。即怀石投江是因为愤慨感到不平。

③嘉陵江在四川省境内，至重庆出口，流入长江，"江上客"指郭沫若。

④一篇，指郭沫若新著话剧《屈原》，此诗作于 1942 年 6 月，正值郭沫若大型话剧《屈原》在重庆公演。

诗人节

——文艺界倡议以端阳为诗人节，纪念屈子也

于右任

民族诗人节，诗人更不忘①。

乃知崇纪念，用以懔危亡②。

宗国千年痛，幽兰万古香③。

于今期作者，无畏吐光芒④。

作者简介：

于右任（1879—1964），原名伯盾，山西三原人。清末举人，跟随孙中山加入中国同盟会。曾任国民党第一届中央执行委员，审计院院长，监察院院长等职。1949 年去台湾，精于书法。著有《右任文集》《右任诗存》等。

注释：

①1940 年 6 月 10 日端午节，中华全国文艺界抗敌协会在重庆举行了纪念屈原诗歌朗诵会，会上有人提议将每年端午节定为"诗人节"，以纪念屈原。在次年首次诗人节庆典上，郭沫若曾高声朗诵了于右任此诗。

②崇，崇尚。懔，警惕。

③宗国，祖国。幽兰，《离骚》："时暧暧其将罢兮，结幽兰而延伫。"兰多生于幽僻处，但仍芳香赴鼻，此处喻指屈原。

④期，希望。无畏，不要恐惧。

261

五月五日游三贝子花园吊宋渔父^①

于右任

忍泪看天哽不言，行吟失计入名园。

美人香草俱零落，独立斜阳吊屈原。

注释：

①三贝子花园位于北京西城区西直门外大街。明代为王室庄园，清代为皇亲勋臣傅恒三子福康安贝的私人园邸。俗称三贝子花园。1955年，并入北京动物园。宋渔父，即宋教仁，近代民主革命家。早年参加同盟会，积极从事革命活动。1913年，被袁世凯派人刺杀于上海。作者题为吊宋渔父，时逢端午，亦是吊屈原也。

诗人节赴台南道中

于右任

海山着翠色，　助我以诗情。

远大先民迹，　精勤万井耕。

采兰歌屈子^①，有酒礼延平^②。

道树熟芒果，　山禽少弄声。

注释：
①歌，赞颂。屈子，屈原。
②延平，乡名，原属台湾台东县鹿野乡，1946年分治，取延平郡王郑成功的"延平"为乡名，以示纪念这位收复台湾的民族英雄。

端午有感

已卯（1939）年端午节适过常德正敌机①轰炸之后，屋毁殆半，死伤逾千。居民深痛激昂，犹怀令节，诗以纪之。

仇 鳌

武陵故郡怕重来②，城郭人民几劫灰。

战伐频年家半烬③，烧夷此日骨成堆④。

仓皇令节犹悬艾⑤，偃蹇征途欲举杯⑥。

角黍未忘荆楚俗⑦，龙舟寂寞笛声哀⑧。

作者简介：

仇鳌（1879—1970）字亦山，原名炳生，患肺癌去半肺，晚年自称"半肺老人"。湖南汨罗人。1902 年应长沙府学试为生员（秀才）。1904 年赴日本习师范，后毕业于日本明治大学。1923 年至1925 年，游学英、美、法、意等国。1949 年与程潜等协力部署和平解放湖南。湖南解放后，任湖南省军政委员会副主任。后又任中南军政府委员会委员兼参事室主任，政治协商会议全国委员会第二、第三、第四届委员，国民党革命委员会中央委员。

注释：

①敌机，日寇轰炸机。
②武陵，代指常德市，今常德市有武陵区。
③战伐，指抗日战争。烬、灰烬。
④烧夷，指日寇杀人放火，村庄烧成平地，尸骨成堆。
⑤仓皇，指人们在战争中很惊慌的样子。令节，指端午节。悬艾，指人民在战火中犹悬艾纪念屈原。
⑥偃蹇，困顿，窘迫。《离骚》："何琼佩之偃蹇兮，众薆然而蔽之。"
⑦指人们在战火中没有忘却纪念屈原的风俗。
⑧指因为战争，人们没有划龙船隆重纪念屈原。

端午抒怀

五卅中学成立十六周年，适值迁校益阳天湾之第四年，余为纪念来此，恰逢端节。

仇 鳌

天湾深处九峰高， 山峙渊停起凤毛①。

讲舍暂依林壑美， 书声时带海风臊②。

何当击楫临江浦③，应共焚香读楚骚④。

泛罢蒲殇重看剑⑤，几人身手适征袍⑥？

注释：

①凤毛，指有圣德之人，比喻人子孙有才似父辈者，唐·杜甫《奉和贾至舍人早朝大明宫》："欲知世掌丝纶美，池上于今有凤毛。"寄托了诗人对五卅中学学子的期望。

②海风臊，指日寇侵华，海外腥臊之风。

③何当击楫，形容慷慨激昂，有收复中原的大志。《晋书·祖狄传》："仍将束流徙部曲百余家渡江，中冲击楫而誓曰：祖狄不能清中原而复济者，有如大江。"

④楚骚，屈原的《离骚》，意为弘扬屈原的爱国精神。

⑤泛罢，即喝了菖蒲酒以后，再看看宝剑。剑，杀敌的武器。辛弃疾《破阵子》："醉里挑灯看剑。"

⑥征袍，战袍，即戎装。适征袍，即穿上战袍去前线杀敌。

壬午端节长沙怀古

仇 鳌

灵均此日遂沉沙， 江上旌旗映日斜①。

为吊忠魂封角黍②， 更因佳节采苹花③。

兰皋凝睇云千叠④， 玉笛飞声酒万家⑤。

莫道无情是湘水，　斯人去后总些些⑥。

注释：

①屈原五月五日投汨罗江殉国。龙舟竞渡，纪念屈原，场面壮观。

②封角黍，即包粽子。

③佳节，端午节。采苹花，采集苹花作祭品奠祭屈原。韩愈《湘中》："猿愁鱼踊水翻波，自古流传是汨罗。苹藻满盘无处奠，空闻渔父扣舷歌。"

④兰皋，长满兰草的水边高地。《离骚》："步余马兮兰皋。"

⑤玉笛飞声，指五月。唐·李白《黄鹤楼闻笛》；"黄鹤楼中吹玉笛，江城五月落梅花。"酒万家，指家家都在饮菖蒲酒欢度端午。

⑥斯人，屈原。些，读"裟"音。挽歌声，即哀伤叹息的声音。《招魂》中的句末助词如："魂兮归来，何远为些？"

诗人节

癸未，时在耒阳①

仇鳌

盈城旗鼓戏芳辰②，江上龙舟一簇新。

空巷万人临古渡③，凭河十里吊孤臣④。

千秋有赋长哀郢⑤，三户犹存不帝秦⑥。

老去骚坛来杜甫⑦，耒阳从此属诗人。

注释：

①见于右任《诗人节》一诗注①。癸未，1943年。

②盈城，满城。芳辰，指端午节清晨。

③空巷，人们都到江边看龙舟，巷子里的人都走空了。

④孤独的臣子，指屈原。十里长的河边，站满了人在吊唁。

⑤《哀郢》，屈原作，即哀痛郢都的沦陷。借指南京沦陷。

⑥不帝秦，《战国策·赵策三·鲁仲连义不帝秦》，帝秦即尊秦王为帝，此言楚不屈服于秦。喻指中国人民不会屈服于日本侵略者。

⑦一说杜甫晚年来到耒阳，并死在哪里。

甲申（1944）端午节在天湾（四首）

仇鳌

一

天湾深处泛蒲殇^①，角黍家家引兴长^②。

不是漫天风鹤里^③，诗人今日总清狂^④。

二

栖栖同是乱离人^⑤，故国他乡黯战尘^⑥。

佳节尊前频起舞^⑦，歌残杨柳益酸辛^⑧。

三

把酒须何读楚骚^⑨，乘风江上试惊涛。

美人一去无消息^⑩，辛苦年时数小舠^⑪。

四

海风吹折石榴花^⑫，湘上人多未有家^⑬。

呔笔高吟聊一快， 请将横笛掩悲笳^⑭。

注释：
①泛蒲殇，饮菖蒲酒。
②角黍，粽子。
③风鹤，即"风声鹤唳，草木皆兵"。可见《资治通鉴·秦晋淝水之战》，指战争。
④清狂，放逸不羁。唐·杜甫《北游》诗："放荡齐赵间，裘马颇清狂。"
⑤栖栖，忙绿不安的样子。《诗·小雅·六月》："六月栖栖。戎车既饬。"
⑥故国，祖国。黯战尘、即战火连天，硝烟弥漫，尘土飞扬，天空一片黑暗，1944年正值抗日战争艰难时期。

⑦佳节，指端午节。

⑧歌残杨柳，即《杨柳枝》曲，词牌名。白居易在晚年之作《杨柳枝二十韵》题下自注云："《杨柳枝》，洛下新声也。"残，收尽。

⑨楚骚，泛指屈原的诗作。

⑩美人，指屈原。

⑪舠，形如刀状的小船。这里指的是龙舟。

⑫海风，指日寇侵华的腥风。石榴五月开花。吹折石榴花，暗喻日寇侵华，使我受到极大的损失。

⑬湘上，指湘江边上。未有家，指湘江两岸的人民，受日寇侵华之苦都流亡在外。

⑭横笛，竹笛。笳、管乐器，是古代军中的号角，流行于西域塞北等地。悲笳，即悲凉的笳声。曹丕《与吴质书》："悲笳微吟。"杜甫《后出塞》："悲笳数声动。"

乙酉诗人节古渝杂感（五首）

仇 鳌

一

风尘牢落古渝州①，何物驱人万火牛②。

毕竟天公无恶意，倏为凉雨下龙舟③。

二

寒暑屏驱总不禁④，偏因小极入山深⑤。

今朝佳节他乡客⑥，欲洗羁愁酒满斝⑦。

三

汨罗江上是吾家，兰芷凋零久不花。

欲问诗人在何许⑧，二千年已付沉沙⑨。

四

中原烽火正连天，箫鼓临江此赛船⑩。

等是齐民缘地异⑪，岁时忧乐两纷然⑫。

五

忠魂凭吊万人同⑬，角黍方圆处处功⑭。

倘起三闾搔首问，　涉江仍欲采芙蓉。

注释：
　　①1945 年正是抗日战争时期，风尘，指战乱。牢落，无所寄托。古渝州，即重庆，全句即因为战乱流离到重庆。
　　②火牛，战国时，齐国田单的火牛出阵，打败燕军。杜甫诗："利欲驱人万火牛。"这里的火牛，是指天气炎热。
　　③倏，极快，很快。
　　④孱躯，孱弱的身躯。
　　⑤小极，困倦、疲劳。《世说新语·言语》："顾司空（顾和）未知名，诣王丞相（王导），丞相小极，对之疲睡。"山深即深山，指重庆，因为重庆是个山城。
　　⑥佳节，即指端午节。
　　⑦羁愁，羁留在旅馆中的愁闷。
　　⑧诗人，指屈原。何许，何处。
　　⑨二千年，即二千年前。沉沙，指屈原怀石投江。
　　⑩赛船，龙舟竞渡。
　　⑪齐民，指平民。《汉书·食货天下》："世家子弟富人，或斗鸡走狗马，弋猎博戏，乱齐民矣。"颜师古注引如淳曰："齐、等也，无有贵贱，谓之齐民，若今之平民矣。"北魏贾思勰撰有《齐民要术》，写的都是平民耕种、饲养、栽培的事。
　　⑫两纷然，指在重庆的官员，他们在端午节依旧寻欢作乐，而人民则怀着忧国的心情在吊祭屈原。
　　⑬忠魂，指屈原。
　　⑭方圆，指祖国各地。

丁酉端午节

仇　鳌

年年角黍及时香，　为吊诗人愿共尝。

我是汨罗江上叟①，北来何处听沧浪②？

注释：

①叟，老年人。《孟子·梁惠王》："孟子见梁惠王，王曰：'叟。'"
②北来，作者是湖南汨罗人，此时来到北京，故曰"北来"。沧浪，指沧浪之歌。

戊戌端节偶兴（二首）

仇鳌

一

蒲觞角黍岁时风①，北俗南讹已尽同②。

千古诗人如可作， 不须天问到黄熊③。

二

独乐何如众乐优④，连宵北海下龙舟⑤。

祈年殿上嬉群兽⑥，印象非狮富汗牛⑦。

注释：

①即饮菖蒲酒、包粽子，这是端午节的风俗。
②北俗，即北方人也有饮菖蒲酒、包粽子的风俗。讹，感化。指北方人受到了南方的感化，也兴起这种风俗。
③《天问》："化为黄熊，巫何活焉。"这两句话说：鲧死后，变黄熊，巫师如何使他复活。《左传·昭公七年》："子产曰：昔尧殛鲧于羽山，其神化为黄熊，以入于羽渊。"
④《庄暴见孟子》："独乐乐，与人乐乐，孰乐？"曰："不若与人。"曰："与少乐乐，与众乐乐，孰乐？"曰："不若与众。"
⑤下龙舟，指在北海公园划龙舟。
⑥祈年殿，在北京天坛，明朝嘉靖年间建，专为祈谷，清朝时仍袭用。嬉群兽，即动物表演，这表明当时的领导与民同乐。
⑦印象，印度的象。非狮，非洲的狮子。富汗牛，阿富汗的牛，指祈年殿上的群兽表演。

癸卯端午节北海诗会

仇鳌

蒲亭家世汨罗乡[1]，历涉沉沙屈子江[2]。

遗像丰碑犹屹屹[3]，古祠高树两茫茫[4]。

南风载咏迎重午[5]，北海投诗续九章[6]。

为吊三闾歌孺子[7]，恍同渔笛起沧浪[8]。

注释：
　①汨罗乡，作者系汨罗人。
　②历涉，多次涉足于屈子沉沙的江边。
　③遗像，屈原的塑像，纪念屈原高大的碑石。屹屹、耸立。
　④古祠，屈子祠。唐·温庭筠《苏武庙》："古祠高树两茫然。"
　⑤南风，即南风歌。相传虞舜弹五弦琴，唱此歌。"南风之薰兮，可以解吾民之愠兮。南风之时兮，可以阜吾民之财兮。"重午，五月五日。
　⑥谓投诗北海吊唁屈原。北海，即北京的北海公园。《九章》，屈原作。
　⑦孺子，孺子歌，即沧浪之歌。
　⑧沧浪，古水名，在今湖北省。

战后过汨罗谒屈子祠

仇鳌

秋来芳草尚萋萋[1]，屈子祠前水映堤。

玉笋嵯峨连地起，　碧梧旖旎向天低[2]。

文章异代留弦诵，风雅衰时入鼓鼙[3]。

莫上骚坛俯流水，沉沙港外有乌啼[4]。

注释：

①诗人是汨罗人，为国事长年漂泊在外，抗战胜利后得以回乡省亲，故曰"秋来"。萋萋，草木茂盛，《诗经·周南·葛覃》："葛之覃兮，施于中谷，维叶萋萋。"

②玉笥，即玉笥山，《辞海》载："玉笥山又名石帆山。在今湖南汨罗市汨罗江北岸。相传屈原被流放于此，《九歌》即在此写成。清乾隆时建有屈子祠。"嵯峨，山势高峻，汉·司马迁《史记·司马相如传》："于是乎崇山龍嵸，崔巍嵯峨。"碧梧，屈子祠周围栽有很多梧桐树。

③文章异代，指屈原的作品。风雅，《诗经》有《国风》《大雅》《小雅》，后世用"风雅"泛指诗文。衰时，指抗日战争时期，文化虽然受到了重创。鼓鼙，大鼓和小鼓，古代军中用来发号进攻，借指抗日战争时期，文化虽然受到重创，但仍起到了鼓舞士气的作用。

④骚坛，在玉笥山西南角，传为屈原写作和吟诵《离骚》处，汨罗江从下面流过。沉沙港，在汨罗江入湘江处。相传屈原在河泊潭投江，顺流到此不沉，上岸将沙装入袍服才得沉入江底。乌啼，乌鸦的叫声，不吉利。

说明：此诗由著名女书法家、诗人侄孙女仇敬芬书写刻碑刊于屈子祠东侧屈原碑林中。

咏《屈原》①

田 汉

一

峨眉谣诼寻常事②，谁把江郎拟鼎堂③。

江入夔门才若尽④，又倾山海出东方⑤。

二

曾是哀时亦自哀⑥，嘉陵江上几徘徊。

金山热艺开风气⑦，未识如何洪浅哉⑧。

三

绝代风流忆白杨⑨，演来南后艺称光⑩。

梨涡莫谩似胡蝶⑪，不向倭儿斗艳妆。

四

传来妙语满榕都⑫，如此军容盖世无。

独讶聪明黄子布⑬，青空万里饰更夫⑭。

作者简历：

　　田汉（1898—1968），字寿昌，湖南长沙人。剧作家，诗人。早年留学日本，是中国现代话剧的开拓者。戏剧改革运动的先驱者和中国早期革命音乐、电影的组织者和领导人。曾任全国文联副主席，中国戏剧家协会主席。著有话剧《梅雨》《乱钟》《暴风雨中的七个女性》《回春之曲》等，电影文学剧本《青年进行曲》《风云儿女》等，歌词《毕业歌》《义勇军进行曲》（国歌）等。

注释：

　　①指话剧《屈原》，郭沫若著。
　　②峨眉，峨眉山，当时国民党的要员多避居此地。这个峨眉和"蛾眉"同音，因此暗喻国民党中一些造谣生事之徒。《离骚》："众女嫉余之蛾眉兮，谣诼谓余以善淫。"
　　③江郎，指江淹。南朝文学家，早年以文章著称，晚年的文章不如早年，人们就说江郎才尽。鼎堂，郭沫若字鼎堂。1941年，郭沫若在重庆，因忧愤时局，很少发表作品，国民党反动文人笑他"江郎才尽"。1942年春，写出话剧《屈原》，深刻地讽刺了国民党的腐败，抒发了深厚的爱国情怀。在重庆上演，轰动一时。
　　④江，暗喻江郎，指郭沫若。才，指才华。夔门，长江三峡瞿塘峡之峡口，溯江而上，入夔门即到重庆。
　　⑤又倾山海，指郭沫若创作的话剧《屈原》的演出，轰动当时。
　　⑥哀时，指国难当头，祖国蒙极大的灾难。自哀，指自己流离在外，时诗人在桂林。
　　⑦金山，著名演员，1942年在话剧《屈原》中饰演屈原。
　　⑧洪浅哉，指著名戏剧家洪琛。
　　⑨白杨，名演员，1942年在话剧《屈原》中饰演南后。

272

⑩艺称光，指演得很出色。

⑪胡蝶，女，国民党统治时期著名电影演员。梨涡，指女子面颊上的酒窝，语出宋·罗大经《鹤林玉露》卷十二："胡澹庵十年贬海外，北归之日。饮于湘潭胡氏园，题诗云：'君思许归此一醉，傍有梨颊生微涡'。"

⑫榕都，桂林。话剧《屈原》在重庆公演时，作者在桂林，投诗四首纪之。

⑬黄子布，夏衍笔名。

⑭更夫，巡夜报更的人。

宜昌观竞渡

陈若麟

屈原一死高千古①，故事流传节端午。

画楫驶来金鼓鸣②，兰桨荡起波涛涌。

况渡人传吊屈原，　当年此日沉深渊。

楚怀武关去不返③，爱国精诚身弃捐④。

离骚歌德仰史迁⑤，身自沉沦名不死。

行嗟嗟叹国飘零，抱石芬芳有沅芷⑥。

悲歌后学读离骚，畴然芳洁步趋君⑦。

泉浊自惟泥不滓，独醒其奈世皆醺⑧。

天道无常世皆变，跖庄足贵夷齐贱⑨。

惟作伪者盗芳名⑩，江上午日龙舟现。

籍名弄潮棹彩船，如习水溅成纷然。

那见苹藻奠忠魂⑪，只闻伐鼓声渊渊⑫。

吁嗟乎！

两岸排观如堵墙， 谑浪笑傲习嚣张⑬。

男女杂沓难品量， 粉白黛绿走徜徉⑭。

噫！

兰蕙焚荆琼瑶碎， 荆榛满道坦行碍。

吊古古往有灵均⑮， 传今今已多靳尚⑯。

柔媚妖艳半酣嬉⑰， 靡靡从可观世态⑱。

我思宁戚一曲歌⑲， 长夜茫茫何日旦⑳。

作者简介：

　　陈若麟，生卒年不详，民国时期人，此诗见1930年2月10日
《中央国术旬刊》，陈非知名作家，但此诗不但对屈原表达了沉痛
的哀悼，更重要的是对当时社会上的腐败现象表示了极大的愤慨。

注释：

　　①高千古，即名高千古。
　　②金鼓鸣，金指锣，龙舟竞渡的锣鼓声。
　　③指怀王入秦不返，说注见前。
　　④身弃捐，指屈原在无可奈何的情况下投江殉国。
　　⑤史迁，司马迁，仰、仰仗，依靠。
　　⑥抱石，指屈原抱石投江，留下千古芳名。
　　⑦后学，谦词，作者自指。步趋君，要学习屈原的精神。
　　⑧醺，酒醉。此句指屈原出于污泥而不滓的独清独醒精神。
　　⑨跖庄，即盗跖和庄蹻。盗跖，传说春秋后期人物，《庄子·盗
跖》："盗跖从卒九千人，横行天下，侵暴诸侯。"庄蹻，战国时
楚国农民起义的领袖，《荀子·不苟》："兵殆于垂沙，唐蔑死。
庄蹻起，楚分为三四。"毛泽东词《贺新郎·读史》："盗跖庄蹻
流誉后，更陈王奋起挥黄钺。"二人代指古代奴隶起义的领袖。夷，
伯夷。齐，齐叔。
　　⑩作伪者，即表面上装的像君子一样，实际上却是恶棍、魔鬼。
　　⑪苹藻，祭奠用的食物，韩愈《湘中》；"苹藻满盘无处奠。"
忠魂，指屈原。
　　⑫伐鼓，击鼓。渊渊，鼓声。

⑬谑浪笑傲，指那班达官贵人嘻嘻哈哈，极不严肃。

⑭粉白黛绿，指那些人涂脂抹粉，侨妆打扮。徜徉，走来走去的样子。

⑮灵均，屈原。

⑯靳尚，代指奸佞之人。

⑰指当时的达官、富人、太太、小姐，喝酒跳舞，寻欢作乐。

⑱靡靡，奢侈、富丽。

⑲宁戚，春秋时卫人。一曲歌即饭牛歌。《三齐记》载其歌词有："南山矸，白石烂，生不遭尧舜禅。"

⑳即指当时社会黑暗沉沉，几时才能天亮。

湖南少年歌（节录）

杨 度

后有灵均遭放逐①，曾向江潭葬鱼腹②。

世界相争国已危， 国民长醉人空哭。

宋玉招魂空已矣③，贾生作吊还相渎④。

亡国游魂何处归⑤，故都捐去将谁属⑥。

爱国心长身已死， 汨罗流水长呜咽⑦。

作者简介：

杨度（1874—1931），字皙子，湖南湘潭人。早年留学日本，主张君主立宪。后又与严复等组织筹安会，策划恢复帝制。袁氏失败，寓居上海，1929 年加入中国共产党。

注释：

①灵均，屈原。

②葬鱼腹，投江。《渔父》："宁赴湘流，葬身于江鱼之腹中。"

③《招魂》，一说为宋玉招屈原魂作。

④贾生作吊，即贾谊赴长沙王太傅途中到汨罗凭吊屈原，作《吊屈原赋》。

⑤游魂，指屈原的魂。

⑥故都，指楚国都城郢，在今湖北江陵县故纪南城，公元前278 年为秦所破。

⑦呜咽，悲痛的声音。

第八篇　拾遗

罗渊

吴添明

帆悬直泛洞庭波，　暂驻兰桡访汨罗①。

郢曲高低怜楚客②，江云缥渺梅湘娥③。

兴亡事迹悲三户，　哀怨文章系九歌。

惆怅美人无限憾④，濯缨桥畔几回过⑤。

作者简介：

作者生平不详。《罗渊》7 首录于郭嵩焘主编的《湘阴县图志》。

注释：

①兰桡（ráo），用兰木制的桡。

②郢曲，宋玉《对楚王问》："客有歌于郢中者，其始曰下里、巴人，国中属而和者数千人；其为阳阿、薤露，国中属而和者数百人，其为阳春、白雪，国中属而和者不过数十人，引商刻羽，杂以流微，国中属而和者不过数人而已。是其曲弥高，其和弥寡。"后来人们用郢曲指最优美的乐曲。

③梅（měi），意思是惭愧。湘娥，湘夫人，水神。

④美人，指屈原。

⑤濯缨桥，在玉笥山的西边玉水入罗口。

罗渊

楚迪信

怀王去不返①，屈子怨何穷。

卜居寒江雨②，魂招古庙风。

河山存楚域，　固火失秦宫③。

尚有孤臣泣，　凄然落照红。

作者简介：

作者生平不详。

注释：

①去不返，指楚怀王去秦后，不复生还。

②卜居，见屈原作品《卜居》。

③固火句，指阿房宫被项羽焚烧。

罗渊

李得春

古墟凭吊最关心，　江上芙蓉发故林。

秋草路迷詹尹宅①，西风魂断女嬃砧②。

娥眉见嫉情无奈③，鸩鸟为媒憾转深④。

谁读招魂能作赋？　长沙太傅是知音。

作者简介：

作者生平不详。

注释：

①詹尹，古卜筮者。《楚辞·卜居》："心烦虑乱，不知所从。往见太卜郑詹尹 。"

②女嬃，古代楚人称姐姐为嬃，秭归有女嬃庙。砧（zhēn），捶或砸东西时垫在底下的器具，有铁的、石头的、木头的。诗中指捶衣被时，垫在下面的石头。

③娥眉（é méi），美人细长而弯的眉毛，喻指灵均。

④鸩（zhèn）鸟，传说中的一种毒鸟。相传以鸩毛或鸩粪置酒内有剧毒。

罗渊

郭昌猷

扁舟乘兴入江口^①，欲饮村醪趁夕曛^②。

词客有灵应识我^③，万方多难更思君^④。

荃蘅寂寞山中雨^⑤，鸥鹭栖迟水上云^⑥。

夜静离骚歌一曲， 凄凉山鬼啸如闻^⑦。

作者简介：
作者生平不详。

注释：
①江口，指罗渊之水流入湘江的出口。
②醪，汁渣混合的酒。即汨罗人称的甜酒或米酒酿。曛，落日的余光。
③我，作者。词客，指屈原。
④君，对人的敬称，这里是指屈原。
⑤荃、蘅，都是香草。
⑥栖迟，歇息。《诗·陈风·衡门》："衡门之下，可以栖迟。"
⑦啸，动物拉长声音叫着，如虎啸。

罗渊

胡家熊

灵均当日憾如何， 孰与题诗寄汨罗。

清影自随湘浦月， 忠魂不返洞庭波^①。

美人江上思芳草^②，渔父丛中听棹歌^③。

酒熟桑柑空致奠， 独醒还让大夫多。

作者简介：
作者生平不详。

注释：

①忠魂，指屈原的魂。

②美人句，在屈原的作品中，灵修、美人，一般都是指国君。这首诗中的美人，却指的是屈原，而芳草指的却是国君。即屈原虽放逐汨罗，还是思念国君。

③棹，划船的桨，棹歌即划船时唱的歌。

罗渊

蔡梯

欲采蘅芜荐屈平①，三闾祠畔夕阳明。

骚经一卷怀孤愤，　鱼腹千秋吊独醒②。

江上美人悲缥缈③，灯前山鬼泣纵横。

游人散后波如镜，　不似胥涛挟怒声④。

作者简介：

作者生平不详。

注释：

①荐，献，祭。

②独醒，指屈原。

③美人，指屈原。

④不似句，传说伍子胥被杀后抛江，他的灵魂化为怒涛。

罗渊

僧鹤佣

晓风截江起，　吹雨不成丝。

日出云吞吐，　江空石陆离①。

馋行数十里②，忽动百年思③。

屈子祠堂近，　停舟读楚辞。

280

注释：

①陆离，参差错落。言罗渊北岸磊石山之巨石参差。

②馋，才。

③忽动句，想起千百年前屈原沉江的事。

三闾庙

陈惟成

湘水流无尽， 江蓠烟雨深①。

古祠人罕到②，鹈鴃怨春林③。

作者简介：

作者生平不详。

注释：

①江蓠，亦名龙须菜，是一种香草。

②古祠，三闾庙。

③鹈鴃，一种水鸟。此鸟在暮春初夏时鸣叫，百花就要萎谢，不再吐出芳香。故曰："怨春林"。《楚辞·离骚》："恐鹈鴃之先鸣兮，使夫百草为之不芳。"

楚屈原

李达

箕子披发晚①，微子抱器迟②。

伤心宗国亡③，忠乱黍离悲④。

商於本蔡地⑤，如何受所欺。

既失临淄欢⑥，敢云报张仪。

君侯失其名， 蒌菲因未兹。

杜蘅辟江乡， 不与靡靡期。

谣诼谓善淫⑦，贞女徒涕洟。

彭咸有遗则⑧，从之亦可为。

远游既无所，卜居良非宜。

渔父虽玉言⑨，决绝哺糟醨⑩。

感魂作大招，长与君主辞。

夫子匪孤洁⑪，聊以申所思。

比干固三仁⑫，宁玉易周姬⑬。

吁嗟怀槁日，子兰安得知。

作者简介：

作者生平不详。

注释：

①箕子，商代贵族，纣王的诸父。曾劝谏纣王，纣王不听，把他囚禁起来，于是他披着头发装疯，幸免于死。周武王灭商，把他释放了。

②微子，商纣的庶兄。他几次劝谏纣王，纣王不听，于是他抱着祭器逃走了。

③宗国，指和自己同祖宗的国。

④忠乱句，《诗经·王风·黍离》："彼黍离离，彼稷之苗，行迈靡靡，中心摇摇。"周幽王残暴无道，犬戎攻破镐京，杀死幽王，平王东迁洛邑，时为东周。东周初年，有王朝大夫到镐京来，见到宗庙、宫殿均已毁坏，长了庄稼，不胜感慨，因作此诗。

⑤商於，《史记·屈原列传》："秦愿献商於之地六百里。楚怀王贪而信张仪，遂绝齐。"

⑥临淄，齐国都城。因楚绝齐，故云失临淄之欢。

⑦谣诼句，《楚辞·离骚》："众女嫉余之蛾眉兮，谣诼谓余以善淫。"

⑧遗则，留下的榜样。

⑨《远游》《卜居》《渔父》皆屈原作品。

⑩决绝，指屈原没有听从渔父的话，不淈泥扬波。醨（lí），味浅薄，不醇厚。

⑪夫子，指屈原。

⑫比干句，比干为商纣王的叔父，官少师，因为多次进谏纣王，

纣王大怒，以刑剖心而死。比干、箕子、微子，称为"三仁"。
⑬周，姬姓，故云周姬。

再拜三闾庙

翟表

再拜三闾庙①，临风奠酒杯。

山河消正气， 天地妒高才②。

何事怀王去③，谁招张仪来④。

千年湘水上， 鱼鳖总含哀。

作者简介：
作者生平不详。

注释：
①三闾庙，即屈原庙。屈原曾为三闾大夫，所以称三闾庙。
②妒(dù)，同"妒"。
③何事句，指怀王去秦，被秦昭王扣留要求割地，后死在秦国
之事。
④谁招句，指张仪去秦来楚一事。

汨罗江怀古

王庄

鱼腹忠魂只自埋， 乘风千古有余哀。

驰舟不尽湘人意①，作赋因知贾谊才②。

孤冢云寒猿叫断③，荒祠日暮鹤飞回④。

离骚三复情何限， 谩采苹花奠一杯⑤。

作者简介：
作者生平不详。

注释：

①驰舟，指龙舟竞渡。

②赋，指贾谊所作《吊屈原赋》。

③孤塚，指屈原墓。

④荒祠，指屈原祠。

⑤苹花，《尔雅翼》："苹似槐叶，而连生浅水中，五月有花白色，故谓之白苹。"韩愈《湘中》："苹藻满盘无奠处"。古人采苹藻供祭祀之用。

汨罗吊古

吴顺翯

怀襄朝政已尨茸①，同姓相关恨莫容②。

廿五篇成山鬼哭③，漫云志行过中庸④。

作者简介：

作者生平无考。

注释：

①尨（méng）茸，亦作蒙戎，蓬松散乱。这里是指楚怀王、楚襄王朝政非常紊乱。《左传·僖公五年》："狐裘尨茸，一国三公，吾谁适从？"

②同姓，指屈原与楚王同姓。

③廿五篇，指屈原的二十五篇作品。

④中庸，儒家经典之一，相传为战国时子思作。中庸，即不偏不倚的态度。

怀湘曲

蔡朝弼

几回翘首望南湘，　长路浩渺心茫茫。

安能插翅凌云去，　濯足洞庭俯八荒①。

洞庭秋月常皎洁，　朗照君山撑突兀②。

岳阳楼上续琳琅③，　笑傲沧州动天阙④。

惟有汨罗江畔云， 飞烟吐雾惨江濆⑤。

黄陵祠宇斑竹古⑥， 杜鹃啼血不堪闻。

古来词客多文士， 凭吊灵均悲帝子。

大笔淋漓泣鬼神⑦， 怨魂香魄今不死⑧。

悠悠我心思住著， 天风吹楚潇湘落。

潇湘故侣欢我游， 携手芳洲采杜若⑨。

古人不见感今人， 意兴飘飘满寥廓⑩。

作者简介：

作者生平无考。

注释：

①俯，指俯视。八荒，泛指荒远的地方。

②君山，洞庭湖中的一座小山。突兀，高耸。

③岳阳楼，在岳阳市区，是江南名楼。

④沧州，滨水的地方。天阙，指帝京，即帝王的宫阙所在。岳飞《满江红》："朝天阙。"

⑤濆，古同喷，涌起的高浪。王安石《徐秀才园亭》："茂松修竹翠纷纷，正得山阿与水濆"。

⑥黄陵句，洞庭湖中有君山，有黄陵庙、二妃墓，墓旁有斑竹。

⑦大笔，指屈原挥笔写《离骚》。

⑧怨魂，指屈原。香魄，指舜之二妃娥皇、女英。

⑨杜若，一种香草。

⑩寥廓，空阔。《楚辞·远游》："下峥嵘而无地兮，上寥廓而无天。"

汨罗江（二首）

徐子有

一

去国怀君未忍离①，三年不见漫追思。

沧浪鼓枻悲歌日， 泽畔行吟憔悴时。

遗庙荒残愁雾霭②，碧杨空寂绿杨垂。

只今江月凭空吊， 叙挂寒林古树枝。

二

断碣朦胧仔细看③，芳踪冷落共霜寒④。

贾生赋罢情无已⑤，宋玉愁多心未安⑥。

独抱真廉持令节， 常怀清醒见忠肝。

汨罗千古东流去， 洗涤孤臣泪未干⑦。

作者简介:

作者生平无考。

注释:

①去国，离开国都，指屈原被流放。《九章·哀郢》："去故乡而就远兮，遵江夏以流亡。"

②遗庙，遗留下的庙，指屈原庙。

③断碣，残断的碑石。

④芳踪，屈原的遗迹。

⑤贾生，贾谊。赋，指贾谊所作《吊屈原赋》。

⑥宋玉愁多，宋玉《九辩》："悲哉秋之为气也!"悲秋，故云愁多。

⑦孤臣，指屈原。

汨罗

王文璜

狂澜鲜堤防，孤忠只自伤。

浊夫谗令尹，醉客楚怀王①。

日月文章丽，芰荷襟带香②。

汨罗今有祀，醒眼对椒浆③。

作者简介:

作者生平无考。

注释：

①浊夫、醉客二句，这是两个倒装句，浊夫，指子兰、靳尚之流，醉客，指楚怀王，昏庸不醒。

②芰荷句，指屈原的文章像日月一样，光明华丽。《离骚》："制芰荷以为衣兮，集芙蓉以为裳。"

③醒眼，指屈原，《渔父》："举世皆浊我独清，众人皆醉我独醒。"

五日吊屈原

唐懋恒

湘署适逢竞渡节①，灵均此日倍关心②。

未能汨水瞻遗墓③，试向城中拜古祠④。

罗国依然新裸荐⑤，章华无复旧台池。

可知忠烈师千载， 哀以长沙贾傅祠⑥。

作者简介：

作者生平无考。

注释：

①竞渡节，指端午节。

②关心，指人们都在关心灵均，都在开展吊祭灵均的活动。

③汨水，汨罗江。遗墓，指屈原墓。

④古祠，指屈子祠。

⑤罗国，汨罗，古属罗子国。裸（guàn）即灌祭。《书·洛诰》："王入太室裸。"孔颖达疏，王以圭瓒酌郁鬯之酒以献尸，尸受祭而灌于地，因奠不饮，谓之裸。

⑥贾傅祠，贾谊为长沙王太傅，故称贾傅，即太傅祠。

三闾祠

宋俊

左徒憔悴后， 决意遂沉湘。

独醒违渔父①，良谋失楚王②。

渚凫从自得， 岸草为谋芳。

古庙春阴重③，江流引恨长。

作者简介：

作者生平无考。

注释：

①违，不听从。在《渔父》中，屈原没有听从渔父的劝告。
②楚王，指怀王。
③古庙，三闾祠。

汨罗怀古（三首）

楚迪信

一

此地流湘水， 当年抱石人①。

孤忠怀愭主②，不死愧宗臣。

云树常怀楚， 风涛只恨秦。

渔舟犹未晚， 歌入夕阳汀③。

二

屈子今何在， 忠魂自不泯④。

问天长有恨， 哀郢更无身。

沐浴晴江湛， 衣冠古庙新⑤。

丹心何处是， 明月满湘滨。

三

君入秦涵谷⑥，臣犹楚汨罗⑦。

丹心悬日月， 碧血染湘波⑧。

家国人间恨⑨，沧浪局外歌⑩。

288

千年谁独省， 池上夜猿多。

作者简介：
作者生平无考。

注释：
①抱石人，指屈原抱石沉江。
②愔（yīn）主，指昏君楚怀王。
③汀，水边的平地，小洲。
④忠魂，指屈原。泯，灭。即精神不灭，浩气长存。
⑤衣冠，指屈原的神像，古庙指屈原庙。
⑥君，楚怀王。
⑦臣，屈原。
⑧丹心，碧血，指忠臣屈原的心血。
⑨家国句，指楚国被秦所灭，遗恨人间。
⑩沧浪句，指渔父不关心国事，站在时局外吟唱《沧浪歌》。

汨罗怀古

戴汝东

尽变芙蓉色， 当时惨汨罗。

悬流无限洩， 怀古此情多。

日月空三户， 乾坤泣九歌。

灵文终照世①，静水不扬波②。

作者简介：
作者生平无考。

注释：
①灵文，指屈原的著作，激励着后人。
②水不扬波，指圣人面对死生心如静水。即称赞屈原为圣人。

秋杪①过汨罗谒屈子祠

王宏显

潺潺汨水响崇阿，　古庙荒颓秋色多②。

残照夕阳人不见，　平沙衰草雁初过。

天教骚赋存三楚③，　地蹙山河憾九歌④。

憔悴孤踪渔父去，　蜗涎满壁闭烟萝⑤。

作者简介：

作者生平无考。

注释：

①杪（miǎo），一般指树枝的细梢。杪秋或秋杪，指晚秋，《楚辞·九辩》："靓杪秋之遥夜兮，心缭悷而有哀。"

②阿，丘陵。崇阿，高大的丘陵，王勃《滕王阁序》："俨骖騑于上路，访风景于崇阿。"古庙，指屈子祠。

③三楚，泛指楚国。

④地蹙（cù），损失国土。宋·徐钧：《显王》："国微地蹙政无网，其奈赢秦势日强。遣胙已非仍入贺，却因致霸遽称王。"

⑤蜗涎，蜗牛吐出的口沫。全句的意思即荒凉冷落。

汨罗怀古（二首）

李平成

一

丹枫摇落露华浓①，　望远抒愁吊旧踪②。

漠漠秋江公子渺③，　盈盈湘水美人逢④。

不应溷迹随驽马，　直欲批鳞犯毒龙⑤。

痛饮读骚天惨烈，　荒烟冥雾乱遥峯。

二

放歌怀古数鸣舷，　太史含悲我亦然。

绝笔山间秋瑟瑟， 濯缨桥畔水涟涟。

再赓风雅光三楚⑥，远涉江皋忆九天。

留得秭归砧石在⑦，声声如和别离弦。

作者简介：

作者生平无考。

注释：

①丹枫，《招魂》："湛湛江水兮，上有枫。"

②旧踪，指屈原的遗踪。

③公子，《九歌·湘夫人》："沅有茝兮澧有兰，思公子兮未敢言，荒忽兮远望，观流水兮潺湲。"

④美人，《九歌·河伯》："与女游兮九河，……与女游兮河之渚，……送美人兮南浦。"女，美人，均指洛神。

⑤毒龙，指帝王。传说毒龙颌下有逆鳞，批之即伤人。此处指犯颜直谏。

⑥再赓，续。风，国风。雅，大雅、小雅。指屈原的楚辞，传承了诗经的风雅，为三楚争光。

⑦留得句，传说秭归留有屈原姊妹的捣衣石块。

三闾祠

何宝

阿仪谲计倾人国①，率土昏昏待蚕食②。

郢中却有独醒人③，志存宗社多才识④。

骚经续雅寄忧虞⑤，靳尚谗惑紫夺朱⑥。

六里青山实尝楚⑦，众人皆醉颠谁扶⑧。

鸱鸮得志凤鸾逐⑨，武关堪挟孤臣目⑩。

宁就南荒见放死⑪，忍看君向狼秦戮⑫。

人臣守正不推移⑬，澄江鱼腹甘为饴⑭。

以此悟君君不悟， 方城汉水一郗歔⑮。

浮世百年曾瞬息⑯，丈夫一死立人极⑰。

赢得千秋万岁名，　角黍龙舟儿女情。

多少衣冠血肉笥，　虚死虚坐愧天地。

何令大夫专用楚，　大昌宗国必尊周。

天地此才俾不偶，　无乃阨运非人谋。

半亩荒祠汨罗水，　往古来今称未已。

作者简介：

作者生平无考。

注释：

①阿仪，张仪。

②率土，《诗·小雅·北山》："率土之滨，莫非王臣。"率土，犹言四海之内，这里的率土，犹言楚国四境之内的土地。蚕食，一口一口地被人吞食。

③独醒人，指屈原。

④宗社，指楚国的宗庙、社稷。

⑤忧虞，忧虑。

⑥紫夺朱，邪恶战胜了正义。

⑦六里，指张仪欺骗怀王，把许诺的六百里说成六里。

⑧颠，指国家的颠覆危亡。扶，扶持。

⑨鸱鸮，恶鸟。

⑩武关，指怀王入秦之事。

⑪南荒，即南方荒凉的地方，指屈原流放的沅湘一带。

⑫君，指楚怀王。狼秦，指虎狼般的秦国。《史记·屈原列传》："屈平曰：'秦，虎狼之国，不可信，不如毋行！'"戮，杀害，指楚怀王被骗入秦被囚，以致死于秦。

⑬守正，坚守正道，《史记·屈原列传》："屈平正道直行。"

⑭饧，一种用麦芽制成的糖浆。

⑮方城，楚国的要塞。汉水，即汉江。邹歔，叹气、抽噎。

⑯浮世，指人生在世或浮或沉，一百年，一转眼，一息之间就过去了。

⑰极，指极高处，意即屈原投江殉国而死，当重于泰山。

三闾祠

黄南憩

玉笥嵸嶐镇旧都①，汨罗江畔正踟蹰②。

风摇野树苍烟断，　日落骚坛晚气孤。

芳草菲微云梦泽，　锦帆迢递洞庭湖③。

登临一望秋江渺，　薄暮丛祠听鹧鸪④。

作者简介：
　　作者生平无考。

注释：
　　①嵸嶐（zǒng lóng），形容山势高峻，云雾聚集的样子。
明·唐寅《题画》："山意嵸嶐酿早寒，数家茅屋是渔滩。"
　　②踟蹰，心中犹豫，徘徊不前的样子。
　　③云梦泽，即洞庭湖。菲微，微薄。锦帆，帆船。迢递，远貌。
　　④丛祠，指三闾祠。

谒屈子祠

刘泽矩

我亦遭离乱，　沉吟泽畔行。

斯人渺何处①，湘水碧无情。

鱼腹悲今古，　鸿毛孰重轻②。

风波如写怨，　长作楚骚声。

作者简介：
　　作者生平无考。

注释：
　　①斯人，指屈原。
　　②孰重轻，谓泰山与鸿毛谁重谁轻。语出司马迁《报任安书》：

"人固有一死，或重于泰山，或轻于鸿毛。"

吊屈原

谭钖卿

大夫招惹佞臣尤[1]，竭智何妨为己筹[2]。

千载忠贞千载仰[3]，一生清醒一生愁。

汨罗竟作埋身地，　湘浦难为涤恨湫[4]。

封得正源传万古[5]，香灯差幸故乡留[6]。

作者简介：
　　作者生平无考。

注释：
　　①大夫，屈原。佞臣，指谗陷屈原的上官大夫靳尚之流。尤，怨恨，责备。《诗经·鄘风·载驰》："许人尤之，众稚且狂。"
　　②竭智，司马迁《史记·屈原列传》："屈平正道直行，竭忠尽智以事其君，谗人间之，可谓穷矣！"
　　③仰，仰望、崇敬。
　　④涤，洗涤。湫，水潭，倾尽湘浦之水也洗不尽屈原的遗恨。
　　⑤封得正源，指唐玄宗下敕重修屈原祠宇并纳入国家公祭，必须"岁时祭祀"。唐哀帝封屈原为"昭灵侯"，宋神宗封屈原为"清烈公""忠洁侯"，元仁宗封屈原为"忠洁清烈公"，明太祖封屈原为"楚三闾大夫屈平氏之神"等。
　　⑥香灯，祠庙祭祀的香火。差幸，非常侥幸，元·耶律楚材《鹿尾》："韭花酷辣同葱薤，芥屑差幸类桂姜。"

吊屈原

李仁义

从来大义尽痴忠，最可伤心是此公[1]。

汨水长清冤未洗，家山钟秀道何穷[2]。

招魂难破怀王梦，天问谁参屈子衷[3]。

294

不假文章能报国，离骚千古仰雄风。

作者简介：

作者生平无考。

注释：

①此公，指屈原。
②家山，故乡。钟秀，钟灵毓秀。谓天地之间灵秀之气所聚。
③《天问》，即问天。参，验，即参悟、察知。

吊三闾大夫（二首）

罗淑贞

一

江上喧传竞渡声， 深闺无那动愁吟①。

龙舟箫鼓年年事， 惜少新诗吊屈平。

二

三闾毅魄在沅湘②，江底沉来角黍香③。

赢得千秋夸盛事④，知君终不怨怀王⑤。

作者简介：

作者生平无考。

注释：

①无那，无限，非常。南唐·李煜《一斛珠》："绣床斜凭娇无那，烂嚼红茸，笑向檀郎唾。"从"深闺"一词判断，作者应该是位未出阁的女性。她的闺房大概临江，所以端午节能听到江面龙舟竞渡的喧闹声，引发了诗人的无限感慨。
②毅魄，即坚毅的魂魄。《九歌·国殇》："身既死兮神以灵，魂魄毅兮为鬼雄。"
③江底句，汨罗旧俗，每逢端午，要向汨罗江中抛洒粽子，边抛边为屈原招魂：屈老夫子，回哟……故云："江底沉来角黍香。"

④盛事，指很热闹的盛大的龙舟竞渡。
⑤君，指屈原。

后记

伟大的爱国诗人屈原，是我国骚赋之祖，他创作的《离骚》等作品的艺术成就和爱国主义精神对后世影响之深远，是我国历史上任何诗人都无法比肩的。

楚辞的研究，汉有王逸，宋有洪兴祖和朱熹等名家，清有王夫之和蒋骥等名人。至于近代，研究楚辞的人就更多了，著名的有郭沫若、游国恩、汤炳正等人。一代伟人毛泽东，早在青少年时期就学习和研究《离骚》，青年毛泽东在送新民学会会员罗章龙赴日本留学的长诗中，就把湖湘革命青年，精英学子比作屈原、贾谊式的人物，"年少峥嵘屈贾才，山川奇气曾钟此"。中华人民共和国成立后，毛泽东主席常常将手抄的《离骚》置于案头，随时捧读，到了晚年，犹吟诵不辍。屈原的作品和思想感人之深，影响之大，与日月争光，同天地并寿。

司马迁说："《国风》好色而不淫，《小雅》怨诽而不乱，若《离骚》者，可谓兼之矣。"所谓"怨诽而不乱"，就是说屈原虽遭诽谤，最终流放，但他还是"眷顾楚国，系心怀王，不忘欲反，冀幸君之一悟，俗之一改也。其存君兴国，而欲反复之，一篇之中，三致意"这种不忘初心的使命担当，坚如磐石的爱国意志和忧患意识，对后世产生了深远的影响。

司马迁又说："屈原以彼其才，游诸侯，何国不容？"如果屈原像苏秦、张仪、乐毅那样，游说诸侯，哪国不优待他呢？但屈原他绝不离开自己的家国，绝不为他国卖力求荣，其志之洁，其行之廉，真是烁古耀今。

我国历史上的文化先圣，影响最大的莫过于孔子和孟子，可是屈原的爱国主义思想情操远在孔、孟之上。孔、孟虽称圣人，但崇拜他们的多为儒家士大夫之辈，而崇拜屈原的，除了士大夫以外，还有更多的黎民百姓。岁岁年年，每逢端午，全国各地及世界各地的华人都有凭吊屈原的活动，由此衍生的端午习俗和龙舟竞渡活动，直至当今，且日趋兴盛。这就深刻地说明了伟大的爱国主义诗人屈原，永远活在广大中国人民的心中。

　　几千年来，我国和外国许多文人学者、政治家、社会名流赞颂屈原的诗文不可胜数，但将历代名人赞颂屈原的诗、词、歌、赋、曲全面系统地搜集、整理、注释，荟萃成书的，到目前为止还没有人完成这项工作。正因为如此，我的岳父朱健东先生，他生前数十年如一日地研究楚辞，研究屈原，从浩如烟海的历史文献和文学作品中，鳞选出从古至今的名贤之作，并逐一考其作者生平及时代背景，披沙沥金，去伪存真，兀兀穷年，其搜集整理的诗稿达数万页之多，誊抄注本达十余遍之繁。正当他准备将初稿编纂成书之际，在去新华书店查找购买有关屈学研究书籍之时，因脑溢血而猝死于汨罗市新华书店的书架之下，寿终八十一岁。

　　十余年来，岳父朱健东先生严谨的治学精神，痴迷的学术态度，深厚的屈学情怀，深深地影响着我砥砺前行，努力学习。本人从事中小学教育工作四十年，从事地方文献研究工作十余年，对汨罗传统文化，特别是对屈子文化有着特殊的情感，很想将岳父未完成的遗稿整理出版发行，但因本人才疏学浅，功力不足，不敢贸然动手。今有原汨罗市史志办副编审任建云先生、汨罗市屈原纪念馆原馆长刘石林先生的热情引荐，有众多屈学前辈和专家的指导，有湖南汨罗屈子文化园事务中心李峰书记的鼓励支持和策划，本人才有勇气

298

将岳父的遗稿重新梳理研习。在汨罗屈原纪念馆原馆长刘石林先生、汨罗市图书馆原馆长毛浦先先生的帮助下，经校订、补注，终于完成本书的编辑和出版工作。

为此，我对伟大爱国诗人屈原的人格魅力、思想情怀和作品的艺术成就深怀敬意，对历代先贤歌咏屈原的作品深情拜读和揣摩玩味，对历代屈学名家的研究成果深入学习和领会，对助力本书公开出版发行的各位领导、各位学者专家表示深深的感谢。

本书对当代名家受版权保护的一些诗歌作品未收录其中，本书在编辑中所存在的错误、缺点和不足，敬请专家和读者批评指正。

杨桂华

2022 年农历端午节